GW01607587

249

LE FENICI TASCABILI

NARRATIVA

Tutti i disegni contenuti nel libro sono di Dario Fo.
Hanno collaborato alla stesura: Carlotta Colli e Giselda Palombi.

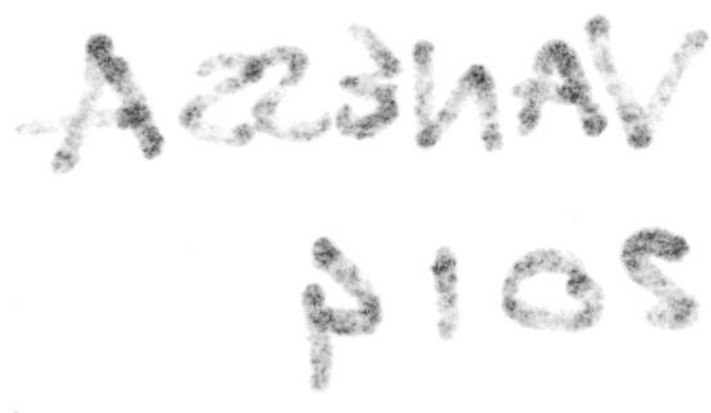

In copertina: un disegno di Dario Fo
Grafica di Guido Scarabottolo

ISBN 978-88-6088-597-5

Prima edizione Le Fenici Tascabili ottobre 2010
Gruppo editoriale Mauri Spagnol
www.guanda.it

FRANCA RAME - DARIO FO

UNA VITA ALL'IMPROVVISA

UGO GUANDA EDITORE
IN PARMA

UNA VITA ALL'IMPROVVISA

Non so dirti in che Era fossimo: ti ho vista per la prima volta dalla barca, sul fiume. Stavi giocando nell'acqua con altre ragazze, mi sono gettato in mezzo a voi, volevo inzupparmi con te. Ma mi hanno malamente spinto fuori dal cerchio: quelle figliole erano tutte promesse. Di te mi ero innamorato, così dolce e giocosa che eri. In una grotta ho inciso la sagoma del tuo corpo mentre ti tuffi fuori dall'acqua per gioco. Ero molto triste specie il giorno che festeggiavano il tuo accoppiamento col maschio promesso. Il rito si svolgeva dentro una piccola isola nello slargo del fiume. All'istante si sono levate grida. Era una masnada dei monti di ghiaccio che scendeva a far razzia. Tutti fuggivano lanciandosi nell'acqua. Io ti ho seguita e ti ho caricato nella mia barca. Siamo stati insieme. Mai sarò tanto grato a quei selvatici arraffafemmine che ti hanno restituita a me. Abbiamo avuto figli di certo, ma non me ne ricordo, e nemmeno ricordo di quando abbiamo finito di vivere. Però ho memoria d'averti incontrata ancora, nel corpo di un'altra ragazza e in un altro tempo. Portavo abiti di tela fatta al telaio. Io tornavo da una guerra, tu eri fuggita da un paese invaso da gente d'un'altra razza. Avevi un figlio nato da poco… tu dicevi che ti ricordavo qualcuno. Io ti ho risposto che di certo noi ci si conosceva. Abbiamo vissuto insieme in quella vita e in un'altra vita ancora, finché ti ho ritrovata in quest'ultima. E qui abbiamo vissuto insieme, per tanto tempo, una quantità di storie che in dieci libri non si possono ricordare.

ANDIAMO A INCOMINCIARE

All'apertura del sipario appaiono al posto del fondale due ampi schermi sui quali sono proiettati un manifesto molto elaborato quasi prezioso e una scenografia classica della commedia dell'arte con due palazzi che s'affacciano ai lati e un palco ricco di statue e corsi d'acqua.

Entra in scena Franca.

FRANCA: Il testo che reciterò stasera mi è stato quasi imposto, in particolare da Dario. Capitava, qualche volta, che fra amici io raccontassi episodi della mia infanzia e momenti buffi e paradossali della mia carriera di commediante. Loro si divertivano davvero entusiasti. Arrivavano perfino ad applaudirmi. I più alla fine mi chiedevano: «Ma perché non le scrivi, queste storie? Anzi, dovresti farne uno spettacolo!» Immancabilmente rispondevo: «Sì... devo trovare il tempo... scriverlo, elaborarlo, ripulirlo...»

Dario poi di questo fatto faceva un gran tormentone. A ogni occasione insisteva perché mi decidessi almeno a registrare su nastro le mie storie: «Poi ci penserò io a farle trascrivere e metterle in ordine...» Convinta promettevo, ma poi non mi riusciva di andare oltre un prologo striminzito. Piano piano tutti smisero di farmi richieste del genere. Ma un giorno Dario, per caso, aprendo il cassetto di un armadio alla ricerca di non so cosa avesse smarrito, incappa in un bustone con sopra scritto «Appunti Franca». Curioso, di nascosto, si fionda nella lettura: storie che raccontano di me bambina, della mia famiglia, fino ad arrivare a oggi. Dopo qualche giorno si presenta a me col malloppo, lo sbatte sul tavolo ed esclama: «Adesso provaci un po' a raccontarmi che non ce la fai a scrivere le tue storie! Queste cosa sono?!»

«Quelle?» faccio io. «È roba buttata giù da principiante senza né mestiere né originalità...»

«Ma non dire fesserie! Sono stupende! Se hanno un pregio è proprio questa semplicità e chiarezza.»

E lì cominciamo a discutere fino a litigare con accanimento, poi ci calmiamo. Io resto in silenzio per una buona mezz'ora... che per me mezz'ora senza dir parola è una fatica...!

A volte.

Poi sbotto: «E va bene, ci sto! Mi impegno a farne uno scritto da teatro... perfino un libro se vuoi! Però pretendo che tu mi dia una mano pensando alle cento mani che ti ho dato io!»

Dario fa una risata, e come un fulmine assatanato si mette a lavorare. Non molla per due mesi filati e alla fine arriva con la prima stesura.

Eccovela: ve la presento.

Indica dei dipinti proiettati sui due schermi.

Avrete notato quell'immagine di manifesto composto da figure in costume sullo schermo: è quello tipico della mia famiglia. Una specie di blasone. Tant'è che in alto c'è ancora scritto «Famiglia Rame presenta».

Per «famiglia», in verità, si intendeva l'insieme di due diversi nuclei familiari, più attori e attrici scritturati, nonché un numero cospicuo di dilettanti. Senza vanagloria alcuna, si può ben dire che questa nostra compagnia fosse un gruppo di grande successo: in ogni paese dove ci si fermasse per dare spettacolo, la gente partecipava in gran numero. Come ci si muoveva? Ad esempio si arrivava in un paesetto o paesotto tipo Parabiago, si affittava una casa per le famiglie, si faceva visita alle autorità per portar loro il nostro saluto, spiegare le nostre intenzioni, il nostro lavoro, insomma ci si faceva conoscere. Si incontravano anche i proprietari di teatri, fosse quello del prete o di un gestore, e via che si debuttava. Mio padre immediatamente prendeva contatto con i vari podestà o preti dei paesi limitrofi, così da avere la possibilità di lavorare tutti i giorni. Ci si riposava solo il venerdì santo e il 2 dei morti.

È testimoniato dai documenti rilasciati dai vari Comuni che le repliche di opere del nostro repertorio si protraevano per intere stagioni.

Nelle due famiglie associate dei Rame, quella di mio zio Tommaso e l'altra, di mio padre Domenico, le donne avevano un ruolo molto importante si occupavano dei costumi e collaboravano a reperire le attrezzerie di scena; ancora, si preoccupavano di scegliere e gestire le varie abitazioni in affitto; mia madre, in particolare, curava l'educazione di noi figli e ci introduceva allo spettacolo, insegnandoci le parti. Non per niente, Emilia, così si chiamava, già a diciassette anni aveva insegnato come maestra in una scuola elementare del suo paese: Bobbio. Gli uomini, invece, organizzavano la tournée, sceglievano i testi, trattavano con i gestori e i proprietari dei teatri, si occupavano di pubblicizzare gli spettacoli andando intorno a incollare sui muri i manifesti, caricavano la nostra piccola corriera, la Balorda, la guidavano, montavano le scene, le luci e tutto ciò che occorreva per la messa in scena.

IL MONDO DEI COMMEDIANTI TENEVA UN RE

Senza dubbio il responsabile della compagnia era mio padre, che oltretutto in Italia ricopriva il ruolo di presidente di tutte le compagnie minime di giro, dei circhi, giostre e spettacoli da fiera.

Ma il suo non era assolutamente un ruolo decorativo-onorifico, giacché con i suoi interventi nei vari ministeri competenti era riuscito a far accettare l'intero assetto dei circensi e commedianti girovaghi nella categoria professionale, che finalmente poteva godere di detrazioni fiscali, di un riconoscimento burocratico e, seppur minimi, di sovvenzioni e rientri sui diritti d'autore.

LA MATRONA CON LE CHIAVI APPESE ALLA CINTOLA

Ma tornando alla mia famiglia, quando si trattava di prendere decisioni importanti che riguardavano il programma da mettere in atto nelle varie *piazze* (nel gergo teatrale «piazza» indica particolarmente «città» o «luogo»), ecco che l'ultima parola in merito toccava alla signora Emilia, che nel teatro viaggiante era considerata come una *regiora* (appellativo lombardo che significa «colei che regge la comunità»). Questo suo ruolo si distingueva in particolare dal mazzo di chiavi che le pendeva dalla cintura. Eravamo agli inizi del Novecento. L'aspetto di mia madre era davvero maestoso: alta, slan-

ciata, con un volto aristocratico issato su un lungo collo. Portava cappelli ampi di gusto francese, indossava abiti che si confezionava da sé e che le conferivano un'eleganza straordinaria.

Per finire, l'intera famiglia contava un maggior numero di donne, esattamente sette femmine contro tre maschi. Tre erano le figlie di mio padre Domenico, due quelle del fratello Tommaso, senza dimenticarci le due rispettive mogli e l'unico figlio maschio della «regina».

Io ero l'ultima nata della covata teatrale, come dicevamo straricca di femmine. Questo sbilanciamento produceva una notevole difficoltà nella distribuzione dei ruoli sul palcoscenico, giacché è risaputo che in gran parte delle opere teatrali antiche e moderne i personaggi maschili si presentano normalmente in maggior numero rispetto a quelli femminili. Basta dare un'occhiata ai ruoli di testi elisabettiani o a quelli del teatro romantico dell'Ottocento per constatare che il rapporto maschi/femmine è di dieci a due, massimo tre, a vantaggio dei ruoli maschili. Non si poteva certo risolvere con la messa in scena di sole opere come *Le tre sorelle* di Čechov, *Le allegre comari di Windsor* di Shakespeare o la *Lisistrata* di Aristofane.

Come tutte le compagnie di giro, anche la nostra esibiva in cartellone un vario e vasto repertorio: commedie comiche, drammi storici, opere moderne e perfino sceneggiati tratti da romanzi di successo.

Ognuna di queste opere richiedeva come minimo più di dieci interpreti; alcune volte si superavano i quindici-sedici personaggi. Quindi, per una corretta messa in scena, la compagnia era costretta a ingaggiare attori che coprissero i ruoli maschili scoperti e a coinvolgere anche dilettanti, possibilmente di talento.

UN PESCE FUORI BRANCO CHIAMATO CONTRASTO

Eravamo nel '45 quando, fra gli aspiranti attori, capitò un ragazzo che conosceva a memoria una notevole quantità di testi classici, da Shakespeare a Molière. Il giovane si chiamava Enrico Maria Salerno, un attore che, più tardi, entrando in formazioni primarie, raggiunse un notevole successo, tanto da guadagnarsi il ruolo di capocomico. Il *contrasto* (così nel gergo dei girovaghi venivano chiamati gli estranei alla famiglia) fu messo subito in condizione di dimostrare le proprie qualità: gli fu affidato il ruolo di Romeo, in coppia con me che allora avevo sedici anni, la giusta età per interpretare il ruolo di Giulietta. Nelle mie chiacchierate sul teatro ho ricordato spesso il turbamento e l'imbarazzo provati da entrambi durante quella rappresentazione: lo zio Tommaso, in veste di drammaturgo, come suo solito aveva trasformato in forme più semplici e comprensibili al pubblico popolare l'opera di Shakespeare, e soprattutto lasciato una discreta libertà di azione agli interpreti, anche in rapporto al testo. In compagnia era del tutto normale andare *all'improvvisa** e inventarsi sul momento passaggi di dialogo e variazioni di battuta. Salerno all'inizio fu sorpreso e provò subito grande difficoltà a restare «in parte» con quelle varianti inaspettate; poi, deciso, tirò dritto per la propria strada recitando alla lettera il testo originale, costringendo me e tutti gli altri attori a rincorrerlo lungo il percorso classico. Ne sortì una rappresentazione completamente fuori chiave con andamenti astrusi e tirate infinite.

Tant'è che, al momento in cui mi ritrovai sdraiata sul sarcofago e dovevo sembrare morta, stordita da quelle sue tiritere, mi addormentai come un sasso. Di lì a poco, suicidatosi Romeo, io mi sarei dovuta risvegliare, ma non davo alcun segno di vita, né percepivo le soffiate fuori quinta della famiglia intera che mi sibilava: «Sveglia, tocca a te, Franca... sveglia!» Mio padre, che a sua volta arrivò fra le quinte, mi tirò addirittura una scarpa addosso colpendomi su un fianco. Scattai seduta gridando: «Eh? Che c'è? Cosa succede?»

Una gran risata esplose in platea. Meccanicamente, cominciai a recitare: «Or che il sole già giunto da dietro il monte m'avverte che il giorno non indugia...» Era la tirata sul risveglio di Pia de' Tolomei. Ma il pubblico, confuso, non riusciva più a seguire lo svolgersi del dramma e

* *All'improvvisa* è il termine con cui già nella commedia dell'arte si indicava l'andare a soggetto, fuori dal testo.

giustamente si indispettiva; nemmeno la scena del suicidio dei due giovani amanti salvò lo spettacolo.

In poche parole, come diceva mio padre, non si può sbattere l'olio con l'acqua: il risultato è che il liquido che ne sortisce non lo puoi né bere né friggere.

Lo zio Tommaso racconta che dopo quel disastro si aspettava che il Salerno, sconvolto, desse forfait e se ne andasse dalla compagnia. Invece, con nostra grande sorpresa, il ragazzo il giorno appresso andò da lui e gli disse: «Io sono venuto qui per imparare. Sono già stato allievo di un'Accademia d'Arte, ma dopo un mese mi sono reso conto che stavo perdendo il mio tempo. Qui invece sento che mi posso arricchire di qualcosa. Per favore, insegnatemi a recitare alla vostra maniera». Con uno splendido sorriso e una manata sulla spalla lo zio rispose: «Accomodati, sei dei nostri. Provaci anche tu, se ci riesci, a diventare un *guitto* di talento».

L'ARTE ANTICA DI ANDAR *ALL'IMPROVVISA*

Il giorno stesso, l'apprendista guitto partecipò alla riunione per l'allestimento di un nuovo testo.

L'intera compagnia si era riunita intorno a un tavolo sistemato in palcoscenico e lo zio Tommaso cominciò a leggere un romanzo uscito da qualche anno, che aveva per protagonista addirittura il Savonarola. Altri personaggi di spicco erano due giovani seguaci femmine, il papa Borgia con sua figlia e il Valentino fratello suo. Ma lo scritto non dava l'impressione del solito drammone storico, tutt'altro: era carico d'azione ben documentata e anche di giochi satirici di buon livello. Terminata la lettura, lo zio drammaturgo distribuì i ruoli. Per sé tenne quello del pontefice, a Domenico, mio padre, toccò quello di Savonarola, a me la parte della giovane Lucrezia Borgia e al Salerno quella del terribile Valentino, sospetto amante incestuoso della sorella, cioè mio.

A questo punto il Salerno chiese un copione, con il testo almeno approssimativo. No, niente testo, si va *all'improvvisa*, come al solito. Letteralmente il ragazzo saltò sulla sedia e chiese: «Ma com'è possibile? Così non ne può uscire che un papocchio!»

«Vedi» gli spiegò Domenico, «ognuno di noi, col tempo, s'è creato una specie di codice delle situazioni, e così siamo in grado, a braccio, di recitare decine di dialoghi d'amore diversi: quello della giovane pudica corteggiata dallo sciupafemmine, la schermaglia amorosa delle *Mille e una notte* o il dialogo astuto fra il finto infoiato e la meretrice dal buon cuore. Lo stesso discorso vale per la disputa fra l'eretico e il sant'uomo, fra l'ingannatore e il mercante sprovveduto, fra il prete confessore e la fedifraga, e così di seguito all'infinito.»

«Va bene» commentò il ragazzo spalancando le braccia, «attenderò l'infinito! Ma almeno per cominciare, datemi la possibilità di segnarmi qualche battuta sul polsino della camicia, sul bordo del tavolo o sulla schiena del mio interlocutore!»

«Non serve: per questo c'è l'Argante.»

«E cos'è 'sto Argante?»

«Eccolo!» indicò lo zio, puntando fuori scena. Al limite della prima quinta stava una specie di pupazzo geometrico del tutto appiattito, che teneva appesi al petto dei fogli sui quali erano tracciate l'azione e la trama indicativa di sequenza.

«Prima di entrare in scena ti leggi la sintesi» continuò Tommaso, «afferri l'attrezzo che ti servirà nel dialogo: un bastone, un cappello, un pugnale, un accendino eccetera eccetera... Vedi? Stanno tutti appesi sul suo ventre; il cappello lo trovi sulla testa del *mammozzo.*»

Così cominciò l'avventura dell'apprendistato con i «comici» di Tradizione. Si mettevano in scena, una appresso all'altra, commedie e tragedie le più diverse. Trascorso un anno, Enrico Maria sembrava proprio uno nato sul palcoscenico dei Rame.

Una sera, lui così puntuale non arrivò all'ora del *chi è di scena*. Mi ricordo che al suo posto arrivò un biglietto: «Ho terminato il mio apprendistato. Non vi sarò mai grato abbastanza per tutto quello che ho appreso. Scusate, ma ho voluto portarmi via un ricordo. L'Argante l'ho rubato io!» Infatti il *mammozzo* di quinta era sparito.

Appare sullo schermo l'immagine dell'Argante sul quale sono appesi cappelli, oggetti vari, fogli del copione. All'istante il pupazzo si fa sempre più grande fino a coprire l'intero spazio dello schermo, quindi appare Franca bambina, che s'affaccia da una grande arca di Noè, con tanto di animali esotici e domestici.

Tutto sparisce, resta sul fondale solo l'immagine di Franca già ragazza.

L'ARCA DI NOÈ

Arrivati a questo punto credo che sia importante parlarvi delle origini del nostro teatro, detto *all'Italiana*, di cui potete ben osservare una delle ultime superstiti: eccomi, sono io, proprio come l'ultimo dei Mohicani. Sì, sono un reperto storico!

Con un effetto di montaggio computerizzato vediamo sul fondale l'immagine di Franca che si muove, si trasforma e cambia atteggiamenti e ruoli.

I capostipiti della mia famiglia risalgono a una cosa come cinque secoli fa. Nel raccontare di me, della nostra storia

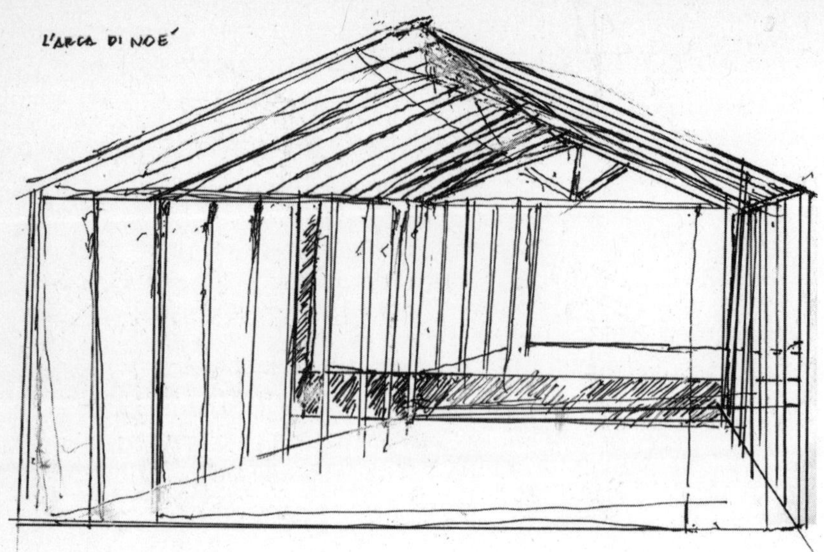

e del nostro teatro non seguirò una logica dettata dal rincorrersi cronologico dei fatti, ma piuttosto proseguirò per immagini, così come mi si presentano nella memoria.

Sul fondale appare l'immagine di un teatro smontabile che si trasforma in barche con grandi vele.

Tanto per cominciare ricordo di aver chiesto una volta a mio zio Tommaso, che chiamavamo il «sapio» (da sapiente), da dove venissero quegli strani nomi che usavamo per indicare i macchinamenti del palcoscenico e della soffitta; e lo zio mi rispose: «Ce li siamo presi dalla marineria, a partire dalle corde, che noi chiamiamo appunto 'cime' come i marinai, e poi la fune lunga e la media; le vele, la randa di quinta, le fiancate e gli stangoni; dai marinai abbiamo appreso anche lo stesso modo di far nodi, di issare le scene e i fondali».

«Ma che vuol dire, questo? Che i primi attori erano marinai?»

«No, non propriamente, ma di certo conoscevano bene come si costruisce una nave.»

Di qui, per analogia, mi appare l'immagine del nostro teatro smontabile. Mio fratello, che aveva qualche nozione d'architettura, diceva che era stato progettato secondo i canoni tipici di una primordiale chiesa metodista.

Sullo schermo appaiono la pianta e l'alzato del teatro viaggiante.

«Che significa?» gli chiesi. Enrico mi rispose: «Quando i Quaccheri arrivarono in America cercarono di mettere in piedi strutture che permettessero di raccogliere qualche centinaio di persone e tenerle al coperto. Usavano il legno, e la pianta di quelle piccole chiese era a croce».

Appare un disegno che riproduce pianta e alzato di una chiesa metodista in movimento fino a comporsi in una visione dall'alto.

A nostra volta abbiamo scelto quell'impianto. Ogni asse o tavola era stata preparata «a terra» e issata solo dopo che tutti i pezzi erano approntati. Si sceglieva un prato o un terreno solido su cui si disegnava la pianta, e via!

Mi ricordo la prima volta che montarono il teatro, avevo poco più di sei anni: vidi gli operai issare quei pali tenendoli ritti per mezzo di funi. Lassù, in cima a lunghe scale, stavano i carpentieri, che incastravano i traversoni delle trabeazioni e poi li bloccavano coi bulloni.

Era il vanto di mio padre, quando, ammirandolo, esclamava pieno d'orgoglio: «È come l'Arca di Noè, questo nostro vascello, tutto a incastro senza manco un chiodo. Si può montare o smontare in una giornata sola!» Dopo un paio d'ore ecco la gabbia dell'intero edificio già leggibile e pronta perché vi venissero sistemate le pareti.

Ma com'era venuta l'idea, a mio padre e allo zio Tommaso, di mettere in piedi un teatro di quel genere? Furono mia madre e le figlie a provocare nel cervello dei fratelli Rame l'idea: in particolare, la colpevole maggiore fu Pia, la seconda delle mie sorelle, che si lamentava a tormentone di questo andare in giro per piazze, costretti a subire le angherie, spesso ricattatorie, dei gestori delle sale private, parrocchiali o comunali, senza nessun rispetto della parola data o di un contratto stipulato e depositato.

L'insulto che fece esplodere la rabbia nella nostra compagnia fu determinato dal parroco di un orrendo borgo del Lecchese che, dopo la rappresentazione del *Giordano Bruno*, dal fondo della platea arrivò come un giudice dell'Inquisizione in palcoscenico e ci ordinò brutalmente di far fagotto.

Il prete gestore del locale salì in palcoscenico e urlò: «Tirate su i vostri stracci e, fra un'ora, voi e la vostra gente: sloggiare!»

Mio padre diventò pallido, quasi più bianco dei suoi capelli bianchi, poi chiese: «Cosa vi ha tanto indignato, dello spettacolo?»

«Il fatto del supplizio prima del rogo» rispose don Giussani (così si chiamava il prete), «quel far ingoiare uno straccio al condannato e poi tappargli la bocca con quella museruola perché non potesse proferir parola: questa è proprio una insopportabile menzogna gratuita da socialisti.» Sempre per inciso devo ricordarvi che il fatto avveniva nel 1935, cioè in pieno fascismo, e fra Mussolini e il Vaticano si era appena firmato il famoso Concordato.

«Macché gratuita!» risponde mio padre. «È nel testo accettato dal ministero e già rappresentato centinaia di volte in Italia!»

«Non me ne importa un fico dei timbri e dei permessi. Qui nel mio teatro non accetto i rossi, e basta così!»

Facemmo fagotto, come si dice, tutti zitti, nessuno proferì parola, ma era un silenzio più rumoroso di un uragano. Mi ricordo che quella notte io dormivo nella stessa camera di mio padre e mia madre. Loro continuavano, seppur sottovoce, a parlare. Ogni tanto sbottavano in grida. A un certo punto mi alzai avvolta nella coperta e protestai: «Io domani devo andare a scuola e voi non mi fate dormire. Non voglio addormentarmi come al solito con la testa sul banco!»

«No, non preoccuparti, non dovrai andarci a scuola. Domani si parte per Novara.»

«Recitiamo lì? In che teatro si va?»

«Nel nostro. Lì c'è una cooperativa di carpentieri che ce lo costruirà.»

Rimasi come attonita, poi dissi velocissima una battuta del *Re Lear*: «Il dolore ha sconvolto la mente del nostro sire, ed ora straparla; Signore, abbi pietà della sua follia». E così dicendo, strascicando la coperta come un mantello regale, me ne andai nell'altra stanza a dormire su un divano.

Oggi mi rendo conto che la memoria più incisa che conservo di quell'evento sta tutta nell'aver assistito alla rizzata dell'Arca di Noè.

Io me ne stavo seduta come una spettatrice incantata e appresso a me c'era tutta la famiglia, gli attori, le comparse e un gran numero di curiosi. In un attimo si era arrivati al tetto, poi fu la volta del palcoscenico, con tanto di soffitta, quinte e la struttura per le corde. Mio padre volle che si provasse a metter su scenari e fondali. Di lì a un'ora, lo zio Tommaso diede l'ordine di spalancare il sipario, e all'istante apparve tutta intera la scena del bosco di Genoveffa di Brabante. Mio padre saltò letteralmente giù dal palcoscenico urlando: «Abbiamo il teatro!» Esplose un grande applauso, a me vennero giù lacrimoni a rigarmi la faccia. Mi guardai intorno: piangevano tutti.

«Fate attenzione» disse a 'sto punto mio padre, «vi voglio far notare un particolare straordinario di questa nostra struttura mobile: in primavera, d'estate e in autunno noi potremo dar spettacolo al fresco, senza pareti!» Così dicendo diede l'ordine e gli operai spinsero le pareti che si spostavano sulle loro guide. Mio padre contava ad alta voce: «Uno, due, tre...» Arrivò al dieci e tutte le pareti erano sparite, nascoste dietro il fondale. Un «ooh!» di meraviglia esplose sotto le trabeazioni del nostro tempio magico.

Zio Tommaso si rivolse all'intera compagnia con un piglio fra il severo e lo scherzoso, gridando: «Adesso basta fare gli spettatori, bisogna metter giù le sedie. Tutti qui, che si scarica il secondo camion». Così si cominciò il passamano. Mio fratello Enrico dirigeva le operazioni: le sedie, come da regolamento, dovevano esser bloccate a terra e fra di loro. Si era oltre il tramonto quando si terminò di sistemare la platea.

«Abbiamo cinquecento posti» annunciò Enrico. «Speriamo di esaurirli ogni sera...»

Qualche giorno dopo, realizzati i collegamenti con la linea elettrica ed effettuato il collaudo di tecnici del Municipio e pompieri, ci preparammo alla prima rappresentazione.

Vengono proiettate immagini di sezioni del palco, della soffitta e della sequenza di capriate, fino a descrivere completamente l'immagine prospettica dell'intera sala chiusa sul fondo dal palcoscenico.

I manifesti erano stati affissi in gran quantità; la Balorda, la piccola corriera che ci serviva per gli spostamenti, aveva girato per le vie del centro e della periferia sblaterando con l'altoparlante:

Proiezione di un disegno raffigurante la Balorda vista da tre diverse posizioni.

«Venite al Campo dei Giardini giovedì alle ore 20, assisterete alla prima nazionale del dramma storico *Barbarossa alla Battaglia di Legnano*, dove vedrete il brutale imperatore travolto e costretto a fingersi morto fra i caduti pur di salvarsi la pelle e anche la barba».

Il fondale con la struttura che regge lo schermo viene in avanti fino al proscenio e sulla tela appare l'immagine di Dario.

PASSAGGIO DAL PONTE

DARIO: Eccomi qua… disturbo?

FRANCA: (*come sorpresa*) Be', diciamo che proprio in questo momento, in cui andavo libera e tranquilla…

DARIO: Sì, ma fra poco avrai bisogno di qualcuno che ti faccia da ponte per il prossimo passaggio!

FRANCA: Passaggio dal ponte?!

DARIO: Eh sì, fra il discorso che hai appena terminato e la situazione completamente diversa che dovrai affrontare.

FRANCA: Eh già, hai ragione, me n'ero quasi dimenticata!

DARIO: Ma io no, tant'è vero che sul testo avevo

scritto ben chiaro la nota: «ponte – duepunti – aiutare Franca».

FRANCA: Oh, grazie… e come pensi di aiutarmi?

DARIO: Be', mi rivolgo agli spettatori, pressappoco così, e dico: «È stato un momento davvero difficile per Franca quello in cui si è trovata vicino a sua madre che la stava lasciando. Si era seduta vicino al letto di lei e le parlava quasi mormorando».

Si abbassano le luci, l'immagine di Dario pian piano svanisce. Franca se ne sta seduta, è illuminata di taglio da due riflettori.

FRANCA: C'è uno strano chiarore che entra di soppiatto dalla finestra. Non avevo mai assistito a un'alba tanto assurda a Milano. È settembre. Da fuori viene un'aria ancora tiepida. Fra poco sarà giorno. Mia madre sta morendo. Sono qui seduta su una poltrona, la testa appoggiata a un cuscino, ma non riesco a dormire. Gli occhi mi bruciano, ma non ho sonno. Sono rientrata da quattro ore. Stasera in teatro ho recitato senza seguire quello che andavo dicendo… gesti, battute, parole uscivano come registrate: la mia mente stava qui in questa stanza. Mi appoggio meglio alla poltrona.

Ho posato in grembo il latte detergente per lo strucco. I kleenex.

Me lo passo sul viso; da soli mi escono sospiri lunghi, dolorosi. Di quelli che ti sconquassano la mente.

Sto vivendo questo momento come se non capitasse a me.

La guardo. Lei è lì che sta faticando a morire.

Un rantolo costante da giorni ci segue in ogni stanza.

La sua mano che tengo più che posso nella mia, è tiepida... se non fosse per quel respiro strozzato che le esce e le labbra spaccate per l'arsura, potrebbe sembrare una bellissima anziana signora addormentata.

«Sì, mamma, ora te le inumidisco»; mi viene normale parlarle come mi sentisse. Da una tazza prendo la garza intinta nell'acqua, delicatamente gliela passo sulle labbra. Sulle gengive. Qualche goccia sulla lingua. Mi sembra che ne succhi un po'. Ma è solo un'impressione.

«Sono qui, mamma. Sono qui, dammi la mano.»

La casa dorme. Anche l'infermiera della notte riposa.

In questi solitari silenziosi momenti, il pensiero fa salti

qua e là nella nostra vita. Penso sia una cosa normale: come tirare le somme, mettere in fila i ricordi. Il passato ti viene davanti a saltelloni, il bello e il brutto, sorridi e ti rattristi in un attimo… tutto è così veloce.

Sento mamma che mi racconta della sua infanzia: «Che ragazzina generosa la Sgarbina, figlia del nostro droghiere… quando andavamo da lei, subito si metteva una caramella in bocca, la succhiava un po', poi me la regalava».

Mi vedo la scena con un sorriso. Che m'è venuto in mente?

La mia famiglia.

Non ho conosciuto nessun nonno e da piccola invidiavo le bambine che li avevano.

Cerco di immaginare mia madre tra i suoi. Il padre ingegnere del Comune di Bobbio, o forse solo geometra, la madre casalinga. Undici figli: sette femmine, quattro maschi. Poveri come l'acqua, dignitosi, di classe sociale intermedia, ma con troppe bocche da sfamare e da far studiare. Maschi e femmine non potevano mai uscire tutti insieme: mancavano le scarpe.

L'Emilia, la mia mamma, a diciassette anni diventa maestra. Per quei tempi era una conquista sociale. La mandano a insegnare in una scuola sperduta in montagna a una ventina di chilometri da Bobbio. Viene ospitata da un cugino prete, appena uscito dal seminario, grassottello e gentile. Il giovane prete si innamora perdutamente di lei. Don Celeste, così si chiamava, cerca aiuto nelle preghiere e nel digiuno. Ma il Signore è distratto e non gli tende la mano. Disperato, balbettando, il giovane si rivolge a Emilia: «Devo farti una confessione. Ho deciso di lasciare la parrocchia e spretarmi».

«Hai perduto la fede?» chiede sconvolta la ragazza.

«Sì, ma in compenso ho guadagnato te. Ti voglio sposare.» E così dicendo, tenta di baciarla. Vola un ceffone sul facciotto pallido dell'impunito e, quasi soffocando per l'indignazione, l'angelica maestrina apostolica fervente praticante se ne torna a casa dai genitori, a piedi, che è già scuro... e c'è pure la neve! Attraversa due fiumi su ponti maestosi e costeggia rupi e vallate, senza paura.

Quanto sgomento nella tua voce quando torni a raccontare di quel momento... quanta indignazione, mamma! Dopo tanti anni è sempre come fosse ieri, nella tua testa, un ricordo indelebile.

Fotografia mai ingiallita.

Credo sia stato l'unico momento «vergognoso», come lei lo definisce, della sua vita.

«Ma mamma, quel povero prete, in quel paesino sperduto in montagna... potevi anche darglielo un bacino...» le dicevo ridendo.

«Mai! Si vergogni!»

«Ma mamma, chissà da quanto è morto!»

«All'inferno! Sarà certamente all'inferno!»

A ottantacinque anni, e non era la prima volta, a Cesenatico, mi chiede di confessarsi. Dario, in bicicletta, va a chiamare il prete. Lo vedevamo tutte le estati, sempre a confessare mammà. Aperto, intelligente, un buon cristiano. Li lasciavamo soli, nel portico protetto da zanzariere. Parlottavano per una mezz'oretta. Lei, seduta, compunta, seria, con gli occhi bassi come bruciasse ancora di vergogna per tanta offesa. Lui, con la bocca piena di biscotti e sorseggiando il tè, la rincuorava.

Li spiavo dalla finestra sciogliendomi di tenerezza.

Quando usciva gli chiedevo: «Ha visto che peccati tremendi ha fatto la mia mamma? È sempre quello, eh... il povero pretino e il ceffone...» Lui, intascando l'offerta per la chiesa, se ne andava ridendo. In bicicletta.

MARIONETTE, CHE PASSIONE!

Qualche mese dopo il dramma del pretino giunge in quel di Bobbio un giovane sì e no di vent'anni, si chiama Domenico, di professione «marionettista girovago», con il suo carro, il fratello Tommaso, la sorella Stella e Pio, suo padre, grande estimatore di Garibaldi tanto da portare una barba e un cappello identici a quelli del fantastico Giuseppe. Infatti, l'unico ritratto in nostro possesso lo raffigura vestito e somigliante all'eroe dei due mondi!

Per un attimo appare l'immagine del nonno di Franca davvero travestito da Garibaldi.

IL NONNO GARIBALDI

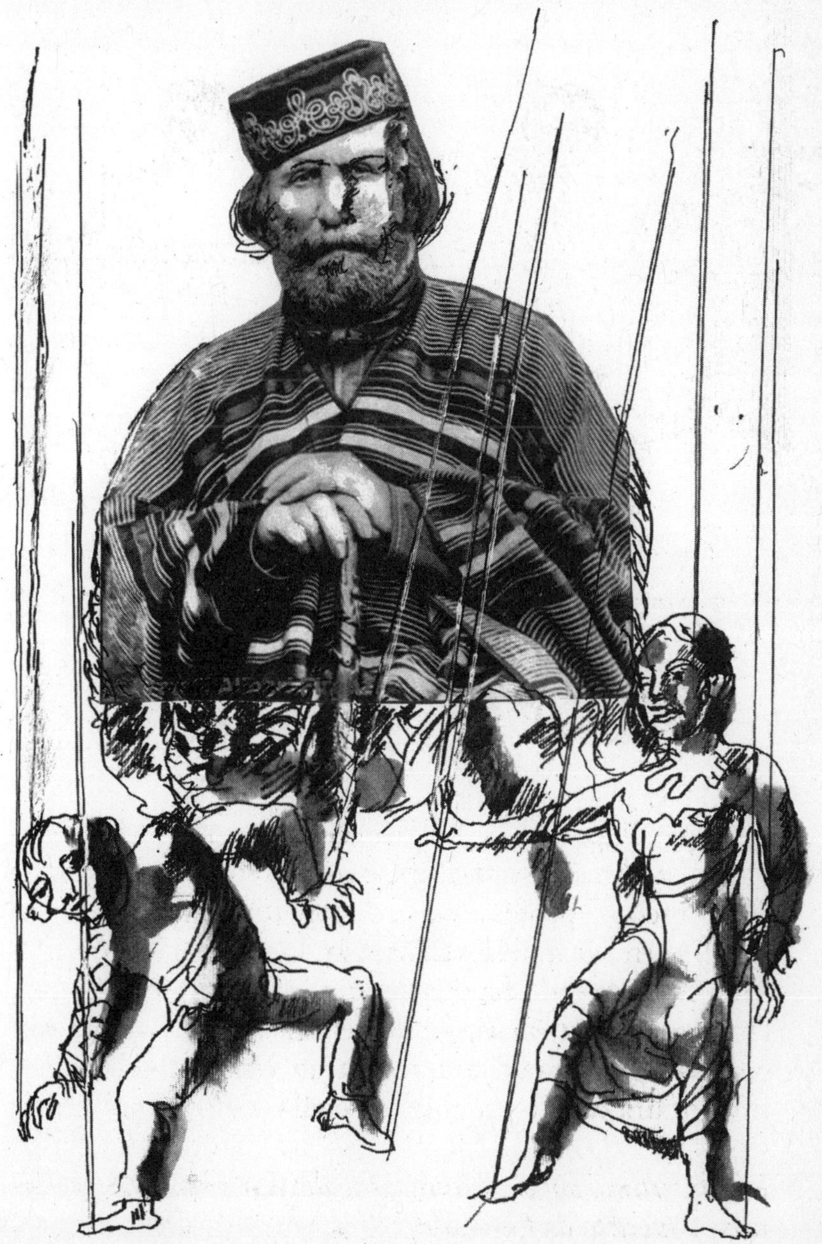

A quel tempo, nella cittadina di Bobbio l'arrivo delle marionette doveva essere certamente un evento. Però non è a teatro che Emilia incontra il ragazzo delle marionette, ma a un gran ballo: quello di Carnevale.

Io me la vedo, mia madre, signorina, che attraversa il gran salone con le colonne, delicata e sinuosa, di una bellezza sconvolgente.

EMILIA RAGAZZA

Appare una foto dell'Emilia ragazza disegnata da Dario.

Ecco, entrano tutte insieme le sette sorelle Baldini con costumi d'epoca cuciti da loro stesse e si fa un gran silenzio; le figliole che camminano ridendo folgorano i maschi presenti sotto lo sguardo attento di tutta la famiglia.

Lui, il mio papà, era bellissimo. Indossava un costume azzurro…

LE 7 SORELLE DI BOBBIO

«... E mi ha invitato a ballare sette volte. E mi stringeva anche! Si muoveva con tale eleganza e mi sapeva condurre così facilmente da farmi sentire leggera. Glielo dico e lui mi risponde: 'Per forza, è questione di mestiere:

INCONTRO AL BALLO

faccio ballare le marionette!' E così dicendo, mi solleva facendomi piroettare di qua e di là. Altro che farmi girare la testa! La musica era finita e io lo stringevo ancora» conclude mia madre, illuminata dal ricordo e per nulla imbarazzata da tanto ardire.

«Ma davvero lei è un marionettista?» gli chiede.

«Certo! E le fabbrico anche! Anzi, ne voglio fare una che le assomigli perfettamente, così non la potrò dimenticare.»

Lei scoppia a ridere convinta sia una *boutade*. Fatto sta che entrambi restano letteralmente fulminati uno dall'altra.

Mio padre, finita la stagione in quel di Bobbio, smonta il teatro con i suoi e se ne va. Lei rimane sospesa per i fili dalla malinconia proprio come una marionetta e dondola senza vita.

Dopo un anno di lettere d'amore, il Domenico torna. Si sposano con grande scandalo della famiglia e del paese. Eh sì, perché tutte le altre sorelle erano fidanzate con tipi ben piazzati: il professore, il giudice, il direttore di banca. Lei no: si va a innamorare di un marionettista, col suo carro e senza fissa dimora. Altro che scandalo!

Bellissima, giovane, innamorata, cerca con tutte le sue forze di adeguarsi a quella nuova vita fuori regola, proprio il rovescio di quella che aveva condotto sino a quel giorno. Aiuta la compagnia come può. Non sa manovrare le marionette, ma si ingegna a cucire vestiti e rinnova tutto il guardaroba dei pupazzi di legno.

A pensarci pare una favola.

È molto orgogliosa di quello che fa. Più avanti, dirà qualche battuta doppiando le marionette.

Era appena finita la prima guerra mondiale, c'era la crisi, un sacco di operai disoccupati, scioperi e disordini, cariche di polizia, arresti e processi. Mio zio era socialista militante, partecipava ai comizi e organizzava manifestazioni di protesta. Era arrivato a cambiare perfino il programma degli spettacoli.

Per la prima volta si poteva assistere a spettacoli di marionette dove si raccontavano storie di lotta di classe: le Mondariso di Novara in sciopero, con Gianduia carabiniere che scopre un intrallazzo organizzato dai proprietari terrieri i quali pur di boicottare lo sciopero avevano sparso la voce che dei delinquenti comuni si fossero infiltrati fra i contadini per dar loro manforte e dirigere la protesta.

Sempre con le marionette, la mia famiglia riusciva a mettere in scena la storia di Cola di Rienzo, che fonda la prima Repubblica Libera Romana e perfino il dramma di Arnaldo da Brescia che lotta per l'autonomia dell'Università e viene condannato al rogo come eretico.

Succedeva spesso che alla fine delle rappresentazioni il pubblico si alzasse in piedi e cantasse addirittura *L'Internazionale*. Perciò, c'era da aspettarselo, ebbero grane con la polizia. Furono chiamati in questura dove il commissario capo diede loro l'avvisata: «Vi consigliamo di cambiare programma perché alla prossima di queste bravate vi arresto con tutti i vostri attori».

«Attori? Ma noi abbiamo solo marionette!»

«Appunto: arresteremo le marionette!»

OPLÀ: ATTORI DAL VIVO!

Con l'avvento del cinema sonoro (1929), mio padre, mio zio e tutta la compagnia intuiscono che «il teatro delle marionette» sarà presto messo in crisi, schiacciato da

DAL TEATRO DEI BURATTINI A QUELLO DI PERSONE

I TRUCCHI E LE SCENOGRAFIE INGRANDITE

EFFETTO MAGICO

L'EFFETTO DELLE PROIEZIONI

questo nuovo straordinario e anche un po' magico mezzo di spettacolo. Con grande dolore del nonno Pio, decidono un cambiamento radicale del loro programma e della loro condizione: «Reciteremo noi i nostri spettacoli, entreremo in scena noi, al posto delle marionette».

Così le due famiglie dei Rame si sostituiscono ai pupazzi di legno (vere e proprie sculture snodate, tre delle quali sono ancora oggi esposte al Museo della Scala di Milano). Hanno scelto i testi, li hanno provati e riprovati, si sono procurati i costumi e grandi fondali dipinti per loro da un amico scenografo della Scala e debuttano in un teatro normale: il teatro di «persona», e lei, la mia mamma, diventa la prima attrice.

Un'attrice che di giorno tirava su i figli, li aiutava a studiare, si occupava della casa, teneva l'amministrazione della compagnia come fosse quella di un normale ménage familiare. E alla sera, salendo sul palcoscenico, eccola trasformarsi in Giulietta e Tosca, e la Suora Bianca dei *Figli di nessuno*, e la Fantina dei *Miserabili*, tutti ruoli che via via anche noi figlie e cugine, una appresso all'altra, avremmo poi interpretato. Mi vedo a percorrere l'apprendistato dei teatranti interpretando tutti i ruoli che crescendo erano adatti alla mia età, maschili o femminili che fossero.

Il vantaggio della compagnia di mio padre rispetto alle altre compagnie di giro consisteva nell'aver deciso di riprendere tutti i trucchi scenici degli spettacoli di marionette e applicarli al teatro di persona: montagne che si spaccano in quattro a vista, palazzi che crollano, un treno che appare piccolissimo lassù nella montagna e che, man mano che avanza nei turniché entrando e uscendo dalle gallerie, s'ingrandisce fino a entrare in proscenio con il muso della locomotiva a grandezza quasi naturale.

E poi mari in tempesta, nubi che solcano minacciose il cielo tra lampi e tuoni, gente che vola, scene in tulle in primo piano, che illuminate a dovere ti facevano immaginare come fosse il paradiso.

Insomma tutti gli espedienti tecnici delle macchine di spettacolo del Seicento perfezionate dal Bibbiena dentro la scenotecnica delle marionette.

Soltanto che in quel teatro tutto era stato miniaturizzato, si trattava adesso di eseguire un'operazione da Gulliver alla rovescia: da minuto che era all'origine, ingrandire ogni oggetto, aggeggio, marchingegno fino a fargli raggiungere le dimensioni naturali.

In questa nuova veste la compagnia di mio padre realizza un successo insperato. Senza quasi rendersene conto, i Rame avevano compiuto un vero e proprio salto mortale dentro l'antico teatro dell'Arte. La gente veniva ad assistere ai nostri spettacoli con lo stesso spirito dell'andare sulla giostra con grida, risate e spaventi.

Ma il successo significava anche repliche senza fiato. Così noi s'era costretti a lavorare 363 giorni l'anno. La domenica, la compagnia si divideva in due e si faceva doppio spettacolo, pomeriggio e sera.

Giravamo cittadine, paesi e borghi del Nord Italia su una corriera che val la pena di presentarvi meglio, giacché per noi era come una persona di famiglia, la Balorda, chiamata così a causa del comportamento bizzarro che mostrava: il suo era proprio un motore a scoppio, ogni tanto addirittura esplodeva, sparava acqua bollente, fumi con sussulti e gemiti.

In alcuni paesi a monte, nei quali a una certa ora del giorno si transitava, nei turniché particolarmente ripidi lei, la vecchia signora, non ce la faceva. C'erano sempre dei ragazzi che ci aspettavano. Ci spingevano fra tante risate, poi la sera ci raggiungevano ed entravano a godersi lo spettacolo gratis: «Siamo quelli che hanno spinto la Balorda!»

«Passate.»

Mio padre amava quel prototipo meccanico primitivo e, zingarone com'era, gioiva tutto nel vedersela rilucente di colori sgargianti. Mia madre, la maestrina cattolica di buona famiglia, ogni volta che lui le cambiava colore lamentava col pianto in gola: «Non sposeremo mai le nostre figlie!»

«Hai ragione, Milietta... domani rimedio. La tingerò di un colore più sobrio.» E l'indomani quando Milietta si affacciava in cortile, ecco la Balorda ridipinta... tutta d'argento!

Emilia lanciava un grido, poi bisbigliava: «Per sistemare le nostre figlie non ci resta che metterle all'asta con le svendite di fine stagione».

Stava per finire la guerra. Nella nostra zona bombardamenti pesanti non ne avevamo subiti. Qualche bomba sulla fabbrica di aerei, la Macchi, alla periferia di Varese, a Masnago.

Proprio a Masnago mi ricordo che una notte, tornando a casa dopo lo spettacolo, fummo fermati da un gruppo di fascisti e con noi tutti quelli che transitavano per la strada. Ci fecero entrare in un cortile (era quello dove abitava uno dei nostri dilettanti, chiamato Luigino-cassa-da-morto, perché suo padre le fabbricava). Là, siamo stati bloccati per ore. Solo intorno alle sette ci hanno lasciato andare. Non è stato per niente drammatico, per noi giovani. Dopo poco, la serietà degli adulti l'abbiamo cancellata. L'aria era di festa. La mamma del Luigino-cassa-da-morto ci aveva offerto qualcosa da mangiare. Si parlava, si rideva nonostante i tedeschi e i fascisti con i loro mitra, giù nel cortile.

«È arrivata altra gente... stanno fermando tutti.» Cominciamo ad avere sonno, si parla e si ride di meno, qualcuno s'è addormentato.

Ma quella strana notte sarebbe finita in tragedia se nel frattempo fosse arrivata la notizia del fallimento di una missione tedesca. Ci avrebbero fucilati tutti. L'abbiamo saputo qualche giorno dopo, da Lunardi, un prestigiatore fantastico, amico di mio padre, che bazzicava in ambienti fascisti.

L'abbiamo scampata.

Altre volte capitava che ci fermassero dei partigiani. Non dicevano: «Siamo partigiani», ma erano in borghese con i mitra.

«Signor Rame, ci dà un passaggio?»

Ci stringevamo e li facevamo salire, e via che si riprendeva a cantare. Ogni tanto, con loro a bordo, incrociavamo una pattuglia di fascisti, ma a noi non chiedevano i documenti, ci conoscevano. Avevamo un permesso speciale per girare con il coprifuoco.

«Buona sera, signor Rame. Com'è andata?»

Il cuore si fermava per un attimo. «Benissimo! Grazie.»

«Buonanotte.»

«Buonanotte.»

Ce ne andavamo riprendendo a cantare col fiato che si strozzava in gola. I partigiani cantavano più forte di tutti.

UN PICCOLO ANGELO CON LE ALI E L'AUREOLA ELETTRICA

C'è un momento della mia infanzia che spesso mi ritorna in mente. Sto giocando con delle compagne di scuola sul balcone e sento mio padre che parla con la mamma:

«È ora che Franca incominci a recitare, ormai è grande».

Avevo tre anni.

La mamma commenta: «Speriamo che abbia talento».

E mi ricordo i giorni appresso mentre mi insegnava la parte: «bocca a bocca», così si diceva in compagnia, parola per parola come in una litania. Il mio debutto sarebbe avvenuto la settimana seguente, nella recita del Venerdì Santo: dovevo rappresentare un angiolino di supporto all'arcangelo Gabriele interpretato da mia sorella Pia che, con tanto di ali maestose e abito fluente di seta, appariva a Giuda dopo l'infame mercato. «Pentiti Giuda traditore che per trenta monete d'argento hai venduto il tuo Signore! Pentiti! Pentiti!» recitava Pia e io dovevo ripetere gridando la stessa battuta: «Pentiti! Pentiti! Giuda traditore che per trenta monete d'argento hai venduto il tuo Signore!»

Non era una gran parte, non credo di aver messo molto

a impararla. «Ripeti!» e ancora «Ripeti!» diceva la mamma mentre pelava le patate per il minestrone: «Ripeti!»

Mia madre per i suoi figli era ambiziosissima.

Per l'occasione mi aveva cucito un bellissimo abito bianco da angelo, con due grandi ali bianche e oro appoggiate sulle spalle. Seppur credente non andava mai in chiesa. Lei lo sapeva benissimo che gli angeli erano vestiti così!

Mio padre, ormai entrato nel gioco, mi fabbricò una coroncina di lampadine che, grazie a una pila infilata nelle mutandine, si accendevano. Come in un rito sollevò la coroncina e me la pose in testa.

È ora d'andare in scena e tutti: «Ma che bell'angiolino! Ma che bel vestito!» La mamma faceva andare la coda e io, lì pronta con le mie ali e le lampadine accese in testa, a ripetere la battuta. Non mi avevano fatto fare nessuna prova a parte. Sapevo solo che a un certo punto dovevo seguire mia sorella Pia nell'entrata in scena e, a un segnale della mamma sistemata in quinta, dovevo gridare la mia battuta.

Il guaio, l'imprevisto che più imprevisto di così non si poteva immaginare, fu che il personaggio di Giuda era interpretato da mio zio Tommaso, un uomo che avevo sempre visto calmo, sorridente, mi raccontava storie bellissime e mi regalava un sacco di giochi. Volevo molto bene a mio zio, e vedermelo lì, proprio vicino vicino, con una parruccaccia nera in testa... gli occhi che lanciavano saette tra un minaccioso tuonar e lampeggiar nel cielo... che disperato gridava: «Possano i corvi divorarmi le budella, le aquile strapparmi gli occhi!» e altri animali che non so più, «mi divorino un pezzetto alla volta a cominciare dalla lingua», mi fece un terribile effetto. Mamma mia che spavento! Cosa stava capitando?! Ero stravolta, me lo ricordo benissimo. Ma quello che mi buttò completamente fuori fu vedere mia sorella, solitamente rispettosa ed educata, che per nulla intimorita gliene stava dicendo di tutti i colori! Una sfuriata in piena regola che trascinava il nostro povero zio in una disperazione sempre più nera. «Ma cosa sta capitando? Perché lo zio Tommaso fa così?» Il groppo che mi sentivo in gola stava per scoppiare. Mia madre dalla quinta mi faceva gesti più che perentori, le sue labbra ripetevano «pentiti, pentiti». Giuro che avrei potuto dire la mia battuta, ma non me la sentivo proprio di rincarare la dose. No, io no, allo zio Tommaso questo non lo faccio! Non so cosa gli sia capitato, poverino. Forse è impazzito.

A piccoli passi, camminando come pensavo camminassero gli angeli, seppur spaventatina, gli vado vicino, lui era in ginocchio e gridava più che mai... Dio che pena! Senza dire una parola mi arrampico al suo collo e lo abbraccio tempestandogli la faccia di baci. Insomma cercavo, con i mezzi che avevo a disposizione, di calmarlo e piangevo nel silenzio che era calato in palcoscenico.

Pia era ammutolita. In quinta mia madre faceva segnali che non prospettavano niente di buono. Lo zio-Giuda si blocca per non più di cinque secondi, giuro. Poi con voce profonda (intanto con la mano solleticava la mia e con gli occhi rideva per tranquillizzarmi) recita rivolgendosi al cielo: «Dio, sei grande! A questo orrendo peccatore mandi il conforto... un piccolo angelo... mi tendi la mano... No, no, non me lo merito!» e, dal momento che lo spettacolo doveva pur terminare, taglia corto: «M'impicco! Dov'è il grande fico, albero della vergogna? M'impicco!» Deve usare un po' di forza per liberarsi da me, che proprio non ne voglio sapere di lasciarlo andare a impiccarsi. E poi cosa vuol dire impiccarsi? Non lo sapevo, ma ero certa fosse una cosa orrenda. «L'albero più alto... dov'è l'albero più alto... Lasciami andare, angiolino... Lasciami...» dice lo zio, e con un urlo agghiacciante esce di scena. Mia sorella, non sapendo più che fare (l'unica volta nella sua vita, credo), camminando anche lei sulle punte, immediatamente lo segue. Grande applauso.

Tutti mi chiamano dalla quinta con grandi cenni. Non so se la paura d'essere sgridata o il «senso del dovere» che, maledizione, da che sono nata è lì a infastidirmi la coscienza, fatto si è che dopo un attimo di silenzio, raddrizzandomi la coroncina di lampadine che nel trambusto stava per cadermi, con voce chiara e mesta, quel tanto che serve, dico: «S'impicca! Non s'è pentito... Giuda traditore che per trenta monete d'argento ha venduto il suo Signore... Non s'è pentito!» e via che esco.

Ce l'avevo fatta: l'avevo detta tutta! Non ricordo cosa fosse successo dopo... so solo che, da allora, *La passione del Signore* ha sempre avuto due angiolini, con il più piccolo che abbraccia Giuda a mostrare la grandezza di Dio.

E tutti che faticavano a frenare la commozione.

TUTTI I FIGLI DI DIO VANNO IN CIELO E TUTTI CON LE PROPRIE SCARPE (da un antico blues)

Mi vedo spesso bimba, ubbidiente, educata, rispettosa, preoccupata di essere ben voluta. Alternavo periodi di allegria sfrenata ad altri di malinconia da cappella di famiglia. Insomma: lunatica, come mi chiamavano a casa.

Ricordo certe scarpe che mia mamma comperava al mercato: un sandaletto di camoscio blu, con un bordino bianco e un filo di suola in sughero. Due numeri in più del mio piede: «Le scarpe costano tanto, i bimbi crescono». È mia madre che parla.

Mi piacevano molto quei sandaletti. Il terzo anno, li odiavo. Non si consumavano mai. A un certo punto un mattino ho preso un paio di forbici e li ho tagliati. *Zac*! Proprio la tomaia. In due. Uno dei pochi atti di coraggio della mia adolescenza.

Mi aspettavo almeno un «lavadenti»... così venivano chiamati in famiglia i manrovesci che mammà ci dava quando ce li meritavamo. No. Niente. La mamma è stata fantastica: «Meno male che l'hai fatto tu, bimba... altrimenti li avrei fatti a pezzi io e pure bruciati. Non li sopportavo più quei sandaletti».

IL LIBERO ARBITRIO NON È UNA BUFALA

Pensando agli avvenimenti di cui è stracolma la mia vita, sempre più mi convinco che le decisioni importanti che siamo costretti a prendere, i rischi e le situazioni tragiche che ci ritroviamo ad affrontare, abbiano sì a che vedere con la casualità, ma nella gran quantità dei casi tutto è dovuto a noi, al nostro carattere che si produce giorno per giorno in conseguenza di conflitti, cose imparate per caso e soprattutto acquisite con fatica e determinazione.

Come diceva lo zio Tommaso, «il libero arbitrio non è una bufala inventata da Dio per cavarsi di dosso ogni responsabilità. È vero: nella vita niente succede per caso e il destino lo puoi anche dribblare, se ne hai i mezzi e la volontà, ma poi devi avere la grande occasione del *quid*, cioè dell'intervento improvviso e inaspettato di qualcosa che entra a piedi giunti, calando dentro la tua esistenza. Magari sembrano piccole coincidenze da nulla, ma poi, più in là, ti rendi conto che è stato un atto sconvolgente che ti ha quasi cambiato la vita, il modo di essere e di

IL DIALOGO SUL QUID
210
TOMMASO

pensare. Insomma, il tuo flauto magico. Ma il botto della fortunata coincidenza non basta a farti prender quota per sempre. Guardati intorno: ci sono attori, registi, cantori e musicisti, per non parlare di affaristi e politici, che a turno un certo giorno prendono il volo, diventano famosi, applauditi, ma quanto durano? Quanti sono quelli che riescono a tener quota? Pochi. E quei pochi, se ci dai un occhio, sono tutta gente, maschi o femmine che siano, dotati di una determinazione e caparbietà straordinaria, ma soprattutto non stanno mai a pancia in aria a godersi il flusso e riflusso buono: si sbattono, ricercano, tentano nuovi linguaggi e registri… insomma, precedono e bucano qualsiasi tempesta per rimontare ogni volta la situazione. E tu, figliola mia, sei l'esempio sputato della caparbietà e dello slancio a ribaltone.

«Del resto mi sapresti spiegare perché tu (avevo già più di trent'anni) hai continuato a recitare, hai imparato a scrivere di teatro, a dirigere una compagnia di prim'ordine e tuo fratello, le tue sorelle e cugine, una dietro l'altra, hanno smesso di montare in palcoscenico? È proprio solo questione di casualità di situazioni più o meno felici? No, il proprio destino ognuno se lo fa da sé, saltando, bestemmiando e impegnando ogni volta la vita in una continua scommessa».

Queste considerazioni mi servono per introdurre un fatto senz'altro determinante, proprio nel momento in cui mi stavo formando come creatura.

LA SGUERCINA

A scuola ero sempre un po' isolata a causa della mia famiglia. Parlando di me, le mie compagne dicevano: è quella del teatro... e non suonava come un complimento. C'era disprezzo.

Cosa significasse per quelle bimbe di sette-otto anni considerarmi «quella del teatro» non riuscivo a capirlo.

Non ho mai osato chiederlo.

Comunque, doveva essere giudicata una cosa non bella... forse, «disonorevole».

Ero a disagio... soffrivo.

Guardavo la mia famiglia tanto unita... la mia bellissima mamma, mio padre con i suoi capelli bianchi (li aveva così sin da giovane), mio fratello, le sorelle, i miei parenti, e non vedevo nulla di diverso dalle altre famiglie. Quella ha il babbo che fa il droghiere, l'altra il medico, l'altra ancora il calzolaio, l'altra il tappezziere, il parrucchiere. I miei genitori facevano il teatro. E allora?

Portavo vestiti del tutto simili a quelli delle mie compagne. Ero tirata a pomice dalla mia mamma... educata, gentile.

Niente. Nessuno mi dimostrava attenzione.

Non riuscivo a farmi un'amica. Ero intristita.

Forse quel loro atteggiamento dipendeva dal fatto che non ero nata lì, a Varese, che venivo da fuori. Noi si stava fermi, con casa e tutto per un certo periodo, poi ci si spostava... Attori girovaghi.

Un giorno mi sono avvicinata a un gruppetto di bambine, ero in terza elementare... parlavano fitto... poi sono scoppiate a ridere. Non sapevo perché, ma ho riso anch'io... forte, per farmi notare, pensando anche di far loro piacere.

Si zittiscono di colpo.

Una, la capa, mi guarda esprimendo tutta l'antipatia possibile e mi sibila un: «Vattene, sguercina». «Marchiata da Dio!» mi dice un'altra e nessuna sorride.

Mi allontano senza capire. «Marchiata da Dio!» «Sguercina!» Perché? Cosa vuol dire?

Lo chiedo alla maestra… ho in mente un'anziana grassa signora con l'aria da mamma… mi esprimevo con difficoltà, ero molto agitata.

Lei mi guarda imbarazzata.

Con delicatezza accenna al mio strabismo. Non sapevo nemmeno di esser strabica. Nessuno in famiglia mi aveva mai detto niente.

«Ma non farci caso, sono cattive e tu sei una bellissima bambina.»

In quel momento ho realizzato nella carne che ero diversa dalle altre.

Dagli altri. Ho gli occhi storti. «Marchiata da Dio!»

Oddio, che faccio?

Ero sconvolta.

Sembra niente… ma vi assicuro che improvvisamente avevo perso la voglia di ridere, parlare, studiare… mangiare.

M'era presa la vergogna di essere al mondo, di essere guardata.

Entravo in classe tenendo gli occhi chiusi, sbirciando tra le ciglia, raggiungevo il mio posto toccando i banchi, mi sedevo e non c'ero più. Uscita, assente.

La maestra vedeva la mia disperata malinconia e non sapeva come aiutarmi.

Mi chiamava per interrogarmi, andavo alla cattedra sempre da cieca e, pur conoscendo la risposta, stavo zitta.

Lei insisteva appena e poi: «Tranquilla… riproviamo domani. Ti ho portato un regalino…», e mi dava due caramelle.

Mentre tornavo al posto sentivo i suoi occhi che mi seguivano e al tempo stesso guardavano le altre bambine con disapprovazione.

Ne ero certa.

Ogni giorno uguale all'altro.

Ero in sciopero dalla vita.

Parlo pesante, ma ho veramente vissuto tutto questo.

I tentativi della maestra di sbloccare il groppo che avevo in gola non servivano. Nell'intervallo, nel grande cortile, appoggiata al muro me ne stavo per mio conto, con gli occhi sempre chiusi, sbirciando con odio il mondo.

Un giorno, una della mia classe mi si avvicina… io immobile… lei mi sorride, io come non vedessi. Lei mi prende una mano, la apre e mi ci mette sopra una caramella.

Nessuna reazione. Ero di sale. Manco ho detto grazie. Non mi usciva respiro.

Me la sono ficcata in tasca e l'ho conservata non so per quanto tempo. Era la «caramella» della mia vita. Il ponte dell'amicizia.

Mai mangiata.

Persa. Smarrita.

I traslochi.

Peccato.

Quella caramella, quel gesto m'ha dato molto da pensare. Sì, mi avevano detto «sguercina» e «marchiata da Dio!», ma forse non era una cosa così brutta come pensavo...

La caramella donata all'improvviso mi aveva messo in crisi.

Erano state cattive... o ero io a essere permalosa oltremisura, come mi diceva sempre la mia mamma?

A quella età e soprattutto in quelle condizioni non si vivono le cose con il metro giusto. Né da una parte, né dall'altra.

Forse ho esagerato a prendermela tanto... sì, devo proprio aver esagerato... mi ero anche chiusa come un riccio... forse ero diventata proprio antipatica... anche la maestra così gentile e io sempre a non rispondere alle interrogazioni...

Che fare?

Penso.

Deciso.

Pasqua. A Pasqua...

Lavoro sodo con carta velina colorata e forbici. Mia zia Ida mi aveva insegnato a fare cose miracolose con la carta velina. Taglia, incolla, ritaglia e appiccica carta, colora... forza...

Quante me ne mancano?

Finalmente: finito!

Arrivo a scuola con addosso l'incertezza di quanto stavo per fare... non mi sentivo sicura di niente... ero proprio una collezione di complessi sin d'allora, vado al mio posto con gli occhi semichiusi come sempre... e mi si ferma il cuore: il mio banco è ricolmo di caramelle, bigliettini di tutte le forme... a cuore, dorati... disegnati... insomma, stupende cortesie.

Che potevo fare dopo tanto tempo trascorso nella silenziosa disperazione se non scoppiare a piangere?

Tutte le bimbe mi vengono intorno, mi abbracciano, si stringono a me... arriva anche la maestra... anche lei mi abbraccia. «Buona Pasqua!» gridano in coro.

Estraggo dalla cartella i, credo diciotto, pacchettini, più uno per la signora maestra: «Buona Pasqua anche da parte mia» bisbiglio tirando su col naso.

Curiose, aprono il mio regalino. Esclamazioni di meraviglia. Cosa ci avevo messo dentro? Per ognuna avevo ritagliato il nome nella carta velina e poi l'avevo contornato con fiorellini d'argento, d'oro, rosati... Per la maestra avevo ritagliato diciotto testoline con i nomi di tutte le sue alunne.

Una lavorata!!!

Proprio in quell'istante entra in aula la direttrice: «Che sta succedendo qui?» dice a gran voce. «Cos'è 'sto bailamme?» «Oh, niente signora... ci si stava esercitando sul tema dell'amicizia e del bene...» « Amicizia e bene?» chiede la direttrice. «Sì, tra due giorni è Pasqua... e ci sarà il rito del contento, all'Alleluia il vescovo dirà: 'Siate in armonia col Figlio di Dio che è risorto. Abbracciatevi e datevi affetto l'un l'altro'. Su, su, ragazzine, facciamo la prova, datevi il contento.»

Ed ecco che, felici e ridenti, ognuna abbraccia la compagna più vicina. Tutte si fanno carinerie, si danno baci; io abbraccio la maestra; l'unica rimasta sola e confusa è la direttrice che si guarda intorno come imbesuita.

Pace era fatta.

Contentaaa!

LA FRUTTIVENDOLA TONDA COME UNA BOTTE

A nove anni, mia madre mi portò a Novara, dove un certo dottor Boccia mi doveva operare per raddrizzarmi l'occhio sinistro. «La ragione dello strabismo» spiegava «è dovuta al fatto che con quell'occhio vedi molto poco: basterà diminuire la tensione del tendente interno per portare la pupilla in centro.» Ma l'operazione non riuscì. No, non è andato bene l'intervento. Questo fatto dello strabismo m'ha pesato per tutta la vita. Era il mio perenne cruccio e mi creava un gran complesso.

Ero una bambina piena di amicizie. No, non fra i bambini della mia età, ma con persone adulte. La signora Maria, per esempio, la fruttivendola, un donnone che ti ricordava subito le botti, piccolotta, più larga che lunga, pettinata in su con i capelli grigiastri raccolti in cima alla nuca... due occhi da mucca, buoni. Mamma diceva:

«Vai dalla signora Botte e compera questa o quella verdura, qualche frutto di stagione». Io ci correvo. La signora Botte, in aggiunta alla spesa, mi regalava sempre qualcosa. Mi chiedeva: «E come sta la mamma, e tuo fratello?» (Lei aveva una figlia che era innamorata pazza di Enrico). Insomma, mi dava confidenza. Mi trattava proprio come una persona normale e non mi faceva mai le coccole miagolate che si fanno alle bambine. Mi faceva sentire importante. Una volta m'ha persino detto: «Ti piacerebbe fare la fruttivendola?»

«Ma certo, signora Botte... pardon, signora Maria...»

«Bene, settimana ventura, se vuoi, dopo la scuola mi vieni ad aiutare.»

Non arrivava mai «settimana ventura».

Finalmente eccomi lì nel negozio con tutte le cassette allineate di frutta, verdura... gli odori, basilico, prezzemolo, rosmarino, erba salvia... Respiravo a fondo col naso, mi è sempre piaciuto annusare gli odori freschi delle cose vive. Alcuni profumi mi salivano fino agli occhi e anche più in su, nella testa. Dicono che i ciechi hanno più olfatto dei normali; sarà forse perché io ci vedo poco con un occhio che ho compensato col godere dei profumi. Che faccio? Che posso fare? Aspettavo clienti che non arrivavano. Ho pensato di lucidare tutte le mele. Ho provato con una: l'ho lustrata usando lo strofinaccio che serviva per spolverare il banco, poi ho guardato la signora Botte, che m'ha buttato lì uno sguardo compiaciuto come a dire: «Vai, brava, bella idea!»... m'ha dato credito, fiducia... e io, via a lucidar mele. Mi ci specchiavo dentro. Ho provato anche con l'uva, ma mi veniva male. E l'ho avuta la mia soddisfazione: è entrata una cliente, ha visto quelle mele brillanti e ha esclamato: «Da dove le végn ste meravégie de pom?» e comprò solo quelle che brillavano. Quando me ne andavo per rientrare a casa, l'ortolana mi riempiva le tasche di castagne, noci e mandarini. Una volta m'ha regalato due cachi. Ho pensato, non li mangio… e mi piacevano tanto… li porto alla mia mamma.

Bel successo! Come mamma ha visto i due cachi: «Li hai rubati! Vergogna!» Non m'ha lasciato il tempo di spiegare. M'ha trascinata dalla fruttivendola, dicendomi di tutto e di più. Entriamo nel negozietto: «Mia figlia è una ladra!» Quando la signora Botte scopre il motivo di quella visita furiosa, con grande risentimento per il sospetto che ingiustamente subivo, s'è messa a urlare offesa a sua volta: «Ghi ho regalà mi, i cachi a la tusèta (li ho regalati io i cachi alla bambina)».

Che male che è rimasta la mamma. Non sapeva più che fare per farsi perdonare. Per farmi capire che non era più arrabbiata con me si è messa a cantare, sì, proprio a cantare per la strada, lei così compita… ad alta voce che tutti la guardavano. Poi, giunte davanti al Caffè Centrale, il più elegante di Varese, ha spalancato la porta e, varcata la soglia forse per la prima volta in vita sua, si è seduta con me a un tavolino: «Un bignè alla crema per la mia bambina e per me una gassosa…»

Mi pareva Natale.

Mamma ha sempre avuto il terrore di avere dei figli delinquenti; chissà poi perché. Eravamo tutti così educati e perbene.

Una volta mio fratello Enrico, avrà avuto un nove anni (io non ero ancora nata), aveva rubato da un cassetto cinque lire d'argento, che non si sa come fossero finite lì, e preso da un attacco di megalomania aveva invitato tutti i suoi compagni di scuola al bar a bere gassose. La proprietaria del locale più tardi batté la moneta sul marmo e le rispose un suono ciocco. Era un soldo falso: ecco perché stava abbandonato nel cassetto. Si recò con un certo imbarazzo da mia madre.

Scandalo e vergogna: disonore! Rimborsa tra le lacrime il denaro alla signora del bar e poi cosa t'inventa quella santa donna della Emilia Baldini in Rame per far capire a Enrico che aveva sbagliato?

Acchiappa due giovanotti che venivano spesso da noi a fare le comparse, specie in ruoli militari, fa indossare loro abiti da gendarmi di Napoleone III, con fasce di pelle bianca incrociate sul petto e con tanto di cappello a lanterna. I due suonano il campanello di casa nostra. La mamma dice a Enrico di andare ad aprire. Il povero bambino si trova davanti 'sti due marcantoni che chiedono proprio di lui: «Abita qui Enrico Rame?» Mio fratello scoppia a piangere e corre a nascondersi sotto il letto.

Che fatica ha fatto mamma per farlo uscire di lì. Ha dovuto usare la scopa. Poi l'ha preso tra le braccia e gli ha asciugato le lacrime con baci. «La lezione gli è certamente servita!» diceva contenta.

Mamma cara, pur adorando i tuoi figli, hai commesso qualche errore convinta di essere nel giusto. Quando raccontavi agli amici questa storia, con un sorriso orgoglioso, andavo sempre a nascondermi da qualche parte per non sentire. Pensavo allo spavento che si era preso quel povero Enrico bambino. Credo che quella involontaria sceneggiata crudele sia solo servita ad aumentare le sue insicurezze.

Sono certa che mio fratello, dopo quello shock, non abbia per tutta la sua vita, non dico raccolto, ma nemmeno toccato una margherita in un prato, fosse l'unico abitante della terra.

Enrico è stato per tutta la sua vita l'uomo più onesto e generoso che abbia conosciuto, era ottimo attore e di idee comuniste. Aveva frequentato Brera, e poi l'Accademia di Teatro a Roma, quindi si è trovato ad amministrare nei panni di direttore compagnie stabili e private di notevole prestigio, ma non è mai riuscito a liberarsi di una grande timidezza, che tutto sommato, a mio avviso, era anche una dote.

Mia madre era troppo severa con noi figli. Lo dico con massima obiettività.

Nella mia vita, quando ho formato con Dario la mia famiglia, ho sempre cercato di parlare con mio figlio e con le nipotine Gaia e Enrica cresciute con noi, badando bene di non aggredire coi gesti e la voce, e di convincerli dialogando, non imponendo. All'inizio è faticoso. Sono chiusi come ricci. Ma quando lentamente ti guadagni la loro fiducia, dimostrando che non sei mai preconcetta e che sai ammettere i tuoi torti, cessi di essere il loro precettore naturale e diventi un'amica alla pari. Qualsiasi cosa succeda tu sei con loro, e loro lo sanno.

I CORVI VOLANO SUI MOBILI DI CASA

Un'altra mia grande amica era la signora Giuseppina, padrona del nostro appartamento e di tutto il caseggiato. Mostrava per me una grande tenerezza... mi invitava spesso a casa sua e mi offriva una cioccolata da leccarsi le dita. Era rimasta sola, con parenti che le giravano intorno senza dare troppo nell'occhio, come corvi che aspettano volando a ruota. L'eredità che avrebbe lasciato la signora Giuseppina alla sua morte valeva pure quella lunga attesa. Una sera con la signora Giuseppina andammo a passeggiare nel parco: su un albero assecchito s'erano posati due uccelli neri che gracchiavano.

«Guarda, Franchina: li riconosci?»

E io imbarazzata: «No, so solo che sono uccelli...»

«No, guarda bene: sono due dei miei parenti che girano per casa.»

Che bella casa aveva la signora Giuseppina! Mobili antichi, lucidati a cera, semplici e senza ghirigori, grandi poltrone dalle quali mi facevo abbracciare, e un profumo di lavanda che mi piaceva tanto. Era una gioia stare con lei. Mi accarezzava e poi con un sospiro: «Non ho avuto figli, sono sola. Ora ci sei tu, sarai la mia bambina».

SIAMO AL COMPLETO DI FEMMINE!

Crescendo mi segnavo su un quaderno, una specie di diario, tutto quello che mi capitava in rapporto agli adulti. Non gliene lasciavo passare una.

«Mia sorella Pia ha detto a mamma che mi sono messa il suo cappotto carta da zucchero con il collo di volpe chiara e le sue scarpe con il tacco alto e che sono andata sotto i portici a passeggiare, che tutti mi guardavano e mi ridevano dietro. Non era vero. Mi guardavano e mi seguiva un fischio d'ammirazione.» Quello che non scrivevo era che avevo dodici anni.

«La mia cugina Ines è andata al cinema e non mi ha portato con lei. Si è ossigenata i capelli che porta lunghi fin sulle spalle, ha gli occhi grigi e il naso un po' grosso. Non si può proprio dire che sia una beltà, ma forse troverà anche lei qualcuno che la voglia sposare.»

«Oggi è domenica, la mia mamma, che è di Bobbio nell'Oltrepò, ha fatto le tagliatelle. Ne ho mangiate un piattone, però poi ho vomitato perché m'ha costretta a mangiare il pollo che a me fa schifo. Cammina, tutto quello che cammina non lo voglio mangiare, se quando mangio l'uovo penso che l'ha fatto la gallina, smetto subito. Di nascosto lo porto sul balcone dove c'è un gatto che se lo lecca in un minuto.»

«Chi ha portato il piatto sul davanzale?» chiedeva accigliata la mamma.

«Io!» diceva Lina, la mia sorella maggiore, prendendosi la colpa. «Ci ho messo qualche freguglia di pane per i piccioni.»

«Ho detto mille volte» la redarguiva lei «che non si allettano uccelli e bestiole varie; altrimenti un giorno o l'altro ce li troveremo sul tavolo mentre mangiamo e perfino sul letto.»

E mia sorella la provocava: «Anche le cicogne dobbiamo evitare?»

«Ah, quelle poi!» interveniva mio padre. «Se le coccoli sono le più pericolose; ti portano bambini uno dietro l'altro e mi pare che qui si sia già al completo, specie di femmine.»

SONO TRISTE: NON MI MUORE NESSUNO…

La nostra base fissa era in via Frasconi a Varese. Lì c'era un grande deposito dei nostri arredi di teatro: fondali arrotolati, bauli che raccoglievano costumi e materiale scenico.

A Carnevale imprestavamo abiti e parrucche agli amici del quartiere. C'era un grande senso della solidarietà in tutto il rione, ci si faceva visita l'un l'altro, ci si incontrava a un matrimonio, ai battesimi, e soprattutto si partecipava alle esequie funebri quando veniva a mancare qualcuno.

Appresso alla nostra c'era qualche casa di ringhiera: intendo di quei casamenti posti a quadro con il grande cortile al centro e la balconata che gira intorno alle pareti dello stabile; ogni piano si raggiungeva attraverso le scale interne e l'ingresso di ogni abitazione stava sul tragitto di ringhiera. Da quella balconata si affacciavano famiglie intere; nascevano i primi giochi con lazzi e scherzi fra ragazzi e ragazze e magari qualche primo timido dialogo d'amore. Quasi ogni settimana si avevano notizie di nascite, matrimoni e lutti. Ogni tanto moriva qualcuno anche nella nostra corte, ma nella nostra famiglia non c'era mai un lutto, neanche per parenti lontani.

Di questo manco di cordoglio, dico la verità, ci soffrivo un poco.

Non so che mi fosse preso. Non ho mai invidiato nessuno, ma le mie amiche tutte vestite di nero, per la morte di un parente, sì. Quanto mi sarebbe piaciuto essere circondata, nel mio vestito a lutto, dall'affetto di chi mi stava intorno: la signora maestra, le compagne di scuola, parenti sconosciuti che venivano da lontano, piangenti… e soprattutto un nuovo vestito, tutto nero.

Io di nero avevo solo un paio di scarpe, ridipinte, smesse da mia sorella.

In casa mia non si vedeva mai un morto!

Un giorno le mie cugine con mia zia tornavano a Varese dal mare, Viserba, dove avevamo una villotta senza pretese. Veniamo a sapere dalla radio che il treno su cui viaggiavano aveva deragliato: morti e feriti.

«Oh! Finalmente un morto in casa!» ho esclamato saltellando di gioia. «Adesso anch'io potrò mettermi in lutto stretto.» Che meraviglia. Già mi sentivo le amiche compassionevoli: «Ma chi è morto… poverina…» Mi abbiglio infilandomi un abito di mia sorella Pia, nero, un po' lungo: mi arrivava ai piedi al punto che pareva avesse lo strascico, le calze nere, lo sguardo mesto.

Suonano al portone; con voce affranta chiedo: «Chi è?» Vado ad aprire e mi trovo davanti tutta la famiglia al completo, non mancava nessuno, tutti festosi: «Siam tornate… finalmente a casa!»

«Ma come? Non siete morte?»
«Morte?»
«Sì, dico, l'incidente, sul treno. Non c'è stato?»
«Sì, ma il treno dell'incidente l'abbiamo perduto. Abbiamo dovuto prendere quello dopo...»
«Oh, che scarogna!» ho esclamato tra me e me.
Delusa, scuotendo la testa sono fuggita in camera mia. Sul mio quadernetto ho scritto: «Tutti vivi! Meno male che è morto il re!» Mi sono cinta il braccio con un nastro nero e mi son detta: «Porterò il lutto per almeno una settimana».

IL LIVIDO E LA FESTA PER LA FIORITURA

Della mia infanzia ricordo fatti e situazioni molto confuse, ma di un particolare ho memoria chiara. Tenevo costantemente un lungo livido in cima alla fronte, appena sotto l'attaccatura dei capelli. La causa di quel segno era il sonno: ogni sera seguivo la compagnia per recitare piccoli e grandi ruoli, figlie di re, bimbi mocciosi, protagonisti di storie pietose... Fatto sta che mi toccava restare sveglia fino a tardi. Spesso, appena potevo, come ho già raccontato, mi sdraiavo dentro una cassa dei costumi e mi facevo un sonnellino. Più di una volta mia madre mi teneva addormentata fra le sue braccia mentre si tornava con la Balorda a casa. Ma quando al mattino mi svegliavano perché mi preparassi per andare a scuola, ero in debito di sonno al punto che, andando al bagno ciondolando, mi sedevo sul water e dopo un attimo, immancabilmente, cadevo in avanti con la testa che batteva sul bordo del lavello. Per questo portavo la frangetta: per nascondere il livido.

Di me ragazzina ricordo poco: giorni lenti di noia, esplosioni festose e costantemente questo senso di stanchezza, con gli occhi di una che dovrebbe dormire per mesi interi.

Qualche ragazzino che mi mosconava intorno.

E poi è arrivato quel giorno.

Qual è il momento «diverso» nella vita di un'adolescente? Il giorno dello sviluppo, quando diventi donna.

Se la ragazzina ha tredici, quattordici anni e ha la fortuna di avere accanto a sé la sorella maggiore, un'amica… qualcosa sa. Ma quante ragazzine si ritrovavano allora in pieno primo ciclo mestruale senza saperne niente? Io, per fortuna, su «quella cosa lì» conoscevo tutto dalle mie sorelle.

Così stavo in ansiosa e anche un po' spaventata attesa: Dio mio, come sarà? Quando arrivano, quando arrivano?

Volevo far parte delle fattrici... delle allattatrici... delle allevatrici...

Ero un po' esaltata!

Il giorno in cui sono diventata donna, dopo che la mia mamma mi aveva bardata con un enorme pannolino affrancato con una spilla da balia, me ne stavo lì con le braccia conserte che guardavo la famiglia e mi dicevo: «Faran bene una festa, no? Si diventa donna una volta sola!»

Non arrivava la torta, nessuno mi guardava, nessuno mi dava un minimo di soddisfazione.

Domani è domenica, certo... la faran domani... a messa grande con tutte le mie amiche che canteranno in coro: «Osanna, Osanna! La bimba è donna! Il frutto è fiorito: sia il benvenuto!» Sarà una bella sorpresa!

Niente! Non è successo niente!

Tutto quello fuori dalla norma che è avvenuto è che la mia mamma mi ha detto: «Da oggi sei signorina, quando ti siedi tieni le gambe chiuse!»

Sto portando avanti un'inchiesta a livello mondiale. Ci sono pagine e pagine della Bibbia che parlano dell'impurità della donna in quei giorni. Abbiamo la convinzione che se in quei giorni della fioritura facciamo la maionese, va «insieme», «impazzisce»!

Per carità, non è a causa del fatto che magari l'uovo è gelato, o è gallato, oppure che l'olio è troppo tiepido... no! Fai la maionese... impazzisce... mestruata!

Anche a delle signore di ottantasette anni!

Poi c'è l'altra credenza che se tu in quei famosi giorni tocchi i fiori, i fiori appassiscono. «Aaaaaah!» Siamo le assassine del geranio!

Il super mostro mestruato: Tampax!

COME STA BUBI?

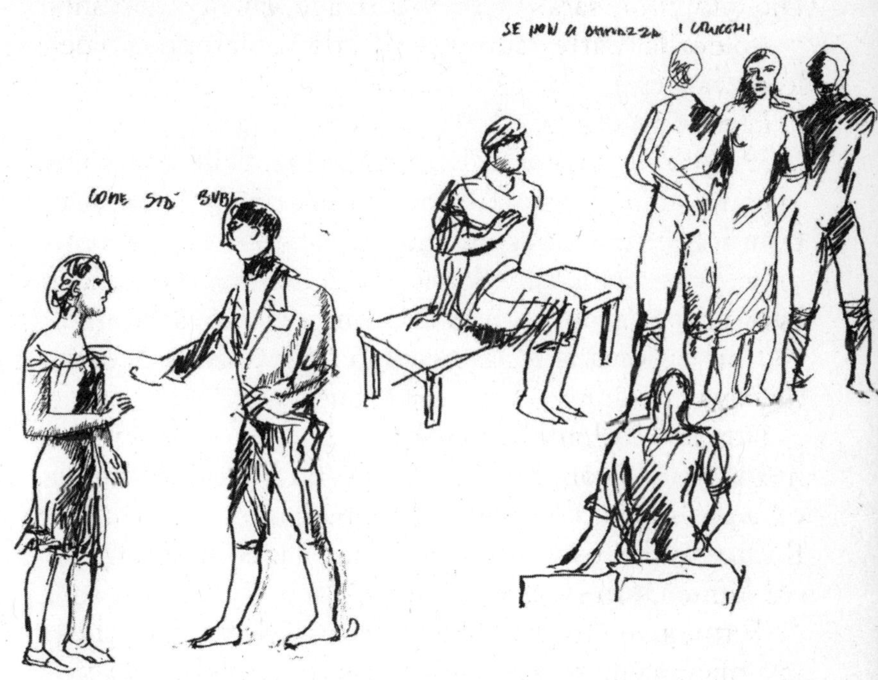

Mi vedo a quindici anni (1944) a un banco del liceo (che non ho terminato), con i fascisti che entrano in classe, in silenzio ci guardano una a una. Poi mi chiamano, dicono proprio il mio nome e cognome, e mi portano nello studio del preside. Non so di che colore fosse la mia faccia, ma avevo paura che tutti potessero sentire il battito del mio cuore. Pensavo, ora mi portano a Villa Triste. Villa Triste era una villetta all'inizio della strada che portava alla mia scuola, dove – tutti in città lo sapevano – venivano interrogati e torturati i partigiani. Ma io non ero una partigiana. Non ero niente.

«Stai tranquilla» mi dicevo, «stai tranquilla...» Poi di colpo, alla prima domanda ho capito tutto. E il cuore giù, a battere più veloce. Adesso mi prende il coccolone e vado giù.

«Conosci Enrico Mazzucchetti?» mi scuote il graduato.

«Sì.»

«Dov'è?»

«Non lo so.» Enrico, detto Bubi, era il mio amore dei quindici anni: il primo. «Non lo vedo da un po'.» Sapevo che era andato nei partigiani, ma qualche giorno prima l'avevo visto, era venuto sotto casa mia a darmi un bacio e un biglietto che avrei dovuto consegnare a qualcuno che, per farsi riconoscere, mi avrebbe detto: come sta Bubi?

Dio mio, che era successo?

«Allora?» Erano minacciosi. «Non lo vedo più...» e rimango lì, a bocca aperta come un'allocca.

Giunti nello studio del preside mi hanno frugato in tasca. Poi mi hanno lasciata andare. La mia aria innocente li aveva convinti. Non ricordo altro. Mi sono ritrovata in classe con la testa staccata dal corpo e le mani sudate. Mi parlavo immaginando la voce di mia madre: «Sei un'incosciente, sei una disgraziata. Se lo viene a sapere tuo padre ti ammazza, e fa bene». E facendo il segno della croce benedicevo l'idea che avevo avuto di stracciare in piccoli pezzi il biglietto con la missiva dopo essermela imparata a memoria, parola per parola. Quando una mattina andando a scuola sono stata contattata da una ragazza che non avevo mai visto, alla sua domanda, pronunciata con grande determinazione: «E Bubi come sta?» ho tirato un profondissimo respiro, poi ho detto tutto d'un fiato quel che dovevo dire e sono svenuta.

Ma come si fa a essere così fragili ed emotivi?

Non avrei mai potuto diventare una partigiana; neanche una staffetta...

SE NON CI AMMAZZA I CRUCCHI,* SE NON CI AMMAZZA I BRICCHI, QUANDO SAREMO VECCHI NE AVREM DA RACCONTAR
(canto partigiano)

È il 25 aprile, la guerra è finita. A Varese per la piazza Impero sfilano i partigiani. Fra loro ci sono ragazzi che conosco. Erano del primo gruppo di combattenti che si era formato sulle montagne della Val Cuvia appena dopo l'8 settembre. Si erano arroccati sul Monte Grino e sul Cuvignone. I tedeschi li avevano attaccati sparando con artiglierie pesanti, un vero massacro, in pochi si erano salvati attraverso le gallerie scavate nella prima guerra mondiale; erano quasi tutti abitanti della valle, gli unici che conoscevano a menadito il percorso di quegli antichi camminamenti. Per festeggiare la liberazione, per le strade si era rovesciata una marea di gente: a un certo punto dal fondo scorgo venire avanti un gruppo armato. Con loro c'era una donna. Era la madre di uno dei caduti di Monte Grino. In molti la riconoscevano e l'applaudivano. Qualcuno andava ad abbracciarla. A un tratto lei si fermò e si sedette su un muretto, facendo cenno agli altri di proseguire: l'emozione era troppo grande e non ce la faceva più a camminare fra gli applausi e le grida.

Il giorno dopo arrivano gli Alleati. Li avevamo visti il pomeriggio transitare per la città sui camion. Erano arrivati anche nella mia strada. Ci buttavano cioccolato e sigarette. Arrossisco al pensiero di essermi buttata con gli altri per tentare di raccogliere qualcosa.

* I tedeschi, così come erano chiamati nell'alta Lombardia. I bricchi, invece, sono le alture frastagliate tipiche della zona.

La sera, nel cortile di casa mia, gran festa. Un grammofono, e ballare e ridere. Poi guardo su, verso la finestra buia del primo piano: casa mia. Più che vederla, l'intuisco: mia madre è lì, ci sta guardando. Conosco i suoi pensieri, il suo tormento: mio fratello, deportato in un campo di concentramento in Germania, non dà notizie da oltre due anni. In un attimo le sono vicina vergognandomi della mia allegria. Mi stringo forte a lei.

Il giorno dopo mi capita di assistere a una scena sconvolgente... Un gruppo di uomini stava trascinando quattro o cinque donne, due di loro erano molto giovani e le conoscevo. Erano le figlie di un generale fascista. S'era formata una specie di processione, con gente che urlava e che insultava, fra loro anche qualche donna. Arrivati nello slargo di piazza Beccaria la gente si dispose in cerchio, qualcuno portò delle sedie sulle quali fecero sedere la malcapitate. In molti gridavano: «I capelli, tagliatele i capelli! Rapatela!» Un ragazzetto impugnando una forbice solleva una treccia dalla capigliatura della più giovane e comincia a tagliare. Io ero lì in mezzo a quella folla vociante, mi sentivo male. Di certo ero sbianchita in viso come quella ragazza che stavano rapando a zero. All'istante s'è sentito un grido: «No! Ma vi sembra questo il modo migliore di festeggiare la liberazione?» Chi parlava era la madre del partigiano caduto, che il giorno prima avevamo visto uscire dal corteo per sedersi affranta sul muretto. Ora si stava facendo largo fra la gente e aveva raggiunto il gruppo delle donne sedute da punire. Uno dei partigiani disse a gran voce: «Ma sono andate coi fascisti, perfino con i tedeschi! Quelle due, poi, sono le figlie del generale!» E la madre gli rispose: «Hai ragione, noi dobbiamo fargliela pagare. Proprio come avrebbero fatto i tedeschi e i fascisti nei riguardi delle vostre donne se le avessero scoperte a farsela con dei comunisti come voi. Io credevo che il nostro programma fosse liberarsi da ogni miseria, compresa quella della vendetta e della mortificazione; cambiare vita e regole; soprattutto, cercare di vivere da umani, non da assatanati». Nessuno fiatava. Si era creato un grande imbarazzo in ognuno. Qualcuno cercava di farsi indietro e scantonare. «È per questo che abbiamo rischiato la vita» continuava la madre «e qualcuno, come mio figlio, l'ha perduta? Per mortificare delle donne che hanno sbagliato? Per non parlare di queste due ragazzine che hanno la colpa molto grave di essere nate da un capo dell'esercito fascista. Svergogniamo le figlie per punire il padre? Bella lezione di civiltà stiamo proponendo! Allora, sapete cosa vi dico? Che io mi siedo qui, con queste svergognate, e vi prego, tagliate i capelli anche a me.» Si levò un mormorio strozzato; qualcuno commentò: «Quella donna ha ragione». Pian piano s'allontanarono quasi tutti. Anch'io mi avviai. Avrei voluto andare vicino a quella madre e dirle tutta la mia ammirazione, ma timidezza e commozione me lo impedivano.

IL RITORNO DEL FIGLIO DISPERSO

Ogni tanto dai caseggiati vicini giungevano grida, applausi e canti: era il segnale che qualche internato, prigioniero o dato per disperso, era tornato a casa, ma di mio fratello si continuava a non saper nulla. Qualcuno tristemente commentava: «Certo, per quelli che stavano nei lager, è difficile averla scampata».

Un giorno sto tornando a casa da scuola e vedo dinnanzi al portone un gruppo di gente che esita a farsi avanti, poi un grido: entro di corsa e vedo mia madre, seduta su un gradino della scala che grida, stringendosi addosso mio fratello Enrico, pallido, magro, impolverato perché si è fatto centinaia di chilometri a piedi. A quell'urlo ne segue un altro, e poi un altro. Quel gridare intenso, che esprimeva gioia, l'ho sentito anni dopo ancora da lei, per la morte di mia sorella maggiore. Gioia e dolore hanno lo stesso grido; il bimbo che viene al mondo grida come disperato, eppure è il segnale festoso della vita.

UNA CRESCITA DISARMONICA

La mia crescita da ragazzina... voglio dire lo sviluppo, è stato un disastro. Mia mamma diceva che venivo su come i puledri, a tratti: prima mi si sono allungate a dismisura le gambe, ma il tronco è rimasto fermo... poi mi si è allungato il tronco e mi si sono allargati i fianchi... il collo lungo, tra le spalle strette. Mio Dio! Sembravo un fiasco di Chianti! Ero disperata perché non avevo seni. Allora ho chiesto a mia madre: «Mamma, perché non ho i seni?!» E lei: «Eh, perché, come dire, insomma, la natura certe volte, cioè, ecco... però stai tranquilla: alla fine tutto si equilibra... almeno spero!» A dir la verità non è stato un gran dialogo! Poi mi fa: «Prega santa Rita da Cascia che è la santa degli impossibili!» Io ho pregato che non sapete quanto... evidentemente con non sufficiente intensità, e mi è spuntato un seno, uno solo, ma bello, una pera... una bella pera William... Di qua niente! La mia mamma mi metteva il reggiseno e mi imbottiva con i fazzoletti la parte mancante. Quelle due sporgenze sul petto mi facevano sentire proprio quasi una donna! Ero anche meno imbarazzata coi corteggiamenti dei maschi, tanto che spesso quelli prendevano coraggio. Uno di quei moscardini arrivò perfino a mettermi una mano sul seno: gli arrivò un «lavadenti» da *knock out*.

«Cretino, come ti permetti?» Non ero arrabbiata tanto per il gesto, quanto per il fatto che mi aveva toccato il seno sbagliato! Quello imbottito di pezza!

Finalmente mi è spuntato anche il mancante... rotondo! Avevo una bella pera William e una mela regina.

«Mamma, perché ho una pera William e una mela regina?!» Mia madre mi tranquillizzava: «Avere i seni tutt'e due quasi identici è indice di una mancanza di originalità, di un'indole banale».

«Ah sì?»

«E poi lo dice anche una canzone: 'La mia morosa è di Villafranca, c'ha una tettina nera e un'altra bianca, un pirolino a punta e l'altro tondo, la mia morosa è bella un finimondo!'»

«Be', allora brindiamo!»

EPPUR SI MUOVE...

Non avevo ancora diciotto anni e decido di fare un corso di infermiera alla clinica Principessa Jolanda, a Milano. Inizio il corso, sono lì da tre giorni... Nei grandi ospedali, i medici non distinguono le allieve principianti da quelle del primo anno. Eravamo tante. Esco da una stanza con la padella in mano... ché all'inizio solo padelle... poi anche... camminavo testa alta, petto in fuori, tenevo la padella come fosse il bacile per l'acqua santa... Incrocio un medico, il professor Semenza, che mi fa: «Signorina, mi porti subito, alla camera 37, l'occorrente per un cateterismo». Ha scelto me come un'altra, ma io mi sono sentita così orgogliosa che ho fatto persino l'inchino con la padella: «Subito, professore!»

Vado, dico «Cateterismo» e mi consegnano su un vassoio un pappagallo, un tubicino di gomma, un sondino.

Vado alla camera 37. Il degente era un ragazzo di vent'anni, svizzero, operato non mi ricordo di che. Busso. «Avanti!» Entro e vedo il professore che sta trafficando col sesso dello svizzero. Mi blocco un momento imbarazzata e il professore perentorio: «Venga qua! Posi il vassoio... e tenga!» Volevo morire! Non ho osato dire: «Guardi, professore, io non me ne intendo tanto...» Ho ubbidito... ché l'ubbidienza, ve l'ho detto, è stata la rovina della mia vita! Ho preso 'sto coso con due dita... ero tutta bloccata... guardavo l'infinito!

Sentivo tra le dita come una specie di salsiccetta... tremavo come una foglia. Il povero ragazzo svizzero... vedermi lì... «tanta», diciotto anni... che gli tenevo il suo coso con due dita tremanti... ha avuto una reazione nervosa... un'erezione!

Per me, non ha più avuto un'erezione così in vita sua! Voi ridete, ma pensate a me, povera ragazza illibata come una novizia del Santo Carmelo! Quando ho sentito la salsiccetta, come dire, prendere vita... non l'ho lasciata per ubbidienza, ma ho lanciato un urlo terribile: «Aiutoo! È vivo!»

Il professore ha capito tutto. Mi fa: «Posi pure... Vada, signorina, vada!» Che non mi è parso vero. Sono uscita che mi inciampavo da sola, avevo il cuore che... tutta sudata! Son lì che sto varcando la soglia: «Signorina!»

Madonna, ci ha ripensato!

«Signorina, si faccia trasferire al reparto pediatria... così s'abitua per gradi!»

Per essere ammesse al corso, occorrevano tre mesi di tirocinio.

Giuro che ce la mettevo tutta. Mi facevo in cento. Quando è arrivato il momento degli esami, ero tranquilla. Ho risposto correttamente all'orale e bene allo scritto. Alla fine, m'è stato detto: «Sì, gli esami sono andati bene, ma riteniamo che tu non sia adatta a questa professione».

C'È CHI HA RUOTE DA FERROVIA...

Sono tornata, con grande infelicità e senza entusiasmo, a fare il mio lavoro di sempre, l'attrice: era destino. D'altra parte lo zio Tommaso lo andava ripetendo di continuo: si nasce tutti con i cerchioni ai piedi, c'è chi calza ruote da bicicletta, chi da macchina e chi da vettura ferroviaria. Tutti vanno di qua e di là, ma chi si muove sui cerchioni di ferro non può sterzare per altra strada: è costretto dalle rotaie a tirare sempre dritto nella sua unica direzione.

Okay. È andata così. Sono un tram. Forse da grande farò la locomotiva. Pazienza.

IL PIÙ MISERO FRA GLI UOMINI È QUELLO CHE MANCA DI CONOSCENZA

Nei primi diciotto anni della mia vita, non ho mai letto un giornale, eppure ne circolavano nella mia casa, li leggevano mio zio, mio fratello, mio padre... ma erano cose da maschi. E questo che c'entra?

Nulla, ma serve a sottolineare la metamorfosi che si è maturata in me dal momento in cui sono arrivata a Milano. In quegli anni ho scoperto che significa vivere da persona informata, cosciente di ogni situazione: scoprire che esistevano lotte per la dignità e la giustizia, scoprire che la politica non è roba da congrega e nemmeno un fatto di opinioni diverse, ma è la chiave fondamentale di ogni emancipazione civile.

Così ho imparato a confrontare sui giornali articoli diversi sullo stesso tema, a discernere fra la smaccata propaganda e un'onesta dialettica, a intendere i linguaggi e a distinguere il valore delle idee. Forse penserete che io sia una mezza esaltata un po' fuori di testa, ma a farmi cambiare registro quasi all'istante credo sia stato un incidente determinante.

A Milano mi muovevo preferibilmente in bicicletta e guidavo da autentica spericolata, sorpassavo macchine in difficoltà e perfino qualche motoretta. In uno di quei sorpassi mi trovai a inciampare in una Topolino, due frenate a strappo, io la sfiorai appena, ma frenando all'improvviso mi trovai a terra; il portapacchi della piccola auto era colmo di libri che nella frenata andarono tutti rotolando al suolo; l'autista della Topolino uscì fuori dai gangheri e mi aggredì, forse era preoccupato oltremodo, temeva mi fossi fatta molto male e sbracciandosi gridò: «Ma dove hai la testa? Guidare in quel modo... Siete una manica di incoscienti senza rispetto per chi lavora!»

«Ma che ho fatto, dopotutto, le ho appena sfiorato il parafango...»

L'INCIDENTE CON LA TOPOLINO

«Sì, ma mi hai fatto prendere un coccolone, pensavo che ti fossi ingrippata tutta. Ecco come si rovina l'Italia, facendo e disfando senza discernimento. Si delega la vita a chi capita, siete degli incivili, una gioventù senza opinioni né conoscenza!» E così dicendo raccoglieva da terra mazzi di libri e me li tirava addosso: «Qual è la vostra cultura? Cosa leggete voi? Di cosa vi interessate? Hai mai letto questo?» E mi tirò un librone che per poco non mi beccava in piena fronte. Poi saltò in macchina e se ne andò sempre imprecando e spernacchiando col motore. Io ero attonita... ma cosa gli è preso... Poi raccolgo il tomo da lancio e altri libri rimasti a terra. Per me quello scontro con caduta è stata come la folgorazione di Saulo sulla strada di Damasco; a parte l'incidente con reazione esagerata, quel lancialibri aveva ragione: io ero un'incolta, anzi, un'ignorante.

LA PORTA GIREVOLE DEL DESTINO

Era tempo mi dessi da fare: tornare a leggere e studiare. Ma la lezione più importante l'ho ricevuta senz'altro nei caffè di Brera: Giamaica, Pirovini, dove ho incontrato giornalisti e scrittori famosi e anche ragazze, giornaliste preparate e pittori e registi che non parlavano solo di quadri e di messe in scena, ma anche di fatti legati al quotidiano e alla politica.

Eravamo nell'immediato dopoguerra e si stampavano per la prima volta da noi saggi e soprattutto romanzi che il regime fascista aveva bloccato per anni, colpendo i traduttori e gli editori con una censura tra le più ottuse e spietate. Fra i miei nuovi amici c'era un giovane, Giuseppe Trevisani, che traduceva per Einaudi testi di grandi scrittori inglesi e americani che uscivano per la prima volta nelle nostre librerie. Mi ricordo di aver letto in bozze addirittura *Nuova York* di Dos Passos (poi ripro-

posto con il titolo originale, *Manhattan Transfer*) e *Uomini e topi* di Steinbeck. La cosa incredibile è che questi amici traduttori, scultori, pittori e registi erano a loro volta legati come fratelli a Dario, fra loro c'era anche Alik Cavaliere, Bobo Piccoli, Enrico Baj, Bianciardi e appunto il Trevisani: lavoravano insieme, si incontravano ogni giorno per discutere, fare progetti, e io non ho mai avuto l'occasione di incontrare Dario con loro. Era una situazione a dir poco paradossale, simile a quella delle *pochade* e dei *vaudeville*, con i personaggi che entrano ed escono da porte diverse in continuazione e i due che si dovrebbero incrociare non si azzeccano mai. Era destino che io e Dario ci si incontrasse in teatro, solo due anni dopo quel tempo.

L'INCONTRO SUL PALCOSCENICO

Sono sempre a Milano e mi trovo a recitare al cinema teatro Colosseo nella compagnia «Sorelle Nava e Franco

Parenti», un'équipe tradizionale, un ambiente così lontano da quello in cui avevo vissuto fino ad allora. Si possono immaginare le difficoltà di una simile scelta in quel periodo del dopoguerra, siamo negli anni Cinquanta, e quindi alterno momenti neri a buone scritture nelle compagnie di varietà più famose. I personaggi che mi vengono incontro uno dietro l'altro scorrono come in una sequenza di film muti, hanno gesti veloci e di colpo rallentati. Transitano gli adulatori stucchevoli che mi fan la corte, invitandomi a cena con speranza di prosieguo in un letto, e dai quali fuggo come dal pollo fritto imposto da mia madre.

E vedo anche i compagni di lavoro, quelli pieni di spocchia e quelli civili e garbati; tra questi c'è anche Dario: ma che ci fa qui con noi quel lungagnone dinoccolato e sorridente? So che ha piantato il Politecnico e perfino un lavoro sicuro per fare 'sto mestiere da commediante. Lo intravedevo ogni tanto, ché se ne stava spesso in disparte, quasi a evitare le smancerie e i discorsi così poveri di intelligenza sparsi sul palcoscenico e fra le quinte.

Questa era la dote che apprezzavo maggiormente in lui, la riservatezza.

Sono stata io a invitarlo dopo le prove a mangiare qualcosa in una trattoria, la prima volta. Dario sembrava non accettare volentieri quell'invito; poi, giacché io insistevo, mi svelò la ragione della sua reticenza: «Non ho un soldo» disse, «per potermi liberare dal lavoro e venire alle prove ho dovuto licenziarmi dallo studio di architettura dove sviluppavo progetti». E io allegra risposi: «Mi fa piacere, adoro nutrire randagi, gatti abbandonati e disoccupati affamati».

Andammo in una trattoria lì all'angolo e ordinammo due porzioni di salame, pane e una birra. Per me acqua, sono astemia. Poi ci accompagnammo l'un l'altra a casa. Io abitavo dalle parti di Porta Garibaldi, da mia sorella. Tram non ce n'erano più, quindi ci avviammo a piedi. Ci raccontavamo entrambi delle nostre vite, lui del suo lago, il Maggiore, e dell'Accademia in cui aveva studiato; io della mia compagnia e degli aneddoti più gustosi. Ci scoprimmo a ridere come ragazzini alle reciproche ironie; lo trovavo davvero spassoso, quel lungone, strabordante di racconti assurdi e festosi. In particolare se ne uscì con una frase che mi sorprese: «Mi succede spesso» disse «di parlare con qualcuno e sentirmi a disagio, perché le cose che credo intelligenti e spiritose che vado dicendo, non vengono raccolte, e allora pian piano mi convinco di non possedere né fantasia né spirito. Invece ogni tanto, come stasera, mi capita di sentir apprezzare le immagini che propongo, e di contrappunto ne ricevo altre, da te, che mi incoraggiano a lasciarmi andare nel fantastico».

Stop! Eravamo arrivati sotto casa mia, cioè dove aveva preso casa mia sorella con il marito Carlo Mezzadri. Ci salutiamo, un timido sbaciucchio, poi io prendo coraggio e propongo: «Senti, non ho sonno: vengo ad accompagnarti verso la tua casa per un pezzo. Dove abiti?»

«Vicino alle carceri di San Vittore. Ho affittato una cella» aggiunge. Rido e l'accompagno prendendolo sottobraccio: «Andiamo!»

Attraversiamo parco Sempione, allora non c'erano né catene né inferriate a impedire l'accesso. È una notte chiara, gli alberi proiettano lunghe ombre che attraversano i prati. Non c'è nessuno spazio che ci permetta di appartarci un poco. All'istante ci troviamo bloccati da un solco profondo che attraversa l'intero giardino; dal fosso spuntano canne e arbusti acquatici, ma acqua non ce n'è. Più avanti c'è un ponticello che attraversa il solco, noi scendiamo e ci sistemiamo sdraiati nell'ombra prodotta dal ponte. Ci abbracciamo.

«È una fortuna» dico io «aver scoperto questo rifugio.»

E lui aggiunge: «Speriamo che non aprano le chiuse e ci si trovi con l'acqua che ci inonda».

«No, è un periodo di siccità, questo: non sprecherebbero mai tanta acqua per farci uno scherzo del genere!»

C'è un gran silenzio, torniamo ad abbracciarci felici.

Di colpo sentiamo un fruscio che sale gorgogliando…

«Oh mio dio, hanno mollato la chiusa!» grido io. «Presto, usciamo!»

Ma non facciamo in tempo, ci arriva addosso una cascata. Ci appendiamo ai rami di un salice e riusciamo a guadagnare la riva. Siamo madidi d'acqua. Ci guardiamo e spruzzandoci l'un l'altra del nostro sguazzo scoppiamo in una gran risata.

IL DISORDINE DELLA MEMORIA

Vorrei riuscire a proseguire con ordine nella progressione dei racconti, ma ho la testa strapiena di memorie che s'accavallano senza costrutto, visi ed episodi che appaiono per un attimo e altri che vorrei cancellare; fra tanto marasma mi è difficile trovare l'abbrivio giusto per evocare in modo logico e chiaro la sequenza dei fatti, mi-

gliaia di ore vissute in modo «esagerato», le difficoltà, le meraviglie viste e toccate.

Felicità da farmi tremare e disperazioni da farmi morire.

Forse potrei concentrarmi su qualche emozione che profondamente m'è rimasta incisa.

In verità son due le emozioni importanti della mia vita.

La prima: «Dario, sono incinta».

Inutile spendere parole per raccontare le difficoltà che ci siamo trovati a gestire insieme in quella situazione. Immaturi, impreparati in tutti i sensi; spaventati. Non in condizione di fare un figlio, senza contare mia madre, con i suoi pregiudizi sulla purezza, sulla castità prima del matrimonio.

Con noi figlie, non ha mai parlato di sesso... Per mia madre eravamo fatte come le bambole: finivamo sopra il pube. Per lei «sesso» era uguale a osceno. Tanto per sintetizzare, mia madre il didietro lo chiamava «sedere»... e il davanti «sedere davanti». Bizzarro, no? Ma in tutto il quartiere era così, anche per le altre madri i sederi erano doppi: un rione di soli glutei...

Puntuale, ogni sera, appena tornata da scuola, facevo i compiti. Ero diligente, una ragazzina a modo, proprio brava, bravissima! Mi spiace non mi abbiate conosciuto allora, perché avreste di certo esclamato la vostra ammirazione: «Che bambina dolce, ubbidiente»... che mi son anche pentita!

Mia madre, come un fantasma, arrivava all'improvviso e con quell'espressione che hanno le mamme nei momenti solenni mi diceva, con una voce possente come quella di un dio che spunta fra le nuvole: «Stai attenta, bambina! Che gli uomini vogliono soltanto quella cosa là!»

Oh, non mi ha mai detto cosa! Una paura! Guai se un ragazzo mi veniva vicino... Gli gridavo: «Vai via!» Gli tiravo i sassi! «Vai viaaa! Non l'avrai mai!» «Che cosa?» «Non lo so!»

Vi dico la verità: per colpa di mia madre ho perso tanto di quel tempo! Le uniche cose sul sesso le ho sapute da una mia amica, una birichina tremenda... dodici anni. Era un po' che non la vedevo: «Sono molto stanca» mi fa.

«Perché sei stanca? Cosa hai fatto?»

«Ho fatto l'amore.»

«L'amore?!» che io manco sapevo cosa fosse. «Cos'è l'amore? Cosa hai fatto?»

«L'amore ho fatto... con mio cuginetto... dieci anni... un imbranato!»

«Cosa avete fatto?!»

«Noi non sapevamo niente di quelle cose lì... sapevamo solo che i bambini nascono dalla pancia... e allora lui col suo coso... spingeva, spingeva! Ho avuto l'ombelico infiammato non so per quanto tempo!»

Tra la mia mamma «stai attenta» e l'ombelico infiammato, ero terrorizzata!

Tenevo sempre le mani qui sul ventre.

Dove ero rimasta? Ah sì: sono rimasta incinta.

Inutile spendere parole: ho abortito. Trentamila lire (denari che abbiamo racimolato tra tutte le persone che conoscevamo) più la paura, e qualcosa addosso e negli occhi, che per mesi non m'ha lasciato. Di quell'ora passata in una specie di ambulatorio, non certo attrezzato per un intervento chirurgico, ricordo il freddo, il buio che c'era fuori, era notte, l'indifferenza e la tensione del medico e dell'infermiera.

«Non gridi per favore, altrimenti non la opero.» C'era paura in quella stanza, la loro e la mia.

In quel periodo per l'aborto si finiva in carcere.

Oltre a quella paura c'era il terrore per l'intervento che affrontavo senza saperne assolutamente niente. L'unica cosa che sapevo con certezza è che non avrei avuto l'anestesia.

Per me, e tutto per me, c'era anche il peso di quello che stavo facendo.

Stesa sul lettino freddo pensavo a mia madre, e ho veramente desiderato di morire.

«Se ha paura se ne vada. Se grida, smetto e la caccio via.» Per anni quel «la caccio via» m'è rimbombato nel cervello facendomi arrossire e maledire la mia timidezza.

Non ho gridato.

Dolore.

Zitta.

Sentivo le lacrime scivolarmi tra i capelli... non un lamento m'è uscito. Guardavo il medico... un pezzo di ghiaccio indifferente, che faceva il suo lavoro fischiettando sotto tono... «È uno cattivo» ho pensato. Sicuramente ho inondato di lacrime Dario, che stava ad aspettarmi davanti al portone chiuso. M'ha abbracciata stretta stretta. Stavamo male come due cani che avevano perso la strada di casa, in più io mi sentivo così colpevole, d'essere certa che non avrei più osato guardare negli occhi mia madre. Duemila anni di pregiudizi erano il pane quotidiano che molta gente ha mangiato. Io, con mia madre onestamente cattolica osservante e convinta, ne ho fatto indigestione. Per Dario era diverso.

Ho incontrato altre volte quel medico. Non ci siamo mai nemmeno salutati. Lui è diventato famoso. Ricchissimo. Dopo la legalizzazione dell'aborto ha fatto pure obiezione di coscienza. A parole. Nel suo studio faceva aborti a tutto spiano, nulla era cambiato nella sua attività abortista. Solo la tariffa: un milione.

MA BELLA SE TI VOL MI TE DARIA ST'ANELL

Presso la seconda cerchia dei Navigli c'è una piccola piazza con in mezzo grandi platani e su un lato ancora un caffè con i tavolini all'esterno inondati dalle fronde larghe degli alberi: lì, era il mese d'aprile, c'eravamo seduti dopo aver ordinato due cappuccini. Entrambi immalinconiti. Poco dopo Dario avrebbe debuttato con Franco Parenti e Giustino Durano con lo spettacolo *Il dito nell'occhio*. Io ero in parola con una compagnia di rivista... Insomma, ci saremmo allontanati per mesi e mesi. A un certo punto Dario fece un gesto strambo e mi rovesciò addosso una delle tazze con il cappuccino. Scattai all'impiedi spazzolandomi la gonna sbrodolata di latte e caffè e gridai: «Ma che ti salta in testa?»

«Volevo prenderti una mano» si scusò lui.

«Perché?»

«Per chiederti se mi vuoi sposare.»

Mi lasciai andare di botto sulla sedia inciampando nel tavolino e rovesciai anche l'altra tazza... poi scoppiai a piangere.

«Ma sei pazzo! Ti sembra il modo di farmi una proposta del genere, così su due piedi, senza preavviso?»

In quel mentre arrivò il cameriere che, vedendo quel disastro di tazze rovesciate, esclamò: «Ma che avete combinato?» e noi quasi all'unisono: «Niente, ci sposiamo».

Rimaneva solo un problema molto serio: se ci fossimo sposati in Comune per mia madre sarebbe stato un gran dolore. Perciò convenimmo di farlo in chiesa: ma in quale? Proposi Sant'Ambrogio: «Giacché ci siamo, scegliamo il meglio, il più bel monumento sacro della città».

Quindi ci recammo entrambi nella basilica, il cui abate era un grande appassionato di teatro, o così si diceva. Infatti, quando ci sedemmo dinnanzi a lui nel portico, sorri-

dendo afferrò le nostre mani ed esclamò: «Vi ringrazio di aver scelto la nostra chiesa e mi dà un gran piacere unire in matrimonio due commedianti. Sapevate che sant'Ambrogio era un fanatico del teatro?»

«Sì, lo so» dissi a mia volta, «però poi cominciò a perseguitarci manco fossimo degli eretici scellerati.»

«Sapete che vi dico? Io non ci credo: Ambrogio era un uomo senza pregiudizi… o quasi. Per di più teneva dei sermoni che, lévati, roba da anatema immediato!»

Ci sposammo che era ormai estate, giugno per l'esattezza. Nella chiesa c'erano un gran numero di attori e attrici della compagnia del Piccolo Teatro, i compagni d'Accademia di Dario e anche i suoi maestri: Funi, Carrà, Manzù e Carpi. Dario e io eravamo emozionati. Il suono dell'organo rimbombava solenne fra le navate: ero vestita di bianco, un bellissimo abito confezionato dalla sartoria di mia sorella. Per fortuna un grande cappello di paglia leggera mi mascherava un po' le lacrime che scendevano a fiotti sul viso.

ARRIVA JACOPO

Venti minuti dopo le nozze, si fa per dire, resto incinta.

Che gravidanza!

Ho vomitato per nove mesi. Mi dava noia tutto, odori, profumi… qualsiasi tipo di cibo. Mai più mangiato spaghetti, non sopportavo l'odore, persino il colore. Il povero Dario che a quel tempo fumava, non poteva più toccare una sigaretta, anche se andava a fumarla all'aperto, fuori casa. Come rientrava e mi si accostava sentivo l'odore del fumo che si era sistemato allargandosi nei suoi vestiti. E *vvvvvvm*, via a vomitare.

Come mi svegliavo alla mattina dovevo immediatamente mangiare qualcosa.

Ricordo che durante la tournée per un breve periodo ho seguito Dario. Lui si era tanto raccomandato con il direttore dell'hotel: «La prego, come suoniamo il campanello, mi deve far portare immediatamente cappuccino e brioche... mia moglie è incinta e deve dar da mangiare al bambino che altrimenti protesta e la fa vomitare!» Il direttore sorrideva, guardando con simpatia quel padre al primo figlio. Qualche mattina dopo, al suono del campanello la colazione non arriva... iniziavo ad avere conati di vomito... Dario suona e risuona.

Non arriva nessuno.

Apre la porta della camera e si affaccia al corridoio chiamando a gran voce: «Cameriera!!!» Silenzio. Io stavo vomitando e non potevo fermarlo. Avrei proprio dovuto! Indossava solo la maglietta... senza slip... «Camerieraaaa!!!» «Dario...» *vvvpm*... «Dario *vvvvpum*...»

Non riesco a fermarlo. Spinto dai miei conati pseudo-melodrammatici esce dalla stanza, arriva al primo gradino della scala che portava nella hall... «Oddio, adesso scende nudo! L'arrestano!» penso. Mi alzo, faccio qualche passo per raggiungerlo e bloccarlo. E rimango comicamente pietrificata con la bocca spalancata: di colpo la cameriera gli si materializza sotto al naso. Dario velocemente si tira giù, sul davanti, la maglietta, a coprirsi le vergogne... lasciando più che mai scoperto il suo sederotto.

«Mia moglie è incinta... sta male! Deve mangiare immediatamente! Mi porti subito per favore la colazione!!!» Le volta le spalle e con mossa davvero da prestigiatore, conscio d'aver il sedere scoperto, *zac*, abbassa velocemente la maglia sul di dietro. E con passo più che dignitoso rientra in camera.

LA GRAVIDANZA

Credo che per una donna sia il momento più bello della vita, aspettare un bambino.

Che è sbagliato dire «aspettare». Non me lo porta nessuno. Lo sto facendo! Una lavorata! Nove mesi.

E meno male che non sono una puledra, altrimenti sarebbero undici. Te ne stai lì un po' trasognata, vomitando o no... con le mani sul ventre... spii ogni minimo cambiamento nel tuo corpo... lo sguardo che cambia... la tua espressione che cambia.

Ti guardi allo specchio e con commozione e orgoglio ti dici: «Sono incinta!»

Quando mi sento malissimo, mi distendo e parlo con lui... «Bimbo, perché mi fai stare tanto male? Non ti trovi bene nel mio ventre? Non c'è abbastanza caldo? Forse è perché hai fame... Adesso mi faccio una bella cioccolata, quella riesco a non vomitarla, vedrai che ti piacerà! Bimbo, bimbo, ti voglio bene. Cresci, cresci... mamma mangia...» Sono magra come un chiodo, nonostante mi sforzi di nutrirmi. Ho voglia di anguria. Dariooo, ho voglia di anguria...

È mezzanotte. Dario è appena rientrato dallo spettacolo al Piccolo... «È quasi inverno, Franchina... dove la troverò mai?» Chiama un taxi.

Quando rientra, quando arriva?, mi dico con l'acquolina in bocca... mamma che voglia! Mi nascerà il bambino con una fetta d'anguria sul sedere...

Eccolo! «Son qui... son qui... l'ho trovata al ristorante della stazione» grida Dario da sotto. Arriva in camera, si avvicina al mio letto reggendo l'anguria come in trionfo.

Come vedo l'anguria... *vooom*! «Portala via... mi fa vomitare!»

Poi arriviamo al quinto mese. Iniziano i problemi. Minaccia d'aborto. Non posso più lasciare il letto. Non posso più seguire Dario in tournée. Solitudine. Solo il mio bimbo mi tiene compagnia. Gli racconto tutto... e lui mi risponde a suon di bei calcettini.

Dario telefona cento volte al giorno. E mi scrive. Son proprio lettere da innamorato. Poi, però, a chiusura dello scritto, mi dà un resoconto dettagliato di quello che spende: ristorante, albergo, treno ecc.

Quando gli chiedo il perché dei rendiconti, mi risponde: «La moglie deve sempre sapere quello che spende il marito».

È tenero e comico nello stesso tempo.

Al nono mese sto un po' meglio. Raggiungo Dario a Roma.

ECCO JACOPINO

Jacopo (un nome che mi piace proprio come quasi tutte le cose che fanno quei due tipi lì) è nato il 31 marzo del '55 a Roma. Esattamente nove mesi e sei giorni dal 24 giugno dell'anno prima. La sera del 30 marzo, stavo nel camerino del Teatro Quattro Fontane dove Dario recitava. Mi guardo allo specchio. Sono proprio bruttina, magra come una candela e pallida.

Rientro in albergo. Ormai ci dovremmo essere... penso. Preparo la valigia, biancheria per me e per il bambino. A quei tempi non si sapeva prima se fosse maschio o femmina. Ti dovevi fidare delle anziane: «La pancia è così, allora è maschio». «No, per me è femmina, non vedi come è messa?» E via di 'sto passo. Comunque sempre «bambino» si diceva. Se poi era femmina, pazienza...!

Ero emozionata.

Arriva Dario.

Baci baci. Poi si mette a letto e legge «Il Mondo».

Ho odiato quel giornale, non per il contenuto, che andava strabene, ma per la sua dimensione. Ogni volta che Dario voltava pagina mi faceva un gran vento. E io, accoccolata accanto a lui, giù a starnutire.

«Dario, mi sento strana questa sera...»

«Dormi, cara...»

Dopo un po': «Dario...»

«Cerca di dormire!» e via a girar pagine. Mi alzo. Qualcosa non va. Faccio qualche passo...

«Dario... non mi scappa la pipì... ma la sto facendo...» Sono imbarazzata e spaventata. Che mi sta succedendo?!

«Dormi Nanina...»

«Ma Dario!!!»

Com'è che a quel tempo le ragazze erano tanto disinformate? Perché nessuno m'ha detto e questo e quello? Autodidatta in tutto!

«Dario, credo mi si siano rotte le acque...»

«Le acque?!» esclama Dario buttando finalmente il gran giornale.

Di corsa un taxi.

Ora siamo emozionati tutti e due.

Ci stringiamo abbracciati.

Occupiamo mezzo sedile.

Il taxista è preoccupato che il bimbo nasca lì. Siamo arrivati in un minuto.

Clinica Salus.

Mi sistemano in una stanza. Dario è accanto a me. Arriva l'ostetrica, le infermiere, tutte gentilissime, un po' per il mio bambino, un po' per l'interesse che sollecitano sempre le persone di spettacolo. Poi inizia la litania: «Spinga signora spinga». Io ci metto tutta la mia buona volontà...

ma non succede niente. Solo Dario è in movimento, mi posa deciso una mano sulla gola, stringendo e facendo pressione. «Caro, già sto male… vuoi strozzarmi?»

Anche l'infermiera: «Ma cosa fa?!»

Calmo, padrone della situazione nel suo ruolo di futuro padre, risponde: «Devo stare attento che non le venga il gozzo!» E giù a pigiare la mano.

Tra un «ahi, ahi, dio che male!» e Dario che si preoccupa del mio gozzo il dolore diventa insostenibile.

Mi avevano promesso che mi avrebbero dato dell'etere al momento giusto. In sala parto grido: «Etere! Etere!» La levatrice mi dà una carezza: «Sì cara, sì, suo marito è fuori». «Etere! Voglio l'etere!!!» Il fatto è che la signora in questione aveva frainteso e pensava che mio marito si chiamasse Ettore e mi tranquillizzava: «Calma signora, Ettore arriva subito». Finalmente arriva il medico. Di etere nemmeno l'ombra. «Spinga-spinga-spinga!» Sento un vagito, e giù, tra le gambe, un dolore insopportabile… mi si stava lacerando la carne. Muoio…

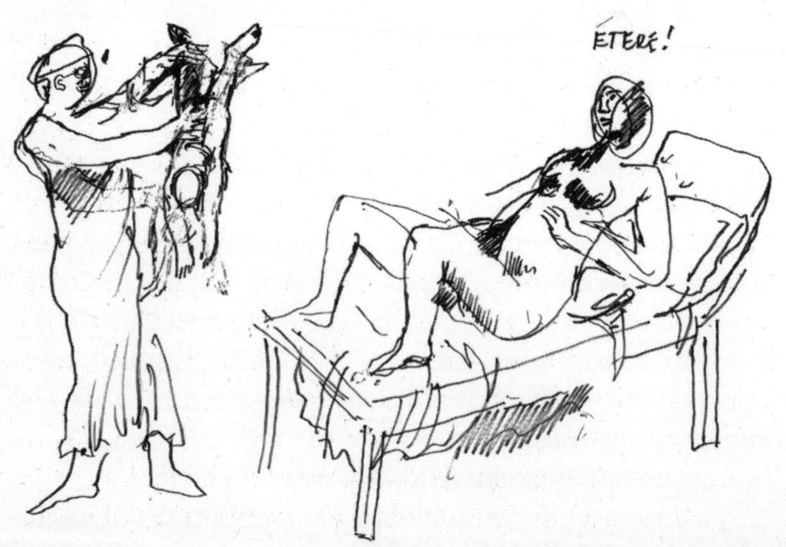

«Brava signora. Tre chili e nove etti!» Poi rivolta agli altri: «Ci credo che sentisse male! Guarda qua che bimbo: tutta testa!» E ripete: «Tre chili e nove etti!»

Oddio... dove lo portano? Mi portano via il bambino! Dario!!! Dove sei, Dario... perché sto facendo una cosa così nostra, così importante qui da sola? Dove sei? Sono disperata. Volevo stringerlo subito il mio bambino, toccarlo, baciarlo... ci avevo messo tanto per farlo... giorno dopo giorno. E la nausea, e mesi di letto e i pensieri tristi e la preoccupazione. Ma come? Adesso che ce l'ho fatta, me lo portano via! (Beate le partorienti di oggi, che il bimbo appena nato glielo posano sul ventre e il marito assiste addirittura al parto!)

Passa una vita... ed ecco la mia creatura, il mio bambino! Ben lavato e profumato di meraviglie, è qui tra le mie braccia. Mi sto sciogliendo di gioiosa emozione e felicità che non si può raccontare.

SIAMO IN TRE

Con la leggerezza dei pazzi, usciamo dalla clinica con il nostro fantolino in fasce e ci «accasiamo» da un fotografo, di cui non ricordo il nome, che possedeva una splendida casa in viale dei Parioli. Davvero un sontuoso appartamento. L'unico difetto, non indifferente per una coppia con un bambino di otto giorni, era il particolare che in quella sfilata di camere decorate con archi e colonne di marmo non esisteva un mobile. L'amico fotografo aveva rimediato solo due brande e una sedia che faceva da comodino; in cucina un tavolo composto da due cavalletti sormontati da un'asse, e per finire un telefono con un filo chilometrico che permetteva di porta-

re l'apparecchio dall'ingresso fino al bagno. Da qui si evince che il nostro ospitante era uno che amava davvero le comodità! Non volendo umiliare la sua generosità ci siamo sistemati alla bell'e meglio. Il bambino ha pianto per otto giorni di fila. Per quanto ci sforzassimo di creare un clima da famiglia felice, non riuscivamo a comunicare a questo nostro mucchietto di tepore urlante un minimo di serenità. Il neonato, pur non sapendo niente della vita, pretendeva serenità dalla sua mamma e magari qualche comodità, come un bagnetto con l'acqua calda corrente, non riscaldata grazie a una pentola sul fornello… Perdio, bambino, siamo in un palazzo con archi e stucchi, cerca di apprezzare almeno quello… sei figlio di due artisti!

Come uscirne?

Mi stava, ci stava arrivando addosso la disperazione. Inesperta di neonati, sola, senza l'assistenza di una nonna o chi per essa accanto, priva di qualsiasi comodità, facevo molta fatica a cavarmela. Dario si dava da fare… mi aiutava tantissimo… ma il disagio era grande. Piangeva urlando Jacopo, piangevo in silenzio io, e forse anche Dario piangeva in bagno.

Al nono giorno, decidiamo di tornare in clinica.

TORNIAMO IN CLINICA

Che meraviglia. Come siamo entrati in reparto ci baciavano tutti. Abbiamo avuto una bellissima camera, adiacente alla sala parto. Ci siamo addormentati di colpo tutti e tre.

Abbiamo dormito per almeno un giorno, finalmente rilassati.

Facevamo ormai parte del personale della clinica, vivevamo la loro vita e le ansie di tutte le partorienti, mariti compresi.

Dario, come scorgeva in corridoio un padre in apprensione per la nascita del proprio bimbo, si avvicinava

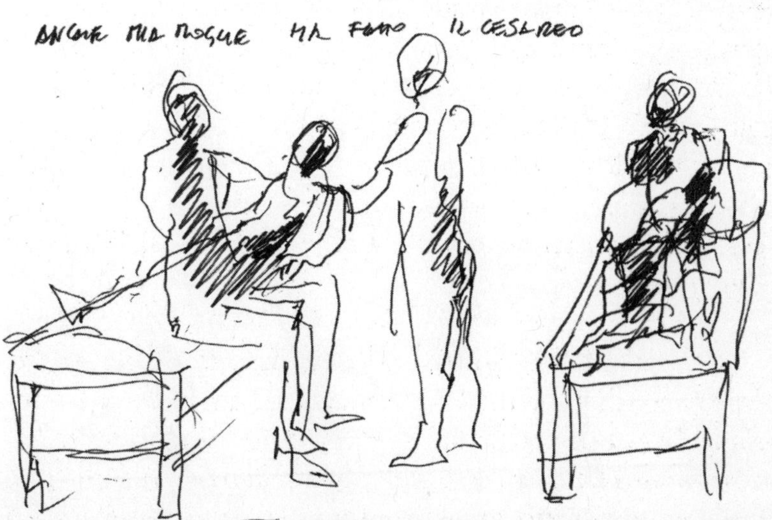

e s'informava. Parto cesareo. E Dario: «Non si preoccupi, anche Franca ha avuto il cesareo… oggi lo fanno ambulatorialmente, è una sciocchezza, vedrà». E quello si consolava. E un altro: «È messo di piedi!» «Non si preoccupi, anche nostro figlio è nato di piedi, è andato tutto benissimo, il ginecologo è straordinario!» Solo quando ha incontrato un padre preoccupato perché la moglie stava per partorire due gemelli e forse tre, Dario è rimasto senza parole. Non poteva dire: «Stia tranquillo, anche mia moglie… eccetera…»

COMPERIAMO CASA

Intanto, abbiamo comperato una casa in via Nomentana, l'abbiamo arredata e finalmente ci siamo andati ad abitare. Tutti e tre.

Il bambino cresce. Noi facciamo un film, *Lo svitato*, soggetto di Dario, regia di Carlo Lizzani. Un mattino esco di casa agitata, sono in ritardo, mi arresto nell'atrio e torno di corsa indietro. Mi era sembrato di sentire la voce di mia madre che mi diceva: «Hai messo la sottoveste?» E quasi mi sento sollevare la gonna da una sua mano per verificare.

Questo fatto della sottoveste mi era rimasto dentro come un'angoscia.

L'ATTORE È UN PESSIMO PARTITO

«Vergogna! Stavi uscendo senza sottoveste! E se ti capitasse di essere investita da una macchina, cosa penserebbero all'ospedale? (Sempre disgrazie s'immaginava 'sta santa donna!) Una ragazza senza sottoveste

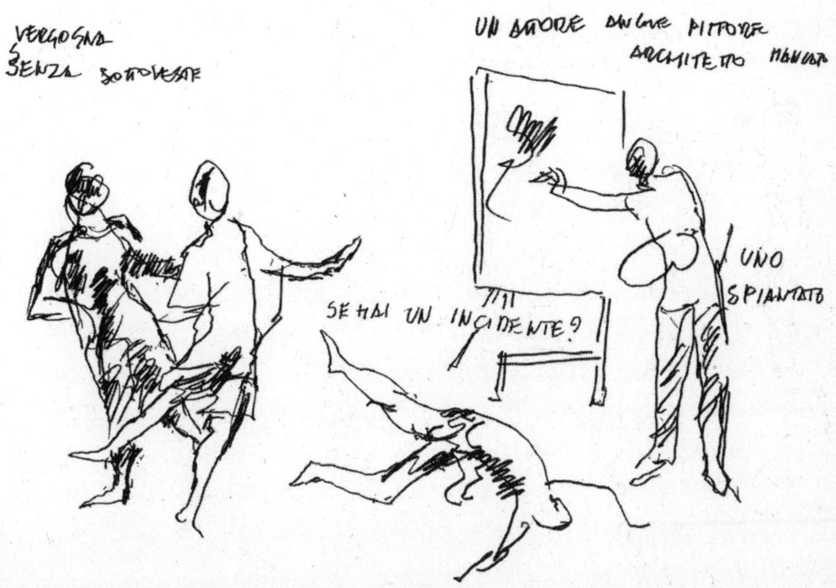

non può essere una brava ragazza. Infilatela subito!»

Per questo ero tornata indietro.

E cercando la sottogonna m'è capitata fra le mani una lettera di mia madre. Che ci fa qui, nell'armadio? La leggo in fretta: era uno scritto pieno di gioia festosa dove ci avvertiva che sarebbe venuta al più presto a Roma a trovarci. Voleva tenersi fra le braccia il bambino e stringere me, e anche Dario. Da un po' di tempo la mamma s'era affezionata a quello spilungone di mio marito più che a un figlio. E pensare che all'inizio proprio non vedeva di buon occhio il nostro matrimonio: «È un attore, è anche pittore e architetto mancato, uno spiantato insomma, non farà mai niente nella vita. Stai lontana da gente senza una professione sicura».

«Ma mamma, anche il papà era attore, anzi marionettista, e a tua volta l'hai sposato. Proprio tu dicevi: 'Cosa c'è di più spiantato di uno che vive muovendo marionette?'» «Sì, ma io ero pazza.» «Ebbene, permetti che anche tua figlia sia pazza come lo eri tu!»

AVANGUARDIA, FABULAE, MITI, COMMEDIANTI E IPOCRITI

In Italia stavamo vivendo un momento di grandi fermenti culturali: uscivano film di giovani registi attraverso i quali si scoprivano capolavori di un nuovo linguaggio, nascevano compagnie di teatro una dietro l'altra. A parte il Piccolo Teatro, subito conosciuto in tutta Europa, erano decine le compagnie stabili di valore che spuntavano in ogni città, anche di provincia. Soprattutto incredibile era il numero di gruppi indipendenti che mettevano in scena spettacoli grotteschi e perfino di satira politica.

Noi si era appunto una compagnia che faceva del sarcasmo e della denuncia civile il perno del proprio teatro. C'erano altre compagnie di attori dell'ultima generazione che rinnovavano il linguaggio rifacendosi al teatro americano; e gruppi che si impegnavano in una continua ricerca passando dal metodo Stanislavskij al teatro di Brecht a quello della crudeltà. Questi ultimi erano i più longevi, dopo vent'anni li si incontrava sempre più affondati nella ricerca... cercavano, cercavano, ma evidentemente non trovavano.

Sul cosa significhi recitare, interpretare, rappresentare, mi sembra esista una gran confusione e un fastidioso equivoco di valori. I maestri che si rifanno a metodi moderni dicono che recitare significa reinventare la realtà, non imitarla, e hanno ragione. Poi ci sono i sostenitori del teatro *epico*, che ti insegnano come si debbano rappresentare le situazioni, non le parole; e anche questo è giusto. Quindi esistono registi che ti insegnano come proiettare le emozioni, e altri che affermano che lasciarsi coinvolgere da emozione e passione è deleterio al teatro. Sono d'accordo con molti di questi concetti, ma personalmente ho imparato che, più semplicemente, «recitare» significa tradurre con gesti e parole la scrittura, convincere usando il minimo dei mezzi, sia vocali che gestuali, non strafare, evitare gli effetti facili e soprattutto comunicare.

Per chiudere, dirò che accetto di essere classificata «attrice», ma con l'aggiunta di qualche altra definizione. Nella compagnia in cui sono nata e cresciuta ho imparato tutto quello che può servire per fare questo mestiere, dal restaurare un costume a calare un fondale.

Nella tournée in America con Dario di qualche anno fa ci siamo esibiti in teatri di università come quelle di Boston, Yale, New York e altre ancora.

A BOSTON GLI STUDENTI MONTANO LA SCENA E GLI APPARECCHI TECNICI

Siamo sempre rimasti sorpresi nello scoprire che i tecnici delle luci e del suono e i macchinisti che montavano le scene in quei teatri fossero tutti attori dell'accademia e delle università in cui si operava, giovani che imparavano dizione, pantomima, musica, sapevano di regia e di danza.

Da noi, nelle nostre accademie, un allievo difficilmente sa cosa sia una consolle, un trabattello o un generatore. Del resto, quando mai una scuola di teatro, anche prestigiosa, di Roma o di Milano mette a disposizione dei propri allievi gli apparati scenici essenziali ad apprendere il mestiere del teatrante completo? Non esistono cavi elettrici né tanto meno proiettori e casse acustiche, per non parlare di americane, scorrevoli e fondali da manovrare. È come se in una scuola di guida, invece di farti salire su un'auto, ti costringessero a star seduto su una sedia brandendo a due mani un cerchio che allude a un volante, e tu devi mimare la guida oscillando a sinistra e a destra secondo curve immaginarie, imitare la frenata o la ripresa spingendo i piedi in avanti e spernacchiando con la bocca come un motore.

LA VIDA ES SUEÑO (Calderón de la Barca)

Certo devo ammettere che in alcuni momenti mi son sentita scontenta di questo mio mestiere, a causa, tra l'altro, di certe mortificazioni di cui è inutile parlare, ma la frustrazione mi è durata per poco. In definitiva sono più che soddisfatta, anche perché ho scoperto quanto il recitare, proiettare a un pubblico emozioni, tradurre storie e far immaginare, alla fine sia stupendamente gratificante.

Ma c'è qualcosa in più a vantaggio di questo mestiere. Un vantaggio di cui sicuramente godono tutti quelli che inventano e raccontano storie, sia dipingendo che proiettando immagini con la macchina da presa. Spesso ho chiesto intorno come fossero i sogni della gente normale. Sognate a colori o in bianco e nero? Molti rispondono: «Non ricordo, non ci ho fatto caso». I personaggi si muovono in prospettiva, li vedi di scorcio o dall'alto, vai volando nei tuoi sogni? Ebbene, non so voi, ma io sì, volo moltissimo, nuoto nell'aria e anche nell'acqua, e durante lo svolgersi dei sogni mi rendo conto di fare la regia: taglio, dilato, accelero e all'istante ci infilo un personaggio che non c'entra ma che mi piace da morire. Ogni tanto mi succedono fatti sconvolgenti, cerco di cacciarli, ma non ci riesco; quello è il momento in cui esco dal mio immaginario e subentrano storie da incubo. Ma dove riesco a dirigere e controllare, i miei sogni sono pieni di invenzioni, con trovate spettacolari; peccato che appena sveglia me ne dimentichi una gran parte. Dovrebbero inventare un registratore di sogni... non per venderli, ma per mostrarli agli amici: non ci sarebbe più bisogno di abbrutirci con la televisione.

Certo il cervello, come suggeriva Leonardo, è la macchina più misteriosa di tutto il creato.

Quando Dario, qualche anno fa, fu invitato alla Normale di Pisa a tenere un corso sulla scrittura teatrale, l'ho accompagnato e là ho assistito a una lezione di un importante neurologo che naturalmente trattava del cervello, e le sue dichiarazioni mi hanno molto stupito. In particolare, i passaggi dove descriveva le parti del cosiddetto cervello inconscio, le diverse dimensioni dell'organo pensante femminile rispetto a quello maschile, le doti particolari di intelligenza speculativa di certi individui e le infinite forme di memoria che si prolungano fino a raggiungere i primi momenti della nostra vita. «Anzi» precisava, «molti miei colleghi assicurano che pochi mesi prima del parto, nel momento in cui il feto giunge al suo massimo sviluppo, il cervello è già attivo e accade che acquisisca percezione di fatti che gli giungono dal di fuori del ventre materno. Purtroppo non possediamo ancora mezzi idonei a verificare con assoluta scientificità questo fenomeno, ma sono in molti coloro che testimoniano di aver acquisito memorie di gesti e sensazioni provate dentro il ventre della madre.»

Per quanto mi riguarda, posso assicurare di possedere quelle memorie di cui diceva il professore della Normale.

Di sicuro, quando mia madre recitava e io stavo nel suo ventre, mi ha comunicato emozioni e suoni, giacché spesso, recitando a mia volta, ho provato la sensazione di ripetere parole, ritmi e perfino gesti imparati quand'ero là dentro.

Fin da ragazzina, nei momenti in cui ero addolorata o intristita per qualche situazione storta, mi andavo a distendere sul letto, dopo aver serrato gli scuri; mi rannicchiavo tutta, fino a sentirmi senza dimensione, e intensamente immaginavo di accoccolarmi nell'unico posto in cui sia stata veramente bene: nel ventre di mia madre. Pian piano mi sembrava di perdere peso e di galleggiare, una sensazione inimmaginabile. In quel momento rivivevo ogni gesto di quando m'arrotolavo sospesa e ascoltavo i suoni ovattati che provenivano dal di fuori, riprovavo perfino il dondolare del corpo di mia madre che si muoveva camminando.

Forse penserete che io sia un po' fanatica, ma quando mi riesce di concentrarmi e mi ritrovo immersa nell'inconscio, ecco che immediatamente quelle immagini mi si muovono nel cervello come proiettate, e compio straordinarie capovolte e galleggio leggera.

Bisogna proprio che mi costringa a scendere da questi miei voli fra il surreale e il paranoico e a camminare coi piedi a terra, badando solo a non inciampare. Un po' d'ordine, perdio!

GUARDA CHI SI VEDE: LA CENSURA!

Ci sono, nella vita di ogni uomo o donna, o in entrambi, uno o due momenti chiave con picchi a salire e a scendere. Dario e io ne abbiamo vissuti più di uno e tutti di straordinario valore, anche perché non si muovevano solo nell'ambito del nostro particolare interesse, ma coinvolgevano molta altra gente. Eravamo giunti a parlare del *Dito nell'occhio*, spettacolo satirico con Giustino

Durano, Franco Parenti e Jacques Lecoq, che ebbe un successo davvero enorme: basti dire che tenemmo il Piccolo Teatro di Milano esaurito, durante il periodo estivo, per la bellezza di tre mesi consecutivi. Poi cominciò la tournée e, specie nelle grandi città, il successo era addirittura scontato.

Naturalmente, dovemmo subito combattere contro la censura. L'allora responsabile dello Spettacolo era Andreotti, che aveva cominciato a curvarsi verso i dettami del clero dominante fin dal suo debutto: aveva poco più di trent'anni e oggi è ancora lì! In seguito, sempre al Piccolo Teatro di Milano, mettemmo in scena un altro testo fortemente satirico dal titolo *I sani da legare*. Anche questo spettacolo ebbe un'accoglienza straordinaria: si ripeterono i tre mesi di repliche e, puntuale, ecco riapparire la censura. Ogni sera due incaricati della Questura venivano a controllare se si recitasse con precisione il testo inviato al ministero dello Spettacolo rispettando i tagli e le varianti imposte. Dietro, sul fondale, si ergeva sempre chiara l'ombra curva di Giulio DC, ma per gli incaricati era difficile seguirci, giacché noi si improvvisava battute a piè sospinto. I responsabili della Questura impazzivano soprattutto quando noi si andava mimando situazioni satiriche senza parole. Uno di loro, sconvolto, una sera buttò il copione per aria gridando: «Eh no! A 'sto punto non ci sto: cambio mestiere!»

EUCLIDE E L'EQUILIBRIO INSTABILE

Insomma, fra noi e la censura c'era un dialogo antagonistico ma perfetto: lo stesso, purtroppo, non si poteva dire per la nostra compagnia. Tra di noi non ci si sentiva

d'accordo sul modo di gestire lo spettacolo, che spesso si gonfiava di varianti inutili e stucchevoli. Dario veniva soprannominato dai suoi compagni «Il geometrico», perché pretendeva pulizia del *gioco* e rigore scenico. Così, come dice una famosa canzone napoletana, «… poi nun ci ammamm' cchiù».

Ognuno andò per la propria strada producendo spettacoli diversi. Dario e io, come abbiamo già accennato, facemmo perfino un film insieme, *Lo svitato*, che aveva un solo grande difetto: precorreva troppo i tempi, poiché, causa lo stile comico-satirico surreale, per il pubblico consueto delle sale cinematografiche risultava inaccessibile. Si dovette attendere una decina d'anni per avere la soddisfazione di un grande capovolgimento di giudizio da parte del pubblico e della critica. Solo allora scoprimmo che quel film era stato acquisito da molte cineteche in Europa, a partire da quelle universitarie. Infatti ebbe un successo di ritorno a cominciare da quel periodo. Ma l'iniziale tiepida attenzione ci fece dire:

«No, il cinema non è ancora fatto per noi». E ritornammo al Piccolo Teatro per mettere in scena uno spettacolo di atti unici farseschi, *Ladri, manichini e donne nude*: oh, finalmente si tornava a respirare! Ottenemmo applausi e risate indescrivibili, altri tre mesi di repliche a teatro esaurito e quindi via con la tournée invernale per tutta Italia.

L'anno appresso al Teatro Gerolamo (davvero inadeguato, conosciuto a Milano come «il Teatro delle Marionette», ma non ne trovavamo altri) un nuovo spettacolo, *Comica finale*: quattro farse riscritte da Dario, provenienti dal repertorio della mia famiglia, i Rame appunto.

Era quello uno dei momenti difficili ai quali in teatro capita di dover sottostare. Ma all'improvviso ecco che tutto si ribalta: inaspettatamente viene a trovarci in teatro Papa, il proprietario di uno dei teatri più importanti di Milano, l'Odeon: ci offriva la sala per l'inizio della stagione, ma pretendeva che Dario scrivesse una commedia nello stesso gusto del film *Lo svitato*, di cui era entusiasta, e soleva esclamare: «Se lei, Dario, avesse debuttato a Parigi con quella pellicola, oggi sarebbe famoso come Charlot!» Così nacque *Gli arcangeli non giocano a flipper*, un altro successo.

RIECCOLI!

Naturalmente la censura si rifece viva e mandò ogni sera i suoi incaricati: senza di loro ci sentivamo come nudi. Diventarono parte del nostro quotidiano, un po' come il pappagallo sulla spalla del pirata zoppo.

Cominciammo col darci del tu e ci invitammo reciprocamente a cena – di nascosto, s'intende, come Giulietta e Romeo. Finita la stagione, i due incaricati della Questura vennero a consegnarci una missiva con tanto di timbro bollato: era l'avviso che la commedia ci veniva definitivamente bloccata con divieto assoluto di rimetterla in scena. I due incaricati ormai amici erano entrambi molto più tristi di noi.

Continuammo ogni autunno a debuttare al Teatro Odeon, sempre con crescente successo, finché la televisione si accorse di noi; del resto, anche se molte sale teatrali della cosiddetta «zona bianca – feudo DC» continuavano a rifiutarci, riuscivamo a vantare incassi superiori a tutte le altre compagnie.

Il direttore artistico della prima rete televisiva era Sergio Pugliese, un autore di commedie colto e preparato che ci fece per telefono la proposta di realizzare la nuova edizione di *Canzonissima*. Si diceva entusiasta ma allo stesso tempo preoccupato per il copione: bisognava che ogni sketch o testo con musiche fosse visionato prima dell'inizio delle prove dai responsabili della censura. Dario si mise subito al lavoro: entro un mese doveva presentare l'intero testo dello spettacolo che avrebbe dovuto sostenere l'esibizione dei numerosi cantanti. Lavorava tutti i giorni compreso il sabato e la domenica con il regista Vito Molinari e il paroliere Leo Chiosso; le musiche di scena sarebbero state realizzate da Fiorenzo Carpi.

CAMMINARE SUL FILO DELL'ASSURDO

Dopo trentun giorni il testo di undici puntate era pronto. Mi ricordo che ci incontrammo con il direttore Pugliese nella campagna davvero ridente di Verona, in un ottimo ristorante all'aperto. Per l'intero pomeriggio Dario raccontò una dietro l'altra le scene satiriche più scabrose.

Pugliese rideva divertito e fece solo qualche osservazione, ma molto marginale: il testo quindi era accettato.

Poi arrivammo al debutto. Lo spettacolo aveva inizio con un gran coro che diceva:

Popolo del miracolo, miracolo economico!
Facciam cantare gli orfani, le vedove che piangono
e gli operai in sciopero facciamoli cantare…
Chi canta è un uomo libero da qualsiasi ragionamento,
chi canta è già contento di quello che non ha!

Fortunatamente, il significato e l'allusione ironica non vennero recepite dai censori, che lasciarono correre anche per quanto riguardava i dialoghi e le allusioni satiriche sul governo e sui politici.

La prima puntata piacque molto al pubblico e ottenemmo critiche positive perfino dai giornali cosiddetti conservatori e governativi.

Ma i guai cominciarono con le puntate seguenti, man mano che le scene satiriche si facevano più esplicite e dirette. Per esempio, già nella seconda trasmissione crearono scalpore, tanto nella Confindustria quanto nei giornali cosiddetti moderati, alcuni sketch dove si trattava di paternalismo di fabbrica e si alludeva chiaramente a certe industrie dove il datore di lavoro (guai chiamarlo «padrone») copriva tutti i ruoli, a partire da quello dello Stato, dell'assicurazione, del sindaco, per arrivare perfino a quello del sindacato. Per di più pagava con buoni acquisto nei suoi negozi di beni alimentari e di consumo, compresi abiti, scarpe, mutande e reggiseni. Il proprietario faceva le veci del padre, della madre, del consigliere e qualche volta perfino dell'amante… solo per operaie femmine fresche e prosperose, s'intende.

In uno dei primi sketch il *Leitmotiv* comico era quello di un operaio che, come impazzito, prima di entrare in fabbrica abbracciava e sbaciucchiava il busto del padrone esposto all'ingresso del grande capannone gridando felice: «Toh un basin!» (Prendi 'sto bacetto!) Quindi, come si trovasse dinnanzi alla effigie di un santo, lo accarezzava e improvvisava una litania: «Tu mi dai il lavoro e la vita, toh un basin! tu sei la patria, tua è l'aria che respiro, toh un basin! tua la squadra di calcio e anche quella di basket, toh un basin! tu mi dai gioia alla domenica e certe volte anche al venerdì se è festa, toh un basin! tu mi dai la tredicesima e mi vendi anche il tuo giornale, la radio e pure il televisore… toh un basin! Ecc. ecc…» Dopo una settimana arrivarono lettere di industriali del comasco e veneti che, disperati, insultavano la direzione di *Canzonissima* perché i loro operai, che avevano imparato la tiritera, entrando in fabbrica baciavano l'effigie del padrone posta all'ingresso, ripetendo a loro volta: «Toh un basin!»

LA FORZA DELL'ANIMA E IL PESO DELLA CARNE

Un'altra scena che irritò più di un imprenditore fu quella in cui, presentando Claudio Villa, Dario pregava il cantante di dedicare la sua romanza a una signora deceduta da qualche settimana: Amalia, si chiamava, ed era una sua fan a dir poco scatenata. Naturalmente ci si era messi d'accordo con il Villa perché stesse al gioco. Durante la presentazione, Dario fingeva di leggere una lettera spedita da un operaio che lavorava a Reggio Emilia in una gigantesca fabbrica di salumi e scatolame: senza preavviso la zia fan di Villa era andata a trovarlo proprio nel reparto dei composti delle carni tritate.

«Io stavo lassù al controllo ritmico delle pale rotanti» raccontava l'operaio «e vedo zia Amalia, che, entrata non so come nel reparto, come fosse una cosa normale monta sulla passerella che fiancheggia le rotanti. Io mi affaccio di lassù e la chiamo preoccupato: 'Zia, ma che fai qui? Scendi subito di lì!', e lei si volta di scatto e, in quel frastuono di pulegge e rotatrici, cerca di comunicarmi qualcosa a tutta voce sventolando la foto di un cantante... quel cantante eri tu, Villa! E lei era venuta apposta per mostrarmi la lettera con la tua faccia firmata. All'istante il nastro trasportatore del macinato si mette in moto: la zia scompare alla mia vista sempre sventolando la fotografia. Urlo subito l'ordine di bloccare le rotanti, ma non c'è niente da fare, perché se si arrestasse la macchina dell'insaccamento del macinato se ne avrebbe un danno terribile.» La lettera dell'operaio concludeva: «Insomma, la zia Amalia è caduta nel rimescolo e poi è stata sistemata per sezioni dentro lo scatolame. Devo dire che la direzione della mia fabbrica degli insaccati e affini è stata molto generosa e corretta: ci ha inviato a casa quarantacinque scatole di macinato da sugo, che corrispondono esattamente al peso della zia defunta. Una sull'altra abbiamo sistemato a catasta tutte le scatole dentro un grande contenitore di vetro che teniamo in sala da pranzo a fianco della televisione, che a lei piaceva tanto, così l'abbiamo sempre davanti agli occhi, cara zia Amalia». Continuando a leggere la lettera dell'operaio, Dario aggiungeva: «La prego, Villa... canti per lei 'Granada, terra di luce, di sangue e d'amor!' La farà rivivere... forse!»

Questa scena sul macinato suino scatenò una vera e propria tempesta di articoli e lettere di spettatori che non avevano assolutamente gradito la satira. Anzi, in conseguenza di quel bailamme, si scoprì che più di un'industria di tritacarne e salumi aveva nel tempo registrato incidenti sul lavoro tragicamente orrendi, compresi quelli di un parroco venuto per benedire il macchinario e due visitatori dell'impianto che per accidente erano finiti nell'impastatrice. Quindi i responsabili di quegli stabilimenti s'erano convinti che la satira fosse rivolta direttamente a loro.

SI FA PRESTO A DIRE «MAFIA»

Alla sesta puntata di *Canzonissima* era andato in onda un dialogo fra una «muliera» sicula e un giornalista inviato dal continente. In quella scena io recitavo il ruolo della femmina in questione. La donna è intenta ad avvolgere un lungo filo. Si alludeva naturalmente a una delle tre Parche, allegoria della vita e della morte: sfizio culturale. Ogni tanto, durante il dialogo fra la donna e il giornalista si odono degli spari e qualche botto.

Il giornalista chiede di che si tratti, e io, sempre nelle vesti della donna, rispondo che forse lo sparo proviene dal fucile di qualche cacciatore solitario, ma poi mi correggo: può darsi che sia anche *chiddu ch'occide un infame che se pigghia la sentenza*.

Altro sparo... ed ecco che io alludo a un sindacalista che crea guai. Un botto, ed è il salto in aria della casa di qualcuno che non ha pagato il pizzo, e così via fra spari e mitragliate si arriva al punto in cui il giornalista mi chiede: «Come mai all'istante hanno cessato di far botti?» e io rispondo: «Sempre, prima dell'ultimo sparo, c'è un attimo di silenzio». «E a chi andrà l'ultimo botto?» chiede il cronista. E io di rimando: «*A chiddu cchi fa troppe domanne, cioè a tia*». Sparo, il cronista cade riverso. Velocissima, io arrotolo il filo e poi con la forbice lo taglio. L'allusione alla mafia e ai suoi delitti era evidente: era la prima volta che in televisione si arrivava a trattare di «Cosa Nostra». Il fatto, c'era da giurarci, causò gran scalpore. E dire che i censori televisivi s'erano lasciati sfuggire il peso e la forza di quella satira: l'avevano ritenuta troppo enigmatica perché andasse a segno, ma tutti gli spettatori, compresi quelli di governo, scattarono come molle di pupazzi animati. Si scandalizzarono i politici, a cominciare dai ministri del centro e della destra. Perfino i liberali con il loro segretario in capo, Malagodi, presero una posizione durissima, insultandoci e ricordandoci che già altri comici troppo caustici col potere avevano sbattuto, tempo addietro, la faccia sulle tavole del palcoscenico: la cosa incredibile è che Malagodi faceva esplicita allusione a comici colpiti duramente dal regime fascista.

Si mosse perfino l'alta curia siciliana per voce del cardinal Ruffini, il quale intervenne dicendo: «La mafia non esiste, o a ogni modo non si tratta di un'organizzazione criminale che voglia sostituirsi allo Stato, ma di normale criminalità estemporanea». Ricevemmo lettere minatorie in gran numero, scritte addirittura col sangue, e biglietti sui quali era disegnata una lupara e una bara. Le minacce colpirono anche nostro figlio Jacopo, che aveva appena compiuto sette anni, al punto che per tutto l'anno scolastico dovemmo vederlo andare a scuola protetto da due poliziotti. Pugliese, che a suo tempo ci aveva dato il benestare, si trovò spiazzato e al suo posto entrò in scena Ettore Bernabei, l'uomo sicuro della DC, pressato da ogni lato perché ci fosse impedito di continuare con quello spettacolo.

GLI OPERAI NON SANNO VOLARE

Eravamo giunti all'ottava puntata, il cui tema base era l'edilizia e i pericoli per gli operai nei cantieri. Il testo era stato accettato nella riunione preliminare di Verona tre mesi prima, ma ora la musica era completamente cambiata. A Roma lo visionarono e ce lo mandarono letteralmente massacrato a Milano, dove si montavano gli spettacoli. Nel copione originale i due interpreti principali eravamo Dario e io. Personalmente recitavo la parte dell'amante dell'imprenditore: l'imprenditore era Dario, il quale si mostrava sconvolto poiché un suo operaio era caduto da un impiantito e stava all'ospedale in fin di vita. Colpito da una profonda crisi, l'imprenditore si incolpava dell'accaduto: mancanza di protezione e di strutture di sicurezza.

«Il tutto per risparmiare... sempre il profitto al primo posto!» Nel suo sconvolgimento l'imprenditore travolgeva anche la sua donna, alla quale aveva appena regalato un anello prezioso: «E io penso solo a farti regali!»

Le sfila l'anello dal dito e, dopo aver chiamato tutti i suoi collaboratori, li aggredisce: «Perché non mi avete imposto di stendere reti apposite sotto i passaggi pericolosi e soprattutto di fornire agli operai imbracature di sicurezza?!»

«In verità» ribattono ingegnere e capocantieri «noi vi avevamo sollecitato a farlo, ma voi...»

«Certo, sollecitato, ma con che argomenti? Mi avevate forse detto che con queste strutture fatiscenti si rischiava il morto, come oggi? Gente storpiata? Dovevate minacciarmi di piantare il lavoro, scioperare dovevate! Non blandirmi con il solito 'va tutto bene, padrone, tutto è tranquillo'... Voi siete dei tirapiedi, non dei collaboratori! E cosa fate lì tutti imbesuiti? Datevi da fare per avere notizie dall'ospedale!»

«Sì!» risponde il capocantiere. «Stanno intervenendo in sala operatoria, ma ci sono poche speranze.»

«Ecco, lo sapevo!» urla l'imprenditore. «Ma ci sarà, perdio, un'inchiesta e me la faranno pagare... Telefonate a casa che mi preparino una valigia con il cambio: fra poco verranno ad arrestarmi.»

L'ingegnere lo tranquillizza: «Ma quando mai hanno arrestato un impresario costruttore?»

«Be', stavolta sarà quella buona e se non mi incriminano ci penserò io da solo: mi autodenuncio. Mi faccio sbattere in galera come merito!» Si sferra degli schiaffi da sé solo: «Tiè, bastardo! Adesso ci hai il pentimento! Datemi uno specchio che mi voglio sputare in faccia».

La ragazza, cioè io, cerca di calmarlo: «Caro, non esagerare col gettarti addosso tutta la colpa del mondo. Il fatto è che tu sei ormai prossimo al collasso psico-fisico, questo è un bell'esaurimento nervoso. Dovresti piantare qui tutto per un po' e andare a riposare in campagna».

«Ah sì, io vado a riposare in campagna o magari in un'isola esotica nell'oceano Indiano, e gli operai qui che sgobbano...» sbotta l'imprenditore. «Loro fanno uno sciopero per poter avere duecento lire in più al giorno, dico duecento lire, roba che io ne do il doppio di mancia a quello che mi apre la macchina quando esco dal night...»

Una segretaria gli porge lo specchio; l'imprenditore se lo porta davanti al viso. «Eh sì, faccio un po' schifo: c'ho proprio la faccia spremuta.»

Entra un impiegato: «Dottore, ecco qua il preventivo delle strutture di protezione per gli operai. Sono sei milioni compresa la rete: faccio l'ordinazione?»

«L'ordinazione di sei milioni? Ma dico, siamo rinscemiti?! Ma come, io sono qui con la faccia spremuta, e invece di andarmene in vacanza rischio una crisi da coccolone secco pur di mandare avanti 'sta baracca... e tu mi vuoi far buttare via sei milioni?! Per chi, poi? Ma dico, da quando in qua in cantiere si usano i poggiamano, le balaustre...?»

«Allora non se ne fa niente, nemmeno della rete?»

«La rete?! Ma ué, credi che siamo al circo equestre,

con la rete e senza rete?! Ma cosa vuoi, che ci metta anche la banda, il trapezio e le ballerine sul filo, così, tanto per offrire un po' di clima festante agli operai?!... Ma basta, andiamo, siamo seri!»

La ragazza: «Senti, caro, visto che stai un po' meglio io andrei...»

E l'imprenditore: «Ma dove vai? Scusami cara, bel stellin... perdonami per prima, ma sai, è stato un momento di debolezza... sono ritornato un uomo... vieni, vieni che ti rinfilo il tuo anello con lo sberluscio, anzi per farmi perdonare adesso andiamo in centro e te ne compro un altro ancor più sberluscente. Che crepi la miseria... per la miseria!»

In quel momento entra un medico con tanto di camice bianco: «Vengo dall'ospedale, l'operaio è fuori pericolo, di certo avrà dei problemi a muoversi, sa... due fratture multiple, ma niente commozione cerebrale: l'importante è che sopravviva».

«Bah, meno male!» dice l'imprenditore, e poi, rivolto ai suoi collaboratori: «Muoversi, si torna al lavoro! E avvertite che se qualcuno dei miei uomini si prova a cadere dalle impalcature e si sfascia, lo licenzio su due piedi... anche da morto!»

CHI PRECIPITA È UN PROVOCATORE
(L'uscita di scena)

Bisogna rendersi conto che quarant'anni fa in televisione nessuno aveva mai trattato del problema delle morti sul lavoro, soprattutto con tale chiarezza: ecco perché i censori reagirono in modo così drastico. A nostra volta rifiutammo di partecipare alla puntata: chi ce lo faceva fare di

CHI PRECIPITA
E' UN PROVOCATOR

L'USCITA DI SCENA E
MINACCE

montare in palcoscenico per recitare il nulla? Il Bernabei, attraverso un direttore responsabile giunto come un fulmine a Milano, ci minacciò: «Attenti, che voi potreste pagare più di quanto crediate. A parte una denuncia per turbativa dell'ordine pubblico, per la quale rischiate l'arresto immediato, sappiate che per anni e anni non vi capiterà più di poter calcare le scene della televisione». E fu proprio così. Era il 1962 quando fummo letteralmente cancellati dallo schermo televisivo per la bellezza di sedici anni, il che significa, nel mondo dello spettacolo, essere messi al bando per una vita.

Ma in compenso avevamo acquistato rispetto e considerazione da parte di una grande quantità di spettatori. Soprattutto godemmo della soddisfazione di vederci arrivare in casa ad abbracciarci una fitta delegazione di muratori e carpentieri, che ci ringraziavano per aver denunciato quella inarrestabile strage di operai nei cantieri e nelle fabbriche e di averne informato la società civile.

Quando nel 1963 rimontammo sulla scena del Teatro Odeon con una nuova commedia, *Isabella, tre caravelle e un cacciaballe*, ci rendemmo subito conto che il nostro pubblico era aumentato straordinariamente di numero e d'entusiasmo.

SI SPALANCA IL CIELO

Ora verrò a parlarvi di un momento davvero felice: ci ritroviamo addirittura all'origine del miracolo economico italiano. Dappertutto crescevano case e palazzi come funghi, la produzione industriale era in forte ascesa e il grande successo della nostra economia aveva sorpreso tutti gli altri paesi europei.

Anche la coscienza civile e politica delle classi subalterne si trovava in forte crescita e ognuno era partecipe del fermento culturale che stava montando in tutti i settori, dal cinema alla letteratura al teatro.

Uno degli argomenti di cui maggiormente si discuteva riguardava il ruolo dell'intellettuale nella società.

Naturalmente c'era chi parlava di impegno politico, e in particolare se gli «uomini e le donne di pensiero e arte» dovessero schierarsi per una causa o dovessero rimanere al di fuori d'ogni coinvolgimento, completamente autonomi e indipendenti da ogni gioco di potere. Fra l'altro c'era chi riprendeva l'antico tema dell'arte per l'arte alla ricerca della pura bellezza edonistica. Fu proprio per entrare a piedi giunti nel dibattito che scegliemmo il tema delle grandi scoperte, prima fra tutte quella che culminò con il viaggio di Colombo nelle Americhe.

La tournée con quest'opera ci regalò un nuovo successo e molti applausi, ma anche contestazioni da parte di alcuni scalmanati reazionari – meglio chiamarli fascisti – che male accettavano si svelassero alcune verità troppo aspre per certi palati.

Fra l'altro, la commedia satirica era sostenuta da canti carichi di esplicita ironia. Tanto per cominciare, all'aprirsi del sipario, ecco che appariva una processione di fanatici religiosi che mettevano in scena un autodafé:* in poche parole si trattava di giustiziare eretici e naturalmente i soliti ebrei. Il tutto sostenuto dal rito macabro di fuochi e tamburi che davano sostegno alle litanie. Si ode in sottofondo il coro di: *Fides, fidelis*. Sul fondale, a sostegno del canto scorrono le immagini del brano introduttivo della commedia. Appresso, un coro, eseguito da otto uomini d'ordine, esalta grottescamente l'odio razziale e l'intolleranza visti come aspetti del tutto positivi di una società.

Mentre Franca recita i versi, sullo schermo viene proiettato il coro dei fanatici che eseguono l'inno grottesco.

FRANCA:
Ogni tanto fa un certo piacere
il poter accoppare qualcuno,
il poter legalmente sfogare
il livor di sentirsi nessuno.
Su, urliamo, copriam di pernacchie
questa razza di bestie in ginocchio

* Lett. dal portoghese «atto di fede», indica una cerimonia pubblica in cui veniva eseguita la penitenza o condanna decretata dall'Inquisizione.

su, pestiamoli senza pietà.
Oh, che grande invenzione il nemico,
un nemico che sia disarmato:
ringraziam chi ce l'ha procurato
umiliato e per giunta marchiato.

Questo accadeva la bellezza di quarantacinque anni fa. Ognuno può ben capire che si tratta di versi, ahimè, di una attualità sconcertante, così come oggi viviamo atti di razzismo e caccia al democratico di sinistra, anche allora puntualmente ci trovammo aggrediti da fascisti in più di un'occasione.

Non possiamo dimenticare che in quello stesso periodo una compagnia di Barcellona – mi pare si chiamassero i Comedians – tentò di mettere in scena la stessa satira sulla scoperta dell'America. La Spagna era ancora sotto il regime di Franco. Alla fine della prova generale gli attori furono tutti arrestati e portati in carcere, compreso il suggeritore.

Ogni tanto penso a come vivevamo la nostra vita: eravamo una coppia di forsennati! Non si prendeva fiato: la tournée su Colombo era durata più di otto mesi; un mese di riposo e poi ecco che in giugno si cominciava a scrivere e allestire una nuova commedia, con la quale debuttavamo puntualmente in settembre.

Così, l'anno appresso, andò in scena *Settimo: ruba un po' meno*, titolo che da solo scopriva il gioco satirico che ci proponevamo. Il luogo fisico dove si svolgeva la commedia era un camposanto.

Sul fondale appare la scenografia, seguita da alcuni movimenti della rappresentazione danzati e mimati, sempre appoggiati da brani musicali.

Nel prologo si raccontava che entro qualche mese l'intero Cimitero Monumentale di Milano, sarebbe stato smantellato e trasportato in periferia, per dar posto a un grande spazio da mettere all'asta per abitazioni di gran-

de prestigio. Naturalmente si trattava di una smaccata speculazione edilizia. Il trasporto delle salme si sarebbe effettuato tramite un metodo rapido e modernissimo: il Cadaverodotto, cioè un sistema fondato su tubi dentro i quali venivano letteralmente sparate le salme, che così raggiungevano il nuovo camposanto situato nella periferia, una vera e propria discarica funebre. Ma nel camposanto ecco che si susseguono fatti insoliti: morti che riprendono vita, salme che camminano spostandosi qua e là e defunti appena risorti che tra loro discutono di grandi speculazioni e truffalderie.

Anche questo spettacolo godette di un successo straordinario, ma nessuno ne era entusiasta quanto me, giacché per la prima volta mi trovavo a coprire il ruolo della protagonista assoluta, con situazioni sceniche davvero imprevedibili: passavo dal ruolo di becchina ubriacona a quello di una prostituta alle prime armi, quindi eccomi trasportata in un convento negli abiti di una suo-

ra candida e angelica, e per finire in quelli di responsabile di un manicomio infestato da medici folli e industriali criminali. Gli unici personaggi normali erano i pazzi.

Ma non ci era dato il tempo di crogiolarci in quel clima di approvazione, poiché un respiro, due settimane spaparanzati sulla spiaggia di Cesenatico e poi «Allez allez!», entro un paio di mesi eccoci di nuovo in pista, con le scenografie già pronte, i costumi, i ruoli, per non parlare del testo, con musiche e pantomime. E così si andava in scena con *La colpa è sempre del diavolo*, *Ci ragiono e canto* e *La signora è da buttare* uno appresso all'altro. A proposito di quest'ultimo spettacolo, non si trattava né di una commedia né di una farsa satirica. Era uno spettacolo musicale, o più precisamente, di canti popolari.

SE NON SAI DA DOVE VIENI È DIFFICILE SAPERE DOVE VUOI ARRIVARE

L'idea di questo insolito musical ci venne offerta da un gruppo di ricercatori moderni, fra i quali c'erano i più importanti studiosi di folklore musicale d'Italia: Roberto Leydi, Giovanna Marini, Ivan Della Mea, Sergio Liberovici, il Gruppo Padano di Piadena e altri ancora.

È risaputo che, fin da anni lontani, i maggiori ricercatori accademici, a partire da Benedetto Croce, riguardo al valore di una cultura del canto popolare si sono sempre espressi in tono dispregiativo, tanto che si è ripreso il detto marxiano «la cultura dominante è quella della classe dominante», come a dire che una creatività di origine contadina o proletaria è assolutamente inesistente.

Ma non tutti gli studiosi del folklore si sono detti d'accordo con queste sentenze.

Dopo lunghe ricerche nei luoghi fisici dove questi canti sono nati, gli studiosi di nuova generazione si erano convinti che l'ormai assodata sentenza negativa sulla musica e sulla poesia popolare fosse frutto di superficialità e imbroglio. Da tempo, a nostra volta andavamo ripetendo lo stesso concetto e così l'intero gruppo dei nuovi ricercatori, approfittando di tanta ricchezza di testimonianze in loro possesso, si rivolse alla nostra compagnia perché ci si impegnasse ad allestire uno spettacolo *ad hoc*. Naturalmente la regia sarebbe stata affidata a Dario. E devo dire che è molto comodo avere a disposizione in compagnia un autore e sceneggiatore fisso che sappia progettare anche una scenografia, disegnare dei costumi, impostare una regia e all'occorrenza ti vada anche a comprare le sigarette!

Iniziammo le prove. Liberovici, Leydi e gli altri studiosi ci presentarono i propri cantori, e ognuno di questi si esibì con le ballate più significative della propria regione. Quasi tutti si accompagnavano con chitarre e altri strumenti: Dario chiese che ci facessero ascoltare qualche pezzo senza nessun apporto musicale. Ognuno depose il proprio strumento e iniziò a cantare sostenendo canto e parole con gesti appropriati e del tutto originali. Qualcuno di loro afferrò una cantinella (asta scenica) e se ne servì per riprodurre il gesto di vangare, di remare, battere il grano o falciare. A questo punto intervenne Leydi, che commentò: «È del tutto normale. Vi dirò che, andando intorno per aie e campagne, come chiedevo ai contadini di farmi ascoltare i loro canti, subito loro si procuravano un attrezzo di lavoro o un cesto o qualsiasi altro strumento che li aiutasse nel produrre gestualità d'appoggio. Solo allora, servendosi di quegli oggetti e mimandone l'uso, davano inizio alla loro cantata».

Sullo schermo appaiono le immagini di un brano del Ci ragiono e canto *con cantori che si muovono per la scena cantando e alludendo a gesti di lavoro.*

Ecco, questa è la proiezione originale di *Ci ragiono e canto.* Fra poco vi mostrerò l'introduzione recitata da Dario che illustra l'inserirsi dei gesti nella ritmica canora.

All'istante ecco che l'immagine di Dario viene in primo piano e si rivolge al pubblico:

DARIO: Esiste nel Polesine e in tutta la laguna veneta un mezzo di trasporto fluviale chiamato barca da *stciopo.*

A immagine sovrapposta appare un disegno che illustra l'azione di spinta del natante.

Questo mezzo leggerissimo si muove normalmente grazie a un *paranel*, cioè un'asta di legno che viene immersa

nell'acqua fino a raggiungere il fondale; con una spinta adeguata la barca scorre rapida. Di solito, a spingere la barca, in piedi, ai due lati opposti stanno due vogatori costretti a un equilibrio davvero instabile; in questa posizione la sintonia dei gesti è più che obbligatoria: basta un inciampo ritmico per finire entrambi nell'acqua. È d'obbligo quindi darsi dei segnali ben precisi e a questo scopo si ricorre al canto con accentuazioni ben ritmate. Il primo vogatore intona un canto e l'altro, o gli altri, gli fanno eco in tonalità diversa, ma con cadenze identiche.

Ora eseguo il canto diretto, ma voglio farvi notare che i diversi timbri della mia voce accompagnano i vari gesti, e la melodia si fa più dolce e sottile quando traggo il remo dal fondo per ritornare a conficcarlo nell'acqua:

E mi me ne so' andào,	metrica settenaria
dove che féva i goti,	di nuovo sette
ziogàndo bele done	di nuovo sette
e altri zióghi.	cinque, giambico con coliambo

Traduzione: «E io me ne sono andato dove fanno bicchieri – goti appunto – *ziogàndo* vale per scherzando, far burle di seduzione con donne, e con loro altri giochi».

Attenzione alla sequenza dei movimenti: mimo l'affondare del paranello nel fondo della laguna e quindi mi piego nel gesto di spingere l'asta, accompagno il muoversi della barca, torno ritto e riprendo a spingere.

Da qui è sorta una specie di danza che, se andiamo a raddoppiare nel gesto, riproduce i movimenti della pavana, un ballo antichissimo originario delle paludi del padovano, appunto.

Più o meno succede così: ecco che eseguo un gesto con le braccia alte, prima lentamente, quindi con anda-

mento raddoppiato. Appresso torco il busto, incrocio le gambe eseguendo piccoli passi contrappuntati con il sollevare delle ginocchia e il rovesciarsi dell'anca, incrocio lè gambe compiendo una giravolta, mi rovescio all'indietro, faccio roteare le braccia, accenno al gesto di spinta e torno a ruotare il busto e le braccia e canto:

E mi me ne so andà-o-o,
dove che féva i go-o-o-ti,
zigàndo-o-o bele done-e-e-
e altri ziò-ò-ò-ghi.

Ebbene, questa sequenza è la stessa che ha ispirato molte danze di corte del Rinascimento. Egualmente, i poeti aristocratici hanno usato metrica e cadenze del canto popolare legato al lavoro per le loro ballate, strambotti e madrigali. Quindi a 'sto punto ci domandiamo: sono stati i pescatori di laguna a inventarsi quella metrica e quella danza, o l'hanno copiata dai danzatori di corte? Chi ha copiato da chi? Fate voi.

L'immagine di Dario svanisce, il discorso è ripreso da Franca.

IL TEATRO CHE VIAGGIA

FRANCA: Si era alla fine degli anni Sessanta ed era invalso nell'ambiente del teatro e del cinema, nonché degli autori, il gusto per i dibattiti. In uno di questi incontri fra gente della sinistra ci trovammo a discutere del nostro ruolo di intellettuali. Convenimmo che alla base del nostro lavoro c'era un inciampo grave: noi raccontavamo la storia delle lotte fra la classe egemone e i sottomessi, ma i sottomessi non erano mai o quasi mai fra

il pubblico che assisteva, anche perché i teatri in Italia sono frequentati in massima parte da borghesi magari anche illuminati ma sempre estranei al mondo dei sottomessi. Quindi per essere coerenti avremmo dovuto recarci negli spazi solitamente frequentati da proletari, cioè le Case del Popolo, luoghi purtroppo non idonei a rappresentazioni teatrali. Occorreva un'inchiesta sul posto.

Ed ecco che, sostenuti da un gruppo di ricercatori utopici come noi, abbiamo cominciato a condurre un'inchiesta approfondita, cioè abbiamo girato per le varie province a cominciare da quelle dell'Emilia e della Romagna, dove ci siamo incontrati con i responsabili delle varie Case del Popolo.

«Siamo qui» abbiamo subito esordito «per proporre di allestire in questi vostri spazi degli spettacoli che trattino di voi e dei vostri problemi.» I presidenti dell'Arci ci guardavano attoniti e perplessi: non capivano dove

volessimo arrivare. «Che vantaggio avreste nel venire a recitare in queste nostre balere? Dove trovereste il denaro per pagarvi le spese? E che strutture di teatro pensate di montare in questi spazi vuoti?»

Con calma e pazienza cercammo di proporre loro il nostro progetto di teatro alternativo e per render meglio l'idea Dario mostrò un plastico di palcoscenico adattabile a diversi spazi e misure: ai lati c'erano due torri di altezza regolabile, sulle quali si poteva salire, e sul fondo una specie di alta passerella praticabile. Questi secondi livelli elevati erano uniti l'un l'altro da trabeazioni in metallo sulle quali si sistemavano i riflettori e le casse acustiche. Un operaio volle sapere nel particolare come si svolgesse il montaggio di quella struttura.

Appare l'immagine di Dario che rapidamente abbozza immagini su un grande foglio. L'abbozzo scenico è commentato dalla sua stessa voce.

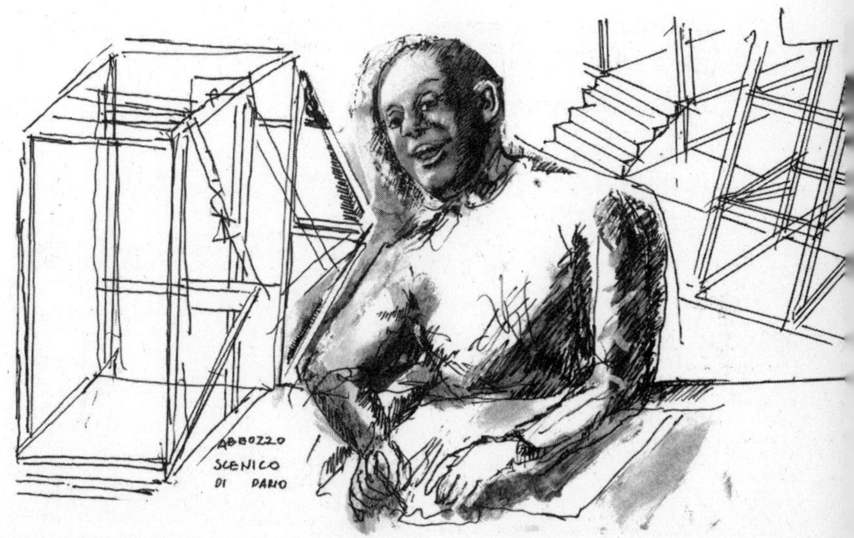

DARIO: Questi miei disegni vi mostrano un progetto dove sono raffigurati vari pezzi in duralluminio, che inseriti l'uno nell'altro creano una struttura teatrale adattabile alle misure del salone. Notate le scale fisse e scorrevoli, torri laterali che completano l'impianto. Tutta la scenografia è facilmente e rapidamente montabile e trasportabile: i pezzi base li costruiamo noi; voi ci dovrete solo aiutare per il montaggio e lo smontaggio. È ovvio che dovremo ridimensionare tutto il nostro assetto economico e strutturale. Gli attori saranno anche tecnici e viceversa. Ci daremo paghe di pura sopravvivenza, così da permettere ai nuovi spettatori di pagare per il biglietto d'ingresso una cifra modica.

Sparisce l'immagine di Dario e Franca prosegue.

FRANCA: A questo punto toccava a me concludere: «È un esperimento non facile da mettere in atto, ma noi, se otterremo il vostro aiuto, siamo decisi a realizzarlo».

Cominciammo a girare per le varie Case del Popolo intorno a Cesena, quindi allargammo verso Forlì fino a raggiungere Ravenna e tutta la zona del Polesine.

Appare l'immagine di una mappa geografica della Romagna trapuntata da centinaia di piccoli cerchi.

Quante Case del Popolo, perdio! Vuoi vedere che il Creatore è davvero socialista?

La felice sorpresa fu constatare che la maggior parte di quei dirigenti alle nostre proposte si dimostrava addirittura entusiasta. In altre riunioni cosiddette «allargate», cioè con la partecipazione degli iscritti all'Arci, chiedemmo quali argomenti avrebbero preferito commissionarci e la maggior parte di loro si soffermò sul problema della memoria storica, soprattutto per quanto riguardava il tempo del fascismo, le prime organizzazioni della Resistenza e la lotta di Liberazione.

UOMINI E PUPAZZI

Onde riuscire a coinvolgere per intero questo nuovo pubblico, pensammo subito alla realizzazione di uno spettacolo «totale», cioè con l'impiego d'ogni forma ed espressione della tradizione popolare, facendo attenzione a non usare questi mezzi per semplificare il discorso ma, anzi, per arricchirlo di immagini nuove e fantastiche al tempo.

Perciò decidemmo di utilizzare grandi pupazzi e figure di animali grotteschi, nonché manichini e soprattutto *guignol*, cioè i nostri tradizionali burattini.

Entrando all'istante nel mio habitat naturale, quello delle marionette, consigliai di andarcene a Parma per incontrare i Ferrari, un'illustre famiglia di burattinai, il cui padre, ancora vivo e operante, era stato un amico fraterno di Domenico, mio padre.

Sorvoliamo la festa e la commozione che creò in tutti noi quell'incontro. E toccò proprio a me introdurre ai Ferrari la ragione della nostra visita: «Noi abbiamo bisogno di un certo numero di vostri burattini, che dovrete costruire con teste che alludano a personaggi politici del nostro tempo». «E chi dovrebbe muoverli?» chiese il vecchio Ferrari. «Tu, Franca, lo sai bene che non è semplice reggere a braccia tese un burattino sopra la testa e agirlo con spirito e vivacità.» E io, di rimando, lo bloccai: «Stai tranquillo, i tuoi figli saranno i nostri maestri. E noi impareremo alla perfezione».

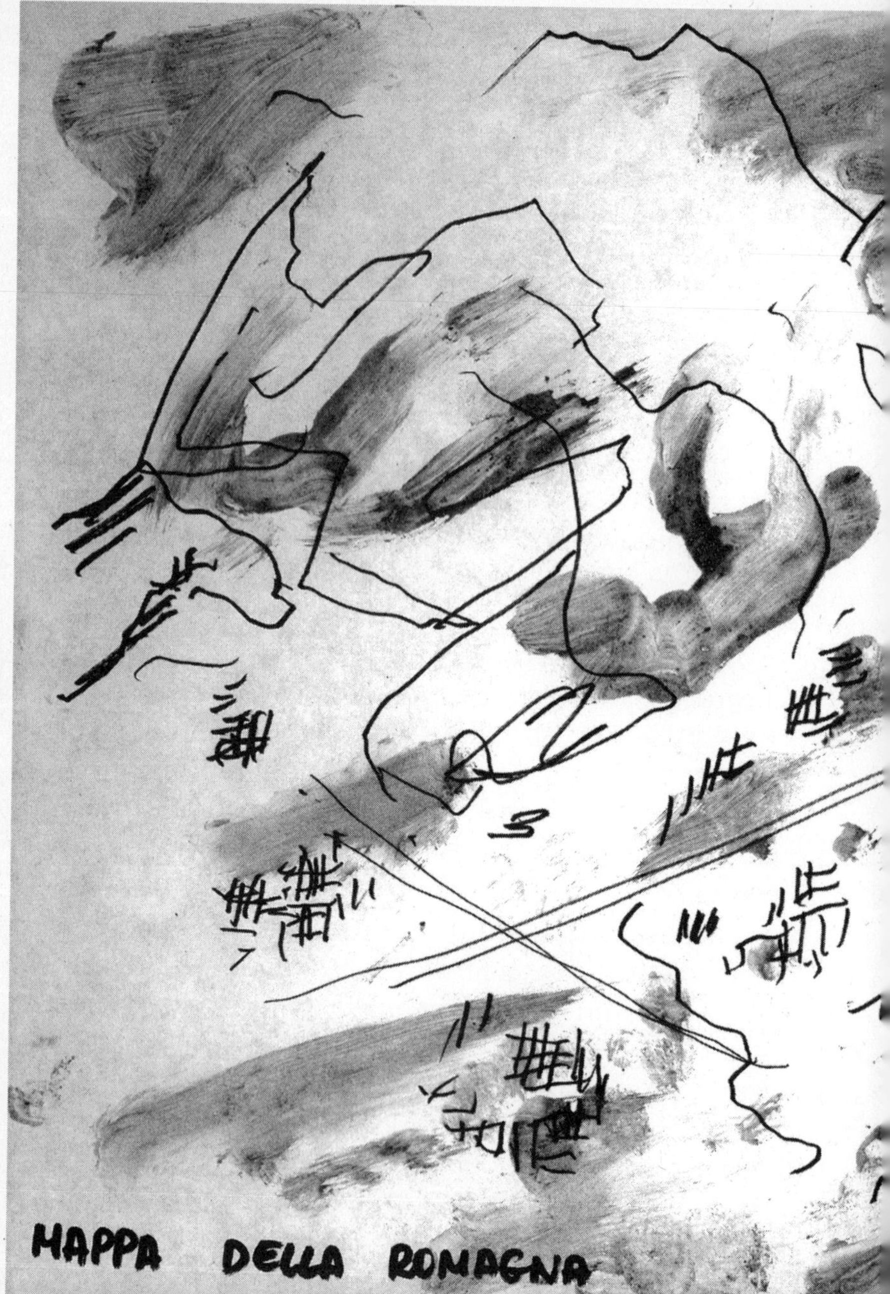
MAPPA DELLA ROMAGNA

Detto fatto, i Ferrari s'impegnarono a costruirci i pupazzi richiesti.

Franca estrae da una grande cesta un burattino dietro l'altro, e li passa ad alcuni ragazzi che li manovrano con sorprendente agilità. Nello stesso istante, una telecamera riprende i pupazzi che vengono riproiettati ingigantiti sullo schermo.

FRANCA: (*indicando i vari* guignol) Ecco Stalin, Mao Tse-tung, Togliatti, Andreotti e Fanfani, che da burattino sembrava proprio grande al naturale. Alcuni di questi *guignol* sono stati utilizzati più avanti in *Morte e resurrezione di un pupazzo.*

Di seguito sullo schermo appaiono dipinti e foto che illustrano il racconto di Franca.

A nostra volta, a Milano, ci organizzammo per costruire un grande pupazzo con la faccia che alludeva a Mussolini e una marionetta agita da tre attori abilissimi che riproduceva il nostro re Vittorio Emanuele II, anche lui ad altezza naturale.

Ma la macchina che ci dava più orgoglio era il Drago: una specie di enorme millepiedi che, quando avanzava dal fondo sala attraversando tutto il corridoio centrale, misurava più di dieci metri; tutta la compagnia gli stava sotto e con movimenti appropriati riusciva a dare la sensazione che si trattasse davvero di un mostro terribile.

In quei giorni, sempre a Milano, incontrammo una compagnia di giovani attori, diretta da Nuccio Ambrosino, che stava allestendo uno spettacolo sull'MTM, la sigla di Moti, Tempi e Metodi, cioè sullo sfruttamento fisico e psichico dell'operaio nel programma delle catene di montaggio di ultima generazione.

Scorrono immagini disegnate e dipinte in movimento.

Ci fecero assistere a una loro prova e la trovammo carica di invenzioni spassose, oltre che di una forza satirica e di denuncia politica davvero impressionante. Proponemmo loro di unirsi a noi, cosa che accettarono di buon grado. Dunque ora potevamo disporre di due gruppi che si sarebbero alternati nelle rappresentazioni della tournée. La prima compagnia ad andare in scena fu la nostra, il lavoro aveva per titolo: *Grande pantomima con bandiere e pupazzi piccoli e medi*.

Appare un grande manifesto dello spettacolo che si scompone e realizza movimenti e immagini da cartone animato.

Tutti noi, attori e tecnici, eravamo eccitati e sconvolti per la tensione e la fatica delle prove. Debuttammo in Romagna. Il pubblico presente viveva quella *prima* conscio di assistere a qualcosa di veramente inconsueto, azzarderei storico.

Appaiono foto e dipinti che accompagnano la narrazione di Franca esaltandola. Sottofondo: si indovina il ritmo di Ma che aspettate a batterci le mani.

Con il susseguirsi delle *entrate comiche* di burattini, grandi mascheroni, gruppi di cantori e saltimbanchi, uno appresso all'altro senza respiro, il pubblico, composto, seppur in minoranza, anche da studenti e qualche impiegato della zona, cominciò a fremere e ad alzarsi unendosi con grida e battere di piedi al nostro *sound* festoso e tragico insieme.

All'improvviso, infatti, si assisteva al massacro di persone buttate in aria come pupazzi e nello stesso tempo a pupazzi che si trasformavano in persone impiccate o bruciate da criminali in divisa grottesca e feroce. Grande scalpore produsse l'apparire dell'enorme capoccia del «Despota» che invadeva la scena quasi per intero.

Quella capoccia viene aggredita da una folla di marionette e attori abbigliati come pupazzi, che ne strappano lembi di pelle. Esplode un grido, ed ecco che la bocca del dittatore si spalanca: ne esce una specie di rutto osceno e all'unisono da quel forno saltan fuori personaggi che alludono a generali, imprenditori, proprietari terrieri, funzionari, intellettuali di regime, qualche vescovo e cardinale, tanto per far indovinare la nostra sincera posizione verso la Chiesa del Concordato. Inutile aggiungere che tutto quell'ambaradam grottesco era contrappuntato da immagini carnevalesche che ora leggete proiettate sullo schermo.

Man mano che il testone si svuota, il faccione s'affloscia: erano loro, gli abitanti del mascherone, che tenevano gonfio il «Capataz». L'ultimo a uscire è il piccolo re, manovrato da tre generali.

Sulla scena si muovono burattini e marionette, i cui movimenti vengono contrappuntati da immagini che appaiono a ritmo incalzante su tutto il fondale.

Il regio burattino è stordito, dice cose senza senso, fa la voce grossa, poi si spaventa, quindi piange e urla: «Abdico! Pietà! Non farò più il re, campassi un'altra vita!» Il testone scoppia andando in pezzi: tutti i pupazzi cadono rotolando al suolo; dal fondo esce il gigantesco drago che attraversa la sala fino a montare sul palcoscenico. Il drago danza forsennato, alla fine si rovescia e appaiono gli attori che intonano il canto della liberazione:

(Viene cantata dai ragazzi che muovono i pupazzi)
La grande quercia
Gloria dell'imperatore
Sta crollando
Chi l'avrebbe mai detto?
Non il fiume, non l'uragano
L'hanno squarciata dal tronco alle radici...

FRANCA: Inutile dire che lo spettacolo riscosse grande successo. Quel pubblico composto da gente semplice e autentica aveva apprezzato con straordinario piacere ed emozione un'opera scritta apposta per loro e dove i personaggi vincenti si riconoscevano come guardandosi allo specchio. Lo stesso clima si riprodusse la sera dopo, con l'altro spettacolo, quello dei giovani attori diretti da Ambrosino, che trattava la tecnica di sfruttamento intensivo dell'operaio. Il pubblico, proveniente anche dai paesi circostanti, si era quasi raddoppiato, ma non c'era posto a sufficienza; così si decise, giacché l'aria era mite, di spalancare tutte le porte e le finestre dell'edificio acciocché gli spettatori in soprannumero potessero almeno sbirciare lo spettacolo affacciandosi dal di fuori. Nello stesso tempo, il nostro gruppo, cioè quello che metteva in scena la *Grande pantomima*, recitava a sette chilometri di distanza in un'altra Casa del Popolo sulle colline di Sant'Arcangelo. Ci eravamo organizzati in modo che la compagnia al debutto montasse lo spettacolo e quella che seguiva, dopo aver recitato a sua volta, smontasse il palcoscenico e le attrezzature tecniche, aiutata dalla gente del luogo.

Dopo quindici giorni si era ancora in Romagna e il pubblico entusiasta aumentava sempre di numero, e soprattutto aumentavano le richieste.

UN TEATRO PER DISCUTERE

Siamo arrivati alla seconda settimana nei dintorni di Forlì e abbiamo appena concluso lo spettacolo, quando, dalla sala, viene la richiesta di aprire un dibattito sulle scelte culturali della sinistra. Nonostante l'avvicinarsi della mezzanotte quell'idea coinvolge quasi tutti gli spettatori e, a differenza di quanto succede nelle normali riunioni politico-culturali, sono in molti a voler intervenire. Immancabilmente, si viene a parlare delle carenze organizzative del partito, spesso preoccupato di sostenere una «cultura alta» piuttosto che le esigenze della base.

La struttura che regge il grande schermo si muove verso il proscenio, così da occupare tutto lo spazio scenico. Mentre la struttura s'avanza, le immagini proiettate si ingigantiscono. Appare un filmato che riproduce l'ambiente e la folla che partecipa a una classica Festa dell'Unità. Franca viene in proscenio e riprende il racconto.

Nel dibattito prende la parola uno studente che fa notare: «Quando da parte dei responsabili culturali del partito ci si rivolge al pubblico minuto, e quel pubblico minuto siamo noi, ecco che le scelte ideologiche e di contenuti spariscono: è il caso dei Festival dell'Unità dove il programma degli spettacoli musicali, per esempio, con orchestra e canti, è lo stesso che si produce in televisione, cioè a dire un genere di qualità scadente e casereccia; e quello stesso programma lo puoi anche godere andando ai festival della DC: insomma, la banalità fatta sistema». Di qui si accende una discussione con punte piuttosto aspre: volano perfino insulti.

Nel tentativo di evitare la rissa, afferro il microfono e grido: «Dobbiamo chiudere. Non so se ci avete fatto caso, ma son quasi le due di notte. Quello che è successo questa sera è molto importante, ma evidentemente qui ci si sta scaldando un po' troppo: è chiaro che tutti quanti abbiamo una gran fame di confrontare i nostri pensieri

attraverso il dibattito, ma dobbiamo imparare ad accettare con distacco le idee di chi non è d'accordo con noi. Potrete proseguire il confronto domani dopo lo spettacolo dei nostri compagni che ci seguiranno».

Durante l'intervento di Franca, lo schermo ritorna verso il fondo del palcoscenico da dove era partito. Si abbassano le luci e due soli riflettori illuminano la figura di Franca.

Debuttammo in altre piazze fino a giungere in quel di Ferrara: ormai i dibattiti erano diventati parte integrante della serata, anzi in certi casi raggiungevano il momento più alto. In fondo, scoprimmo che la nostra esibizione stava diventando un vero e proprio abbrivio che liberava nel pubblico idee e voglia di partecipazione. Per fortuna i viaggi di trasferimento da una piazza all'altra erano bre-

vi, ma in alcuni casi durante l'allestimento scenico, che aveva inizio nel pomeriggio, l'arretrato di sonno era tale che si rischiava di addormentarsi sugli impiantiti o in cima ai trabattelli.

Il record dell'intensità e della durata di un dibattito fu raggiunto a Ravenna, in una Casa del Popolo fondata e gestita dagli scaricatori del porto.

Vengono proiettate immagini paradossali di un pubblico fortemente agitato, che all'istante si arresta e si pone a sedere illuminato dal basso. I riflettori sparati al massimo tagliano la scena e riappaiono gli stessi spettatori della prima proiezione, che si sollevano all'impiedi, si agitano e crescono di volume fino a invadere coi loro corpi tutto lo schermo. Colpi di grancassa e ritmi di contrabbasso sottolineano il racconto di Franca.

Quella sera finalmente non si trattava solo dell'immaginario collettivo, ma di fatti riguardanti la condizione e la vita di chi interveniva.

Divampò un vero e proprio conflitto: alcuni giovani operai denunciavano che il consorzio degli scaricatori era impostato ancora su regole medievali, cioè la gestione del lavoro di scarico era controllata da una corporazione di gruppi che godevano di privilegi tramandati di padre in figlio e sanciti da notai.

Volarono insulti e anche minacce. Intervenne il presidente delle compagnie del porto che bloccò la disputa: «Basta così, siete convocati tutti domani mattina al salone della chiamata. Come si dice, 'bocce a terra' e trattiamo da gente civile». Discorrendo con ragazzi che si erano fermati a darci una mano per la sistemazione dell'impianto scenico, scoprimmo che quel conflitto era causa di un vero e proprio incancrenimento dei rapporti fra i diversi stadi della corporazione.

Il nostro spettacolo aveva fatto da innesto e da detonatore agli antichi malumori di base. Pensavamo che quel che era accaduto fosse un fatto eccezionale dovuto alla particolare situazione locale, ma giunti a Bologna trovammo una situazione con tensioni identiche e forse più esplosive.

Riprendono le immagini della stessa situazione a Ravenna con l'accompagnamento di strumenti musicali che alludono a un ritmo jazz.

Dopo lo spettacolo si susseguirono interventi nei quali per poco non si veniva alle mani: scattarono insulti seguiti da qualche sedia volante. I dirigenti delle varie Case del Popolo indicavano sempre noi e il nostro spettacolo come responsabili di quegli scontri.

NO, NON SI PUÒ FARE

Sul fondale appaiono le immagini del grande Brolo Comunale di Rimini, comprese le colonne e gli affreschi.

A Rimini fummo ospitati dall'Arci in uno spazio davvero imponente, cioè nel palazzo del Comune, proprio dentro il Brolo delle Udienze dell'antico Parlamento; le pa-

reti erano decorate da affreschi del Trecento, alcuni della scuola di Giotto.

Terminato di montare lo spettacolo vennero a incontrarci alcuni ragazzi che nella periferia della città avevano fondato un gruppo di teatro.

Scorrono immagini di manifesti del nostro spettacolo in programma che svolazzano qua e là, come sospinti da folate di vento.

Ci dissero che quasi per caso avevano saputo del nostro debutto: «Come mai» chiedevano «non avete pensato di far affiggere manifesti e di distribuire locandine nei vari circoli della sinistra e nelle fabbriche? Così rischiate di non aver nessuno stasera in salone».

Appaiono grandi teste di personaggi dipinti sulle pareti del salone medioevale che sembrano molto interessate al racconto dei giovani attori.

Cademmo dalle nuvole: «Ma noi ci eravamo accordati con i responsabili che alla pubblicità ci avrebbero pensato loro! Per di più da tempo abbiamo spedito alla sede del partito tutto il materiale da affiggere».

«Ci dispiace» ribadirono i ragazzi, «ma in giro non ci è capitato di vedere neanche uno straccio di locandina...»

«È molto strano: non ci resta che andare in Comune o meglio ancora alla sede del partito e scoprire cosa sia successo.»

I ragazzi si offrono di accompagnarci. Arriviamo alla sede, che sta a quattro passi dall'antico Parlamento, troviamo un dirigente che alle nostre proteste si dice molto dispiaciuto:

Le immagini dei personaggi dell'affresco si capovolgono roteando e all'istante tornano a fissare il pubblico con un'espressione di grande stupore.

«Evidentemente» dice «è capitato qualche contrattempo... di certo causa un disguido non abbiamo ricevuto i manifesti.»

«Be', a 'sto punto» dico io «non ci resta che togliere il disturbo.»

In quell'istante esce, da una stanza sul corridoio, Paolo Ciarchi, il nostro prezioso chitarrista: «Scusate, ma ho sbagliato porta e sono entrato in un ufficio a lato del bagno... e lì per caso ho trovato questo malloppo buttato in un angolo». Così dicendo, scarica il contenuto: sono tutti i nostri manifesti. Eccolo il disguido!

Ritorna la proiezione di manifesti che svolazzano travolti dal vento.

Dario, che ci ha raggiunti in quel momento, esplode in una fragorosa risata.

Sullo schermo appare in piano americano la figura di Dario che si sganascia e dice:

DARIO: Siamo proprio dei pellegrini! Ci siamo montati la testa... ah ah ah! Pensa un po', eravamo convinti di poterci porre a disposizione del proletariato, e per risposta ci troviamo col culo per terra sfottuti e fregati. Evidentemente per qualcuno il nostro è uno spettacolo da buttare!

Come si dice in gergo, qui succede il pieno.

L'immagine di Dario rimane bloccata sullo schermo.

FRANCA: A questo punto, quasi provenienti dal nulla, ecco che escono dai loro uffici alcuni dirigenti. Si scusano quasi all'unisono: «Veramente non capiamo come possa essere successo» balbettano.

Ma Dario blocca subito la litania dei «mi spiace» e interviene deciso.

L'immagine che si era bloccata sullo schermo si mette in movimento e si trasforma in uno dei personaggi dell'affresco comunale. È sempre Dario che parla, ma ora veste un costume del Medioevo. I suoi gesti sono da guerriero scate-

nato. Il pubblico dell'affresco che gli sta intorno esprime sgomento.

DARIO: Sentite, è inutile indagare per scoprire di chi sia la responsabilità; per essere sinceri, a me non pare un incidente fortuito, poiché mi sono informato, prima di venire qui, presso compagni di Rimini, amici di

lunga data, e son venuto a scoprire che non è stato condotto nessun lavoro riguardo al tesseramento; né presso scuole o fabbriche è giunto alcun avviso, e per di più noi facciamo questo mestiere da anni e abbiamo una certa esperienza, anche di come si gestisce la pubblicità.

Sullo schermo il gioco delle metamorfosi continua: ora un guerriero barbuto parla con la voce di Dario e perfino un diavolo si esprime con la sua voce. Per finire un cavallo nitrisce e ride con lo sghignazzo classico di Dario.

DARIO: Questo pacco di manifesti scaricato nell'angolo di un locale, invece che consegnato ai responsabili dell'affissione comunale, è la prova che la decisione di buttarci a mare non parte da voi, ma viene da qualcuno un po' più in su. Noi si va intorno, recitando giorno dopo giorno e, vi assicuro, faticando assai, perché crediamo nell'importanza di elargire cultura e informazione alla base del nostro partito.

Il carosello delle metamorfosi si fa sempre più serrato. Ora Dario parla doppiando un santo messo al rogo, un angelo che urla e di nuovo un cavallo che nitrisce.

DARIO: Ora, giacché i nostri spettacoli non si propongono soltanto di divertire e gratificare, ma producono, nel pubblico dei compagni che ci ascoltano, un incontenibile desiderio di confronto e verifica attraverso il dibattito, non esclusa la critica, ecco che ai responsabili superiori dei vari circoli questa variante eccentrica non piace, poiché per primi si ritrovano contestati e spesso vien messo in mora il loro operato.

FRANCA: A 'sto punto, quasi all'unisono, noi della compagnia dicemmo: «Non ci resta che tornare al salone del Brolo, smontare tutto, caricare ogni cosa sul camion e andarcene».

Ma poi, discutendo con altri compagni sopravvenuti, che più di noi si mostravano indignati e sconvolti per l'accaduto, accettammo la proposta di rimandare lo spettacolo al giorno dopo. Il pubblico sarebbe stato avvertito con ogni mezzo possibile, a costo di girare con altoparlanti per tutta la città. E infatti, la sera appresso, il grande salone era quasi gremito.

A ogni modo, noi pensavamo che quel rischio di scandalo avrebbe indotto i dirigenti ostili di tutta la zona a cambiare rotta e in un primo tempo credevamo di averci azzeccato; infatti, appena giunti in un'altra piazza del basso Polesine, ci trovammo con molta gente che, incuriosita dalle voci di ciò che era accaduto a Rimini, aveva deciso di partecipare allo spettacolo anche senza essersi prenotata com'era di regola.

NON SO, CHISSÀ, PERÒ, VEDRÒ!

Due giorni dopo raggiungiamo Ferrara. Lì troviamo il sindaco, l'avvocato Passerini, nostro amico, che da tempo difende gli operai incriminati per le lotte della Montedison. Con alcuni assessori del Comune, Passerini si era fortemente impegnato nella promozione delle rappresentazioni coinvolgendo una quantità di partecipanti davvero straordinaria. Recitavamo finalmente in un teatro vero, con tanto di platea e palchi.

Ma un imprevisto ci butta all'aria tutto quanto: la polizia pretende di assistere allo spettacolo. Quella intromissione era illegale, giacché la nostra era un'associazione culturale per soli iscritti, per diritto sancito dalla Costituzione, dove si dice che la libertà personale è inviolabile e che non è ammessa alcuna restrizione della libertà personale, se non per atto motivato dell'autorità giudiziaria e nei soli casi e modi previsti dalla legge.

Se avessimo accettato la loro presenza, all'istante ci saremmo ritrovati nella situazione di una normale compagnia di giro con l'obbligo di esibire un testo teatrale verificato e munito di nulla osta e di permesso rilasciato dal ministero dello Spettacolo.

TEATRO DI FERRARA

Il nostro amico sindaco cerca di convincere il commissario e appresso anche il questore, che hanno preso posto in un palco di primo ordine, che con il loro gesto la polizia sta violando addirittura la Costituzione. Ma non c'è niente da fare: le forze dell'ordine pretendono di assistere allo spettacolo.

A questo punto ci viene un'idea: denunciamo al pubblico il sopruso che stiamo subendo e conveniamo insieme che lo spettacolo non verrà messo in scena. Al suo posto apriremo un dibattito al quale sono invitati a partecipare tutti quanti, anche la polizia. Devo dire che quell'happening inaspettato si risolverà in un vero e proprio ribaltone di straordinario coinvolgimento.

Ora immaginiamo tutti di ritrovarci a Ferrara quella sera. Ecco che in terza fila si leva un ragazzo che fa cenno di voler intervenire, è un giovane operaio; stacco un microfono dall'asta, glielo porgo, quindi mi rivolgo al nostro operatore che sta in proscenio, eccolo, e gli faccio cenno di puntare l'obiettivo in platea per inquadrare il giovane. Lui esegue e sul teleschermo appare la proiezione della sua immagine.

FRANCA: Puoi cominciare: dicci chi sei.

GIOVANE OPERAIO: Sono un tecnico della Solvay. Voglio ricordarvi che qualche tempo fa, là dentro, uno degli impianti conduttori di gas è esploso uccidendo ben quattro miei colleghi operai. Ora vorrei chiedere qualcosa al signor questore, mi hanno detto che è qui con noi in uno dei palchi di prim'ordine.

FRANCA: (*rivolta al tecnico delle luci*) Ti spiace darci la possibilità di vederlo chiaramente?

(*Il tecnico punta un riflettore verso i palchi e va ricercando quello giusto, quello dove sta il questore.*)

Eccolo, buonasera, dottore (*naturalmente si tratta di un attore della compagnia*). Parla pure, ragazzo.

GIOVANE OPERAIO: Volevo chiederle se conosce le cause di quell'incidente…

QUESTORE: L'indagine (*bofonchia imbarazzato*)

dev'essere condotta da un pm o giudice inquirente... veramente non è mio compito, o meglio del mio ufficio, indagare sulla situazione delle imprese chimiche: quello è compito della magistratura.

GIOVANE OPERAIO: Quindi lei è all'oscuro di tutto... eppure sono state inviate da noi operai a lei, al suo ufficio e ai tecnici dell'impresa, all'arma dei Carabinieri e alla Finanza, una serie incredibile di messaggi, comprese le denunce riguardo la tossicità dell'aria determinata dalle raffinerie, che oltre a colpire la popolazione hanno già causato vittime fra gli operai nel numero di sessanta.

Sullo schermo appaiono immagini della raffineria; è una specie di cattedrale di immensi tubi e ciminiere che sputano fumo e nugoli di gas. Poi, all'istante, una serie di esplosioni con lampi e getti di fuoco. Quasi in contrappunto con fuoco, fiamme e botti si ode la voce balbettante del questore.

QUESTORE: Vittime? Per inquinamento atmosferico e causa esplosione degli impianti?... Non so... non mi risulta... dovrei verificare...

Si ode un coro registrato di spettatori che gli fa il verso.

CORO: Non so, chissà, dovrei indagare qua e là... Al coro registrato si uniscono le voci ritmate di tutto il pubblico sollecitato e diretto da Franca: «Non so, ma non mi pare... devo vedere, devo indagare... però chissà... vedrò...

Uno dietro l'altro donne, uomini e ragazzi levano la loro protesta al questore e ai suoi uomini: «Sono anni che

manifestiamo, scioperiamo e siamo perfino arrivati a occupare tutta la raffineria nella speranza di farvi intervenire a difesa della nostra vita; sordi e muti siete rimasti. Anche stasera cercate di eliminare i nostri diritti, nemmeno quello di riunirci per nostro conto liberamente, ci permettete! Chissà... però non so... vedrò... parappappèro pero po'!»

Il commissario e il questore si alzano seguiti dai poliziotti e a testa bassa escono dal teatro fra gli applausi e gli sfottò di tutto il pubblico.

La sortita della polizia viene proiettata sullo schermo con ritmo da cartone animato e accompagnata da una marcetta clownesca.

FRANCA: Questo sì che è teatro! A 'sto punto tutto il pubblico manda un gran sospiro: finalmente soli! Qualcuno grida: «Fateci vedere qualche pezzo dello spettacolo!» Così decidiamo di mettere in scena una pantomima sulla Primavera di Praga, sequenza con la quale avevamo debuttato solo qualche giorno prima: muovendo tavole sagomate e alcune ruote da carro riuscivamo a dare l'impressione di mezzi blindati, addirittura giganteschi carri armati dove grossi tubi alludevano a cannoni semoventi.

Sequenza di immagini disegnate e dipinte che illustrano la pantomima.

La colonna sonora che ci seguiva riproduceva lo stridio dei cingolati mossi da motori possenti. Ragazzi e ragazze danzando e sventolando bandiere andavano incontro alle macchine da guerra. I mimi battevano le mani in un ritmo contrappuntato: a quel battito cominciò a unirsi il pubblico che segnava il tempo anche battendo i piedi. Il frastuono dei motori veniva così a essere sovrastato da quella azione dove la danza si era tramutata in salti e capovolte. Ed ecco, all'istante i carri vanno in pezzi: le ruote trottolando attraversano la scena come impazzite, i tubi che alludono a cannoni sparano fiori di carta.

In sala, quella sera, c'era anche l'intera troupe del Living Theatre con Julian Beck e Judith Malina che si dimostrarono entusiasti del nostro lavoro e stupiti per la partecipazione straordinaria della gente coinvolta dal clima di lotta del tutto reale. L'happening con il questore e i suoi uomini li aveva addirittura esaltati: «Ecco dove deve portare il teatro» esclamò Julian Beck, «a coinvolgere totalmente chi assiste e partecipa». Qualche ora dopo in una trattoria in cui si cenava, Judith Malina ci mostrò alcune riviste americane che parlavano della nostra tournée e, giacché l'equipe del Living al completo proveniva direttamente dalla Francia, ci informarono che anche a Parigi si parlava molto delle nostre performance.

«Be', questa attenzione ci fa proprio piacere» commentammo, «peccato dover constatare che siano sempre prima gli stranieri ad accorgersi di ciò che si crea da noi.»

IL DIRITTO DI PAROLA

Il giorno dopo, come d'abitudine, telefoniamo a un gruppo di circoli dell'Emilia per accordarci su questioni tecniche dell'allestimento. Il primo responsabile, imbarazzato, ci risponde che malauguratamente i nostri due spettacoli in quella piazza sono sospesi: purtroppo c'è stato un cortocircuito nell'impianto, ci vorrà almeno una settimana per rimediare al guaio. Un altro tecnico ci telefona di persona per avvertirci desolato che in seguito a un nubifragio il salone si è completamente allagato: bisognava rimandare. Dario a 'sto punto commenta: «Speriamo che alla terza telefonata non ci diano notizia dell'avvenuto Giudizio Universale!»

Ma la fantasia dei burocrati è sempre più imprevedibile: infatti ci telefonano da Resegotto e il dirigente della locale Casa del Popolo con voce disperata, quasi alle lacrime, singhiozza: «Ieri c'è stata qui nel Polesine un'acqua alta mai vista: tutto il paese è stato quasi sommerso e i topi dalle fogne cercavano scampo nelle abitazioni. Il nostro salone è stato invaso da ratti e pantegane, cattivi al punto da aggredirci... certi salti... Fatto sta che ci hanno messo in fuga. Qualcuno si è salvato gettandosi nella laguna a nuoto!» Il nostro capotecnico, cantore dei Piadena, aveva la morosa in quel paese dove i ratti avevano occupato il nostro spazio. Telefona alla sua donna e preoccupato le chiede: «Come stai? Cosa è successo ieri sera coi topi?»

«Topi?!»

«Sì, per via dell'acqua alta... i topi famelici che vi aggredivano nel salone dell'Arci...»

«Acqua alta? Topi famelici?! Non ne so niente!» risponde lei. «Ti posso solo dire che ieri sera, nel salone in questione, abbiamo come al solito ballato e bevuto. C'ero anch'io alla festa e mi sono molto divertita, ma non mi ricordo di aver danzato con le pantegane!»

Ci riuniamo tutti quanti: noi e il secondo gruppo, e ci raggiungono anche alcuni associati di varie Case del Popolo.

«Mah» interviene subito un compagno del circolo di Sant'Egidio, «a me pare impossibile... O i nostri dirigenti si son bevuti il cervello o si son mangiati i coglioni! Come si fa a non capire che cosa vanno perdendo, con questa serrata imbecille! È ovvio che preferiscono tornare alla balera, alle partite di briscola e scaraffone; e tutto perché

hanno terrore di veder crescere la nostra gente al punto di esprimere in pubblico le proprie idee.»

Quindi prende la parola una maestra elementare di Bulgarnò, che entra nel discorso con tono indignato: «Aggiungi pure che al pensiero poi di veder noi della base, a cominciare dai giovani e le donne, che riusciamo a spalancare gli occhi davanti al mondo e alla nostra situazione di vita, e ci rifiutiamo di bere le cazzate dei capintesta che sciorinano frasi fatte come preti senza toga e stola, gli vien la cagarola!»

Si susseguono altri interventi e tutti piuttosto duri, ma senza alcuna isteria, finché prende la parola Ciarchi, il nostro chitarrista. All'istante sul teleschermo appare la figura di Paolo con tanto di chitarra che interviene deciso: «Attenzione che la nostra idea non può essere quella di chiuderla lì, però bisogna aver la gran trovata da ribaltone, così da riuscire a incastrare 'sti burocrati e impiastrarli al muro... e senza via di sortita!»

Nella stessa inquadratura appare anche Dario, che a sua volta commenta: «Sono d'accordo: bisogna entrare a piedi giunti con una mossa estrema».

«Quale?» chiedono in coro.

Dario: «Bisogna parlare direttamente con Berlinguer. Io non credo che un politico del suo livello possa rimanere indifferente davanti alla prospettiva di veder andare a picco questa esperienza di teatro popolare, proprio nel momento in cui sta crescendo di importanza, e di costringerci a tornare nel giro del teatro ufficiale».

«Ah, certo!» fanno quasi in coro tutti quanti. «Sarebbe una pacchia straordinaria per la stampa e i partiti di governo. Eccoli, i campioni del confronto dialettico nella libertà democratica.»

Era presente anche Passerini, il sindaco, che interviene deciso dicendo: «Sono d'accordo! Questa è l'unica soluzione... ma chi ci va?»

Tutti quanti si guardano l'un l'altro e poi all'unisono puntano lo sguardo su di me, che stupita esclamo:

«Io? Pensate che ci debba andare proprio io?»

«Eh sì» mi rispondono, «sei iscritta al partito, conosci tutta la dirigenza uno per uno, possiedi un coraggio da leone, sai parlare chiaro, chi può meglio di te?»

«Ma scherziamo?» ribatto di netto. «Io non sono assolutamente in grado di esprimermi da politico... come dire, con dialettica da politico.»

«È proprio questo il tuo vantaggio, è per questa ragione che scegliamo te: perché non sei un politico.»

Alla fine mi convincono: ci vado io.

Il giorno dopo appena salita sul treno mi rendo conto di che razza di gatta da pelare mi sono accollata tutta da sola. Per fortuna con me c'era una ragazza che qualche giorno prima era salita da Roma fino a Ferrara per solle-

citare un mio intervento nella periferia della capitale: l'avevano spedita da noi un gruppo di operaie romane, in sciopero da parecchi giorni, che volevano così protestare contro il licenziamento immotivato di alcune compagne di lavoro… in poche parole, avevano bisogno di un intervento che coinvolgesse il quartiere così da sostenere la loro lotta. La coincidenza che mi portava a Roma da Berlinguer mi permetteva di raggiungere queste operaie e mettermi a loro disposizione. In quattro e quattr'otto avevano affisso per tutto il quartiere una gran quantità di manifesti che annunciavano la mia esibizione in un teatro della Garbatella.

Quando arrivai mi fecero gran festa e, consci del lungo viaggio intrapreso, mi prepararono nel camerino addirittura un sofà dove riposare. Mi sdraiai, ma non mi riuscì di chiudere occhio; continuavo a ripassarmi il discorso che avrei dovuto fare a Berlinguer, sempre che mi riuscisse d'incontrarlo...

Ma adesso c'era da pensare soprattutto allo spettacolo: chiamai le ragazze dell'organizzazione e chiesi della loro situazione, del tipo di lavoro a cui erano sottoposte, quindi proposi di eseguire un monologo in cui un'operaia rivive la propria giornata a cominciare dal risveglio, il bambino da preparare e far mangiare prima di portarlo all'asilo, ma ecco che non trova la chiave per uscire... Non ricorda dove l'abbia appoggiata la sera prima, quindi ripete, in una pantomima paradossale, tutti i gesti eseguiti dal suo ritorno al momento in cui si è messa a letto. Nella pantomima si ritrova a litigare col marito, a sua volta operaio; si rendono conto che quella loro situazione non ha niente a che vedere con una situazione normale, è una condizione da follia: entrambi proiettano i loro gesti nella fabbrica alla catena di montaggio, la nevrosi e la paranoia multipla, e poi il viaggio per tornare a casa, ritirare il bimbo all'asilo, riprendere un mezzo, arrivare nell'appartamento, aprire la porta, rassettare la casa, spogliare il bam-

bino, fargli il bagno... Alla fine di quella pantomima ecco che la donna ritrova la chiave, ma nel momento stesso in cui sta uscendo, trafelata scopre che quel giorno è domenica: si butta sul letto quasi svenuta tenendosi tra le braccia il bambino. Le ragazze mi applaudono, manca poco a entrare in scena, ma in quell'istante viene a trovarmi un caro amico, Roberto Maone, che non aveva niente del burocrate pur essendo funzionario del partito e che aveva convinto addirittura Napolitano ad accompagnarlo.

Quando Giorgio Napolitano fa il suo ingresso in palcoscenico, il sipario è ancora abbassato. Io gli vado incontro e m'inchino dicendo: «Benvenuta Maestà»... alludevo alla sua straordinaria somiglianza con il principe Umberto di Savoia, lui ride e io aggiungo: «Applaudo in voi l'unico monarca iscritto al partito comunista leninista rivoluzionario che io conosca». Uomo di grande spirito,

Napolitano mi abbraccia divertito e a sua volta si complimenta e mi ringrazia per il mio intervento in favore delle operaie in lotta: «Domani» dico io, prendendo la palla al balzo, «dovrei vedere Berlinguer, ma voi potreste aiutarmi ad avere un appuntamento con lui?»

«Non conosco i suoi impegni» risponde, «ma sono sicuro che sarà ben felice d'incontrarti; se vuoi vado subito a telefonargli!» Così dicendo esce con Maone, che gli fa strada verso un ufficio del teatro.

Lo spettacolo comincia di lì a pochi minuti, il pubblico applaude frenetico a ogni mio intervento. Ogni tanto sono costretta a ripetere le battute: alla fine c'è un'ovazione straordinaria. Salgono sul palcoscenico tutte le donne della fabbrica; sono commosse e riconoscenti e ognuna mi abbraccia.

Mi gira la testa.

Prima di uscire dal teatro, l'amico Maone mi dice che Napolitano ha ottenuto l'appuntamento con Berlinguer. «Domattina alle nove» dice.

Tiro un gran sospiro e raggiante lo applaudo.

Durante tutto il racconto, a cominciare dal viaggio in treno, sullo schermo si sono susseguite immagini disegnate e riprese televisive di Roma, intervallate con foto dei personaggi in questione che si concretizzano partendo da frammenti a colori sgargianti che si affiancano velocemente come tessere di mosaico.

L'albergo dove le compagne mi avevano trovato una stanza è in centro, a pochi passi dalla sede del partito. Il mattino dopo arrivo all'appuntamento con dieci minuti di anticipo. Non era la prima volta che mi recavo in via delle Botteghe Oscure, ma in quell'occasione ero particolarmente tesa. Nella mia vita di teatrante sono sempre entrata in scena tranquilla, in qualunque dramma, senza mai un sussulto, ma questo esordio mi procurava un tremito alle gambe e un gran battere di cuore. M'introducono nell'ufficio di Berlinguer, baci e abbracci, convenevoli di rito: come stai? Ti trovo in forma, eccetera... Se ripenso a quel momento mi vedo impetuosa, incattivita. Un fiume di parole, rabbia, indignazione e umiliazione mi si accalcavano in capo. Mi riesce di rompere l'indugio dicendo:

«Ti spiace se arriviamo al dunque? Purtroppo devo riprendere il treno fra qualche ora; mi aspettano a Modena per stasera e, se ce lo permetteranno, riuscirò a recitare».

«Chi dovrebbe impedirvelo» chiede lui, «la censura?»

«Sì, ma non quella del governo, purtroppo...»

«E di chi allora?»

«Quella dei compagni.»

«Stai scherzando, dei compagni? Per favore, spiegati meglio!»

«Mi spiace dovertelo comunicare, ma si tratta di un problema molto serio. Come saprai stiamo girando, Dario e io, con la nostra compagnia per le Case del Popolo di mezza Italia, anzi, sono due le compagnie, con noi c'è anche un gruppo di giovani.»

«Sì, di questo ero al corrente, so anche che avete ottenuto un grande successo.»

«È vero e non ce lo aspettavamo» aggiungo io, «ne hanno parlato anche molti giornali... all'estero.»

«Ma anche da noi se ne parla: proprio oggi ho letto un articolo sull'"Espresso' che esalta questa vostra tournée con un entusiasmo... direi trionfale.»

«È vero, ci hanno trattato con molta simpatia e rispetto.»

«Ti dirò che avevo in programma di scrivervi al più presto, per complimentarmi con voi e per dirvi che apprezzo molto quello che state facendo. Anzi... sai cosa ti dico? Che adesso incomincio a indovinare il perché della tua visita: 'l'Unità' s'è dimostrata piuttosto distratta con voi... o sbaglio?»

«No, non è per quello, ma per qualcosa di molto più grave e pesante.»

«Accidenti, cosa è successo?»

«Posso spiegartelo in quattro parole: all'inizio di questa follia abbiamo avuto un grande sostegno e la collaborazione dei compagni di tutte le associazioni, a partire dall'Arci. Ma, a un certo punto, in conseguenza dei dibattiti che nascevano spontanei alla fine degli spettacoli, immancabilmente si producevano critiche: alcuni compagni della base, in questo clima, denunciavano certe situazioni di sfruttamento del loro lavoro che coinvolgevano le cooperative e i livelli alti e intermedi del partito stesso. Ed ecco che da quel momento è cominciato il boicottaggio totale: non si affiggono più manifesti, non ci si preoccupa di organizzare i tesseramenti e di coinvolgere i compagni, e ultimamente siamo arrivati coi nostri camion davanti alle Case del Popolo e le abbiamo trovate chiuse per 'impedimenti tecnici'.»

Berlinguer s'ammutolì, non fece commenti, rimase con la fronte accigliata. Andava accendendo una sigaretta dietro l'altra e a mia volta lo seguivo a ruota. All'istante Enrico ruppe quel silenzio: «Be', ti dirò che, con le dovute varianti, mi sembra di riascoltare quello che è capitato a Majakovskij e al suo gruppo negli anni Venti in Russia. I burocrati erano riusciti ad annientarlo, ma stavolta non andrà così».

Intanto, afferrata una penna, comincia a prendere appunti e mi chiede: «Voi cosa pensate di fare? Qual è il vostro programma?»

«Purtroppo» dico io con fatica «abbiamo due sole alternative: o sciogliere le nostre due compagnie e tutti a casa, sparire per un po', o ritornare nei teatri ufficiali con conseguente e inevitabile scandalo.»

«No, no, questo non si può fare! Non possiamo buttare a mare un'azione culturale di quest'importanza: bisogna trovare un'altra soluzione.»

Ecco: è proprio lui, è Berlinguer, lo stesso che a Mosca si è rifiutato di firmare il consenso della delegazione italiana all'invasione della Cecoslovacchia. Spegne risoluto una sigaretta appena accesa, una Macedonia Oro, come la volesse distruggere, quindi dice spiccicando le parole: «I compagni devono imparare a non temere le critiche e anzi ad accettarle. Le contestazioni, se sono giuste, aiutano a crescere e il nostro partito deve crescere ogni giorno. Dovrò indire una riunione seria, scegliendomi le persone adatte, e dobbiamo immediatamente realizzare un'inchiesta approfondita sul posto. Hai la mia parola, Franca, vai tranquilla e buon lavoro». Mi aveva ascoltata, rincuorata, prendendo seriamente a cuore la nostra situazione. Bravo Enrico, grande. Dopo pochi giorni ci siamo resi conto che Berlinguer si era davvero mosso e la direzione del partito era intervenuta con decisione fino a convincere i vertici dell'Arci a rispettare gli impegni e a sostenere realmente il nostro lavoro.

Arrivando sulle piazze trovavamo un clima ben diverso, ma s'intuiva che presso certi dirigenti delle Case del Popolo questa nuova direttiva era stata accettata come un'imposizione, e non ancora del tutto digerita.

SPETTACOLI DAL VERO E TEATRO CRONACA

A questo punto bisogna ricordare che fin dai primi giorni della nostra tournée avevamo registrato su audiocassetta ogni momento importante della nostra esperienza, a partire dai dibattiti.

Eravamo riusciti a raccogliere, così, ore e ore di interventi e dialoghi, che poi avrebbero occupato la bellezza di due volumi con foto e illustrazioni varie, *Compagni senza censura*, pubblicato da Mazzotta.

Lo schermo avanza dal fondo e si arresta in proscenio: appare la foto di un grande libro che si spalanca e fra le pagine appaiono immagini di spettacoli con pantomime e pubblico che applaude e sale in palcoscenico improvvisando una danza al ralenti.

Ogni giorno, nelle pause fra il montaggio e lo spettacolo, ascoltavamo il registratore e prendevamo appunti.

Fra le varie testimonianze, la più sorprendente e spassosa era senz'altro la storia di un'azienda metalmeccanica, occupata da mesi da operai e operaie.

Le pagine del libro scorrono, si staccano e producono sipari e quinte con burattini che alludono a operai al lavoro, quindi seguitano a muoversi comunicando l'idea di uno sciopero e illustrando ciò che va raccontando Franca.

Ormai erano stremati e consci che la loro resistenza era ridotta agli sgoccioli: la cittadinanza non sosteneva più con efficacia la loro lotta. Stavano per cedere, quando a un gruppo esplode nella testa un'idea a dir poco geniale.

Visto che i cittadini non s'accorgono di loro, prigionieri della propria fabbrica, loro andranno dai cittadini rappresentando il proprio dolore non per la perdita del lavoro, ma del loro datore di lavoro!

Sullo schermo si vedono volare costumi da teatro e maschere che vanno a posarsi su volti di pupazzi in azione.

Così, arraffando costumi e aggeggi scenici un po' dappertutto, gli operai mettono in piedi lo spettacolo del funerale del padrone.

Si distribuiscono i ruoli: a te la parte della vedova sconsolata, a voi ragazzi quella dei figli e poi la parte del prete e quella dei chierici e del coro sacro, per non parlare delle beghine piangenti, le autorità, i carabinieri in divisa storica.

Il carosello dei vari personaggi si tramuta in una specie di giostra che va roteando a velocità sempre maggiore fino a esplodere.

«Bisognerà procurarci anche un feretro e soprattutto la carrozza mortuaria con pennacchi, candele e anche qualche cavallo.»

Via via gli oggetti e gli ingredienti scenici nominati appaiono sullo schermo come in un défilé senza fine.

Il testo del proclama mortuario è straziante.

IL FUNERALE: SI DISTRIBUISCONO I RUOLI

LA GIOSTRA DEL DOLORE

Appare un manifesto con il compianto stampato; la voce di Franca viene raddoppiata da altre voci che lo recitano all'unisono.

«Cittadini, il nostro padrone è morto, siamo orfani del suo affetto e della sua generosità. E morto è anche il nostro spirito, non ridiamo più, non mangiamo più, non spendiamo più un soldo giacché lui ci ha lasciati orfani anche della paga.»

Appaiono scarabocchi disegnati da bambini che man mano si trasformano in sequenze di fumetti che illustrano il procedere dei fatti.

Poche ore prima che inizi il corteo funebre, c'è un camioncino tutto addobbato con drappi a lutto sovrastato da un grosso altoparlante che va intorno per la città annunciando.

All'istante la voce di Franca diventa roboante come uscisse da un megafono.

«Cittadini, non mancate all'ultimo saluto verso chi ha speso la propria vita solo per sé.»

È il momento solenne:

Parte una banda di ragazzi in costume e con maschere in viso, armata di ottoni, che attraverso il proscenio spernacchia con trombe d'ogni forma e calibro e tamburi ricavati da bidoni di metallo.

Esce dai cancelli della fabbrica il corteo aperto da operai travestiti da suore che cantano il *De profundis*.

Sullo schermo riprende la sfilata dei personaggi annunciati da Franca.

Poi i chierici, il prete, il carro funebre col feretro e via via tutta una folla di personaggi, con la vedova trascinata di forza che grida il suo dolore. Quel frastuono di canti, spernacchi e grida induce la gente ad affacciarsi alle finestre: in molti scendono in strada per seguire più da vicino il mesto rito. All'inizio, seppur sguaiata, quella processione è scambiata per autentica, ma poi l'eccesso di lamenti con pernacchi a singhiozzo, gente che s'è arrampicata sui pali dei lampioni e si dice pronta a buttarsi di sotto, fan sì che la popolazione intervenuta intuisca che si tratta di una messa in scena con intento farsesco.

Ora il fondale si fa buio: restano solo le luci di taglio. Sul grande schermo vengono proiettate ombre di uomini e donne in movimento, sagome di carabinieri, preti e suore, la silhouette di suonatori della banda e via via tutti gli altri personaggi della storia.

Franca incalza: «Fra la gente, i ragazzi sono i primi a capire il gioco sbeffeggiante e si uniscono al corteo correndo e partecipando a loro volta alla caciara: al culmine della processione la bara si spalanca».

Appare un'immagine burattinesca in piena luce.

È la sagoma grottesca del vero padrone: «Basta, un po' di rispetto, non si può neanche dormire tranquilli da morti!» esclama. Quindi, in piedi sulla bara, tiene un discorso carico di pentimento.

Franca doppia il pupazzo che gesticola e muove le labbra.

«È vero, vi ho sfruttati; ho corrotto, rubato, ma ho deciso di presentarmi all'altro mondo spogliato di ogni bene, immacolato... perciò ecco tutti i miei quattrini, io li restituisco a voi, pregate per la mia anima.»

E così dicendo getta manciate di banconote, evidentemente false, che ognuno cerca di acchiapparsi al volo.

I clown della banda inseguono qua e là le immaginarie banconote che svolazzano nell'aria, ma all'istante dall'alto scende una vera e propria pioggia di fogli stampati: sono banconote di tagli diversi. Sullo schermo si concretizza una folla di gente che salta qua e là nel tentativo di acchiappare le banconote volanti.

Questa assurda messa in scena ebbe un esito straordinario. Il proprietario ora non poteva muoversi libero in nessun luogo della città: alcuni sfacciatamente gli si rivolgevano chiamandolo «resuscitato» o addirittura «defunto che cammina». Il padrone alla fine si decise a riaprire la fabbrica e a reintegrare tutti i licenziati. Sembra una storia inventata e invece è tutto vero.

Il gruppo dei clown canta scendendo in platea fra gli spettatori.

Canto dei clown: Sì sì / pare una favola / una storia inventata di botto / e invece è successo / in quattro e quattr'otto / come un vero casotto.

I cantori svaniscono sul fondo della sala.

Sullo schermo appaiono mani che si muovono intorno a oggetti meccanici in un crescendo che si trasforma in una teoria di formiche che si agitano intorno alle loro prede.

Il nostro viaggio per le periferie delle grandi città e nelle campagne ci stava procurando un arricchimento inaspettato su cosa volesse dire «classe soggetta» e quante geniali forme di sfruttamento della manodopera fossero riusciti a mettere in atto gli imprenditori.

Nelle Marche e in Emilia, nel dibattito intervennero operai e le loro mogli che non lavoravano più in fabbrica ma si portavano a casa il lavoro, per esempio pezzi da assemblaggio che rimontavano per proprio conto facendosi aiutare anche dalle figlie e dai ragazzini.

Ritorna la sequenza delle mani che si muovono su oggetti vari: le mani sembrano quelle di pianisti che battono sui tasti del loro strumento per poi trasformarsi di nuovo in quelle di bambini che giocano allo sbatti e ribatti ritmato come una danza.

Così guadagnavano qualche soldo in più, ma il loro impegno era diventato a tempo pieno e contemporaneamente l'utile dell'imprenditore aumentava a dismisura.

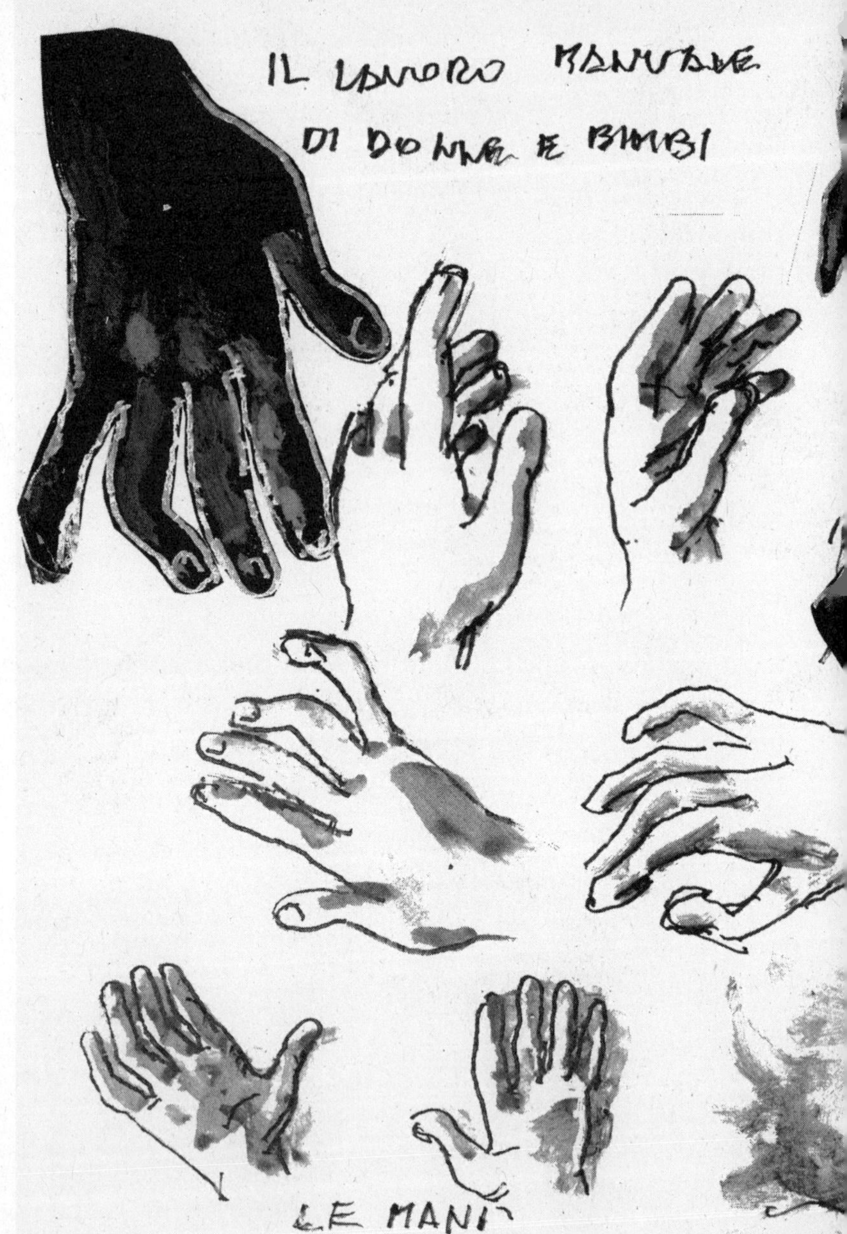
IL LAVORO MANUALE
DI DONNE E BIMBI
LE MANI

Allo stesso modo, in Piemonte, dalle parti di Ivrea, ascoltammo il racconto di una famiglia che in casa assemblava giocattoli, un'altra pezzi di congegni elettronici.

Il ritmo dello sbatti e ribatti delle mani dei bimbi rallenta e riprende a ritmi a singhiozzo finché le mani cadono sul pianoforte inerti e con quelle anche la testa del pianista come fosse svenuto.

Nelle valli di Brescia, prese la parola una donna rimasta vedova ancora giovane: ha cominciato col presentarsi.

«Non ho ancora trent'anni e lavoro a domicilio su commissione di una fabbrica con capitale al 50% della Fiat: in casa, io e i miei ragazzini, ne ho tre tutti ancora piccoli, lavoriamo su un grande tavolo, si montano timer tecnologici e altri aggeggi a forma di giocattolo. I bambini imparano presto: sono più bravi di me, e si divertono quasi. Dopo qualche mese, parlando con altre donne di famiglie vicine, ho scoperto che quegli strani aggeggi erano componenti di mine antiuomo. Io manco lo sapevo cosa fossero 'ste mine antiuomo: mi hanno spiegato che quelle specie di giocattoli che andavamo assemblando erano bombe potenti in miniatura e venivano gettate a pioggia dagli aerei sui campi, per poi esplodere appena un bambino le raccoglieva per giocarci. 'Impossibile!' dico io. 'Se fosse vera una roba simile... no, no...' Allora un ragazzo mi ha mostrato un giornale sul quale c'erano le sagome di quei giocattoli, e vicino delle foto più grandi con dei bambini senza mani e altri senza gambe. Di colpo ho visto i miei figli ridotti a tronconi come quelli. Il giorno dopo sono andata alla fabbrica dove concludevano l'assemblaggio e ho restituito tutti i pezzi che ci avevano dato. E adesso non so come cavarmela, ma pur di non tornare a fare quel mestiere da criminali, preferisco piuttosto andare a far la puttana.»

I GRANDI CONFLITTI DELLA LIGURIA

Lo scontro finale fra noi e i responsabili cultural-politici del Partito dei lavoratori avvenne alla *chiamata* del porto di Genova. Il testo rappresentato aveva per titolo *L'operaio conosce 300 parole, il padrone 1000, per questo lui è il padrone*.

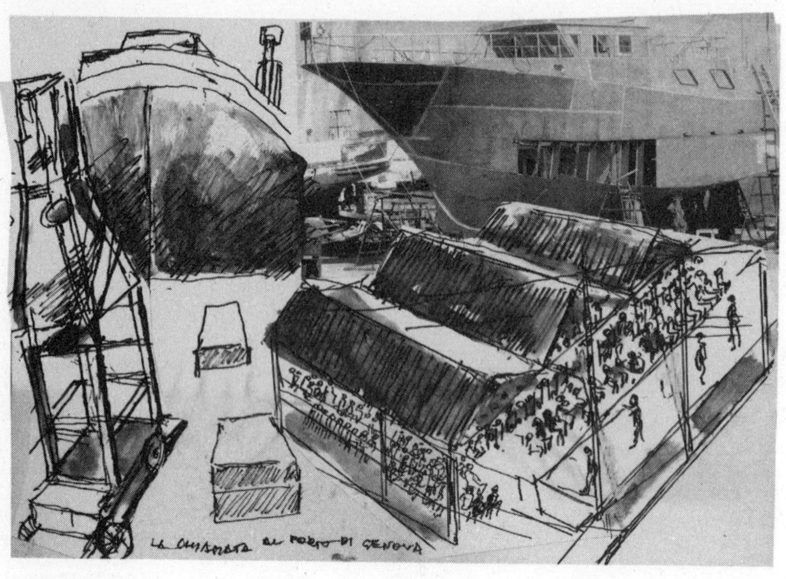

Al critico dell'«Unità» di Genova lo spettacolo piacque molto, per cui stese un articolo del tutto positivo, ma l'allora direttore dell'«Unità» ne bloccò la pubblicazione. Al suo posto inviò a Genova Lazzari, critico di fiducia dell'«Unità», incaricandolo di recensire lo spettacolo in modo diverso. Il giorno appresso uscì l'articolo che ci trattava da estremisti fanatici e oltretutto velleitari e pure menzogneri.

Un autorevole senatore del PCI che aveva presenziato alla prima messa in scena, leggendo quella recensione rimase a dir poco sconvolto per l'asprezza del linguaggio e le accuse ingiuste. Così inviò una lettera dal tono fortemente indignato alla direzione del quotidiano, denunciando la risoluzione, davvero poco democratica, di censurare il critico genovese. Nella diatriba entrò in campo perfino Pajetta, che cercò di raffreddare la tenzone e ribadì l'importanza di lasciare spazio a pensieri e opinioni diverse, sempre però rispettando la verità delle situazioni. Insomma, giù le armi della polemica e state buoni.

Qualche giorno dopo lasciammo Genova e partimmo alla volta di Sestri Levante, dove ci avrebbe preceduto il camion con il materiale per allestire *L'operaio conosce 300 parole...*, cioè lo spettacolo dello scandalo. Molti compagni del luogo avevano saputo della questione esplosa alla *chiamata* del porto ed erano ansiosi di poter giudicare di persona. Appena arrivati alla sala di Sestri, alcuni ragazzi ci avvertirono del clima avverso che avremmo trovato: la dirigenza della sezione era molto prevenuta riguardo allo spettacolo e alle conseguenti critiche che facevamo all'apparato del partito. Uno di loro commentò: «Vedrete che vi prepareranno uno sgambetto: pare abbiano deciso di far intervenire durante un dibattito addirittura un capo partigiano medaglia d'oro della Resistenza col compito di analizzare il vostro attacco così da annientarvi».

In quel mentre ci arrivò una telefonata dall'autista del primo camion: ci avvertiva che, a causa di un incidente a Rapallo, era rimasto bloccato per strada, quindi potevamo servirci solo del materiale caricato sul secondo camion che sarebbe arrivato di lì a poco. Insomma, a causa di quel guaio non si poteva allestire lo spettacolo previsto, perciò decidemmo di mettere in

scena l'altro spettacolo del nostro repertorio, che si poteva recitare a scena nuda: si trattava di *Legami pure che tanto io spacco tutto lo stesso*. L'argomento era quello del lavoro a domicilio, dove io e gli altri interpreti mimavamo di operare intorno a telai inesistenti, ma riuscendo a dare l'impressione di muoverli e farli funzionare a grande ritmo.

Il teatro era stracolmo, e l'applauso alla fine fu, ancora una volta, di vero entusiasmo.

A chiusura dello spettacolo, come di norma, si aprì il dibattito e si levò a parlare l'eroico capo partigiano che ci avevano annunciato. Sapemmo poi che malvolentieri quello straordinario capo della Resistenza aveva accettato di prender la parola, e solo in seguito all'insistenza dei dirigenti. Si capì fin dal principio che non aveva assistito allo spettacolo, ma che nelle sue critiche riprendeva parola per parola la stroncatura di Lazzari uscita sull'«Unità». Era giunto a teatro solo verso il finale e nessuno l'aveva avvertito che lo spettacolo era stato

cambiato. Dalle reazioni sottotono degli spettatori, quel galantuomo cominciò a intuire che qualcosa era andato storto. Poi un compagno che godeva di altrettanto rispetto e considerazione si alzò e spietatamente dichiarò: «Mi pare che qui sia accaduto quello che capita nella famosa favola di Fedro, dove la volpe decide di scavare una fossa ricoperta di rami secchi per farci cascare l'agnello, ma per incidente è lei, la furbacchiona, a cascarci dentro!»

Gran parte della grande sala si svuotò in un attimo, rimasero solo alcuni compagni, che si scusarono per il pessimo spettacolo che certi loro dirigenti avevano tentato di mettere in scena.

Quell'ultimo episodio segnò, da parte del nostro gruppo, la convinzione che in quel clima era impossibile continuare.

Ci radunammo a Milano qualche giorno dopo, in un capannone industriale di via Colletta, che era diventato la nostra base e che già da qualche mese avevamo trasformato in teatro con tanto di palcoscenico e strutture tecniche abbastanza efficienti.

Eravamo tutti presenti, comprese alcune associazioni culturali autonome con le quali collaboravamo da tempo. Decidemmo di riprendere le repliche dei nuovi testi e nello stesso tempo di cercare approcci con i gruppi della sinistra extraparlamentare che in quel momento stavano nascendo in gran numero per tutta la penisola, Sicilia e Sardegna comprese.

CANTATE, UOMINI, LA VOSTRA STORIA
(Alberto Savinio)

Dello spettacolo *Ci ragiono e canto*, nato dalla riproposizione di canti popolari, furono messi in scena ben quattro diversi allestimenti. Ispirandosi a quei prototipi, nacquero molti altri gruppi di cantori popolari, dal Veneto all'Emilia fino a Napoli e nelle isole. Ogni gruppo conduceva le proprie ricerche e questo indagare nella tradizione liberò dall'oblio una quantità incredibile di canti, ballate e perfino di piccole opere buffe di antichi anonimi popolari andate perdute.

Spesso, intervenendo in dibattiti nelle università, ci trovavamo a scontrarci con quelli che chiamavamo «i crociani inamovibili» e Dario prendeva la parola spesso con tono provocatorio.

Appare sullo schermo l'immagine di Dario.

DARIO: Come è possibile che in un mondo di soggiogati come era costretto quello contadino siano fioriti un così gran numero di cantate d'amore, di scherno e denuncia contro le sopraffazioni dei *possessores* per secoli e secoli e al contrario non ci sia pervenuto quasi nulla delle conte e dei testi satirici giullareschi? Perfino di san Francesco, che si autodefiniva 'giullare di Dio', ci è arrivato un solo canto, il *Cantico delle Creature*, stupendo senz'altro, ma tutte le cronache raccolte su quel santo fabulatore ci dicono che in centinaia di occasioni egli si esibì davanti a folle di spettatori con parabole e conte nonché giullarate, delle quali ci sono pervenute solo brevi tracce, per di più spesso ridotte a frammenti senza senso. Non è difficile scoprire che, contro quelle ballate sacre e spesso grottesche, appena dopo la sua morte si sia scatenata la censura della Chiesa e dello stesso movimento di Francesco. L'ordine era: bruciate tutto e scriviamo la storia del santo e del suo pensiero tutta daccapo!

Certo è risaputo che spesso uomini potenti come Federico II di Svevia imperatore emanavano editti feroci *Contra jogulatores obloquentes*, nei quali si incitavano i cittadini fedeli al principe perché non solo distruggessero gli scritti dei giullari impertinenti e osceni, ma anche perché i giullari stessi venissero bastonati fino a trasfor-

marli in reliquie malridotte. Del resto, dalla Germania passando per Francia e Spagna, le storie di giullari o autori satirici perseguitati, incarcerati e spesso condannati alla forca sono così numerose che, se raccolte in volumi, intaserebbero una intera biblioteca nazionale: ma quale governo oggi in Europa può pensare di impegnarsi in una simile operazione di conoscenza civile? Forse San Marino! O forse il Vaticano, dove gli studiosi delle persecuzioni sono così numerosi da occupare tutto il concistoro normalmente riservato ai vescovi e ai cardinali. Certo, non bisogna dimenticare che non tutti i giullari sapevano leggere e scrivere e che quindi i loro testi avevano la possibilità di giungere fino a noi solo attraverso la tradizione orale. È però risaputo che, per ragioni storiche tra le più diverse, il riprodursi delle giullarate di bocca in bocca all'improvviso si spezza e la memoria scom-

pare. Succede ogni tanto che qualche studioso del tempo si preoccupi di riscrivere quelle storie, come fece Dante Alighieri, raccogliendo un gran numero di giullarate che riempirono ben due volumi (ma il progetto originario era un'opera in quattro libri) dal titolo *De vulgari eloquentia*. Alla fine dell'Ottocento, poi, in una specie di revival romantico, molti uomini di cultura operanti nella penisola, isole comprese, iniziarono a ricercare e trascrivere un'enorme quantità di testi, ballate, satire, racconti e favole della tradizione popolare: fra questi bisogna ricordare Pitré, che radunò le sue scoperte in un'opera monumentale, e ancora Toschi, De Bartolomeis e più tardi Paolo Uccello, omonimo del grande pittore.

Moltissime furono le trascrizioni di temi religiosi, comprese le laudi, sia quelle tosco-umbre che quelle del Meridione, e le passioni della piana del Po: fra queste si sono ritrovati molti dialoghi grotteschi e satirici, come quello del matto sotto la croce e del matto che corteggia la morte avvolta nelle vesti di donna pallida e affascinante.

VESTIRE UN POVERO FACENDO CADERE MEZZO MANTELLO DALL'ALTO

FRANCA: Qualche anno prima, Dario ebbe l'occasione di acquistare a Marsiglia alcuni testi in provenzale e in francese del Quattrocento, dove gli capitò di scoprire personaggi straordinari legati alla tradizione popolare del Basso Medioevo, con situazioni tipiche come il «rispetto» fra il cieco e lo storpio, il «contrasto» fra la prostituta e il novellatore e altre ancora. Tra i testi, uno dal titolo *Il buffone sulla luna*, una nuova versione della risurrezione di Lazzaro, e una parodia grottesca di san

Martino che dona metà del proprio mantello a un povero disperato quasi nudo. Il disperato si scopre poi essere Cristo in persona, sceso dal cielo insieme a san Pietro, travestito a sua volta da mendicante e anch'egli quasi ignudo, allo scopo di conoscere da vicino quel santo uomo. San Martino invita a casa propria i due falsi accattoni, di cui non sospetta il travestimento. La sua abitazione appare imponente ma completamente disadorna, nessun arazzo che decori le pareti, niente lampadari di cristallo e argento, nessun drappo o tendaggio, per non parlare delle suppellettili: nemmeno una. Gesù chiede la ragione di quello squallore: «Hai donato tutto l'arredo ai poveri?»

«No» risponde il santo, «qualche oggetto me l'hanno rubato, ma la più parte l'ho svenduta io per procurarmi diletto.» Poi, di colpo, aggiunge: «Accidenti, c'era qui una lampada d'argento, l'ultima... dov'è finita?»

E Gesù si rivolge a san Pietro e gli ordina: «Restituisci la lampada a Martino».

Velocissimo san Pietro rimette a posto l'oggetto, così rapido che il derubato manco se ne rende conto.

«Ah, riecco la lampada! Ogni tanto ho l'impressione che si muovano!»

Gesù insiste nell'informarsi: «Hai detto che vendi la tua roba per procurarti diletto... che vuol dire?»

E san Pietro: «Evidentemente gli piacciono le donne...»

«Sì, mi piacciono, ma non è per loro che mi sto rovinando... Ti dirò con sincerità: io sono un ubriacone, per procurarmi boccali sto smontando la casa. Amo il vino più d'ogni cosa, ogni sera mi prendo delle ciucche indicibili. Questo mi ha fatto perdere la donna che amavo, i miei figli mi hanno piantato da solo andandosene di casa e per questa ragione durante il giorno, per farmi perdonare dal Signore, vado girando per i bassifondi a regalare pezzi di mantello ai poveri: guarda qua.»

E così dicendo spalanca un grande armadio.

«M'è rimasta solo una vera e propria collezione di mezzi mantelli: bisognerà che mi decida a farli ricucire due a due.»

Gesù scoppia in una risata.

«Ah!» esclama offeso san Martino. «Mi disprezzi anche tu?»

«No, tutt'altro! Trovo molto strano che un ubriacone cerchi di farsi perdonare da Dio regalando mantelli ai poveri.»

E Pietro aggiunge: «Forse pensa che Gesù, per il fatto di aver detto 'Bevete, questo è il mio sangue', sia a sua volta un buon degustatore».

«Certo, avete ragione» ammette Martino, «è alquanto miserevole questo mio comportamento: cercare di cavarmela da ogni sbronza regalando mezzi mantelli... vorrei proprio sapere come reagirebbe Gesù se lo venisse a sapere!»

«Vai tranquillo» dice Pietro, «Gesù lo sa di già!»

«Chi gliel'ha detto?»

«Tu gliel'hai detto!»

«Quando?»

«Ora... poco fa! Guardalo bene: lui è Gesù.»

«Ma davvero?»

E all'istante san Martino cade in ginocchio davanti al figlio di Dio. Scoppia in lacrime e dice: «Perdonami, merito davvero tutto il tuo disprezzo, Signore...»

Gesù lo solleva costringendolo a stare ritto davanti a sé, quindi dice: «Martino, è mezz'ora che stiamo parlando di vino: ti spiace offrirmene una tazza? M'è venuta sete».

Martino perplesso dice: «Volentieri, mi volete umiliare o piuttosto sfottere?»

«Nessuna delle due» risponde san Pietro. «Anzi, tira fuori tre tazze: bevo io, beve Gesù e bevi anche tu.»

Poi va deciso verso il fondo del salone dal quale spuntano tre grandi botti.

«Sono tutte e tre colme?»

E Martino: «Sì, ho fatto il pieno stamattina».

«Bravo! Vino tratto da botte magra è vino da pelagra!» dice Gesù.

Martino riempie tre tazze, le consegna a Gesù e a Pietro e tutti levano il braccio in alto. Gesù annusa la tazza, beve un sorso di vino, se ne sciacqua la bocca, poi deglutisce. Schiocca la lingua e commenta: «Ottimo! È degno della vigna del Signore! Questo è già un punto tutto a tuo vantaggio».

Poi fa sedere san Martino e gli dice: «Vedi, non ti devi vergognare di apprezzare il vino e, ti dirò, nemmeno ad arrivare a ubriacarti. Sai qual è il tuo peccato? Non quello di tracannare vino, ma di sbronzarti sempre da solo. Oltre a offrir loro mezzi mantelli, i poveri invitali a bere e magari dai loro anche qualche cosa da mangiare: tracannare vino a stomaco vuoto è roba da beoni senza né gusto né intelligenza. Salute, e la pace sia con voi!»

GESÙ BACIÒ UN MUTO SULLA BOCCA E NACQUE IL GIULLARE

La ricerca di Dario su testi e trascrizioni antiche continuò per molto tempo, finché si decise di allestire uno spettacolo tutto dedicato al teatro dei giullari della tradizione popolare.

Appare sullo schermo l'immagine di Dario.

DARIO: Naturalmente quando proposi questa idea ai vari compagni durante un'assemblea ci furono dispute vivaci: «Ti pare proprio il caso di andare a rivangare su un passato discutibile e incerto?» osservò qualcuno. «Piuttosto che dedicare ogni nostro sforzo nel mettere in scena, per esempio, una storia sceneggiata del proletariato più recente o un'analisi critica e sincera sul socialismo reale in Russia?»

E io rispondevo: «Ci impegneremo anche in questo campo, ma per favore adesso datemi una mano a mettere a fuoco quest'altro problema».

Alla fine li convinsi e debuttammo con il *Mistero buffo*.

Nella mia introduzione allo spettacolo mi preoccupavo di informare il pubblico che «mistero» è il termine usato già dai greci dell'epoca arcaica per definire i culti esoterici dai quali prendevano vita le rappresentazioni di eventi sacri: misteri eleusini e dionisiaci. Il termine fu poi ripreso dai cristiani per indicare i propri riti fin dal III e IV secolo a.C. Nel Medioevo «mistero» significava rappresentazione sacra: «mistero buffo» significa dunque rappresentazione di temi sacri in chiave grottesco-satirica. Ma sia chiaro che il giullare, cioè l'attore comico del Medioevo, non si buttava a sbeffeggiare la religione, Dio e i santi, ma piuttosto si preoccupava di smascherare, denunciare in chiave comica le manovre furbesche di coloro che, approfittando della religione e del sacro, si facevano gli affari propri.

Il debutto di *Mistero buffo* avvenne all'università Statale di Milano occupata durante le prime contestazioni del movimento studentesco. Per quell'occasione i ragazzi avevano letteralmente invaso l'aula magna, erano più di duemila. Salii su una specie di palcoscenico improvvisato, iniziai a introdurre *Mistero buffo* e subito si fece un gran silenzio: nel prologo, molto breve, annunciavo il contrasto fra l'ubriaco e l'arcangelo delle nozze di Cana. Si creò subito una corrispondenza davvero sorprendente: non facevo in tempo a indicare una situazione che subito i ragazzi esplodevano in risate e applausi. Il mio progetto era di realizzare un breve intervento, ma l'entusiasmo con cui mi stavano seguendo mi portò a recitare per più di due ore senza prender fiato. La settimana appresso cominciai a girare per la periferia di Milano in cinema, teatri e qualche chiesa sconsacrata.

Allo spettacolo a un certo punto partecipò anche Franca, che interpretava due giullarate tragiche: la vergine sotto la croce e la pazza nella strage degli innocenti.

Franca interviene inserendosi nel discorso.

FRANCA: Nel primo testo, come di tradizione, sostenevo ruoli diversi: le donne del coro che cercano di impedire alla Madre di Gesù di raggiungere la croce per evitarle il grande dolore, l'angelo che cerca di consolare Maria e lei, la *matre dulurosa*, che aggredisce l'angelo accusandolo d'averla tradita poiché al momento dell'Annunciazione il messo del Creatore si era guardato bene dall'accennarle al sacrificio che avrebbe dovuto soffrire.

MARIA: «Gabriél, anzol de dolze figura dala voz inamorosa, vaj chè ti no gh'ha niente a che far chilòga... in stà sgarosa tèra... in sto tormento mundo. Vaj Gabriél che no' te se sburdéga i ali de plume culuràde 'e gentil coluri... no' ti vedi fango e sangu e buagna mèsta a la spusénta dapartuto? Vaj... che no te se sbréghi i urègi tant delicat co' 'sto crìar desasperato e plangi e ploràr che crasse in omnia parte».

TRADUZIONE: «Gabriele, angelo di dolce figura dalla voce innamorosa, vattene che tu non hai nulla da fare qui, in 'sta lercia terra, in questo tormentato mondo. Vattene Gabriele... che non ti si sporchino le ali colorate di gentili colori... non vedi fango e sangue e letame misto a puzzolente merda dappertutto?

Vattene Gabriele... che non ti si spacchino le orecchie tanto delicate con 'sto gridare disperato e pianti e implorare che cresce da ogni parte...»

Fin dalle prime repliche abbiamo avuto la soddisfazione di rivolgerci a un pubblico entusiasta e numerosissimo. Lo spettacolo ebbe anche l'attenzione di critici importanti, alcuni dei quali non condividevano del tutto il tipo di operazione culturale che stavamo realizzando. Abbiamo però goduto della sorpresa di leggere addirittura dei saggi estesi su questo nostro lavoro: fra quelli, è il caso di riportare un brano di Gianfranco Folena, uno dei maggiori studiosi del lessico medievale, che nel suo *Il linguaggio del caos* dedica a *Mistero buffo* un intero capitolo, «Le lingue della commedia e la commedia delle lingue».

«Ohi!... Zénte vegnì chilòga che gh'è 'l giulàr! Giulàr che quèl son mi... per darve plazér ve fago pisàr adòso da le ridàde!... Vago in stràmbula e vé fago descovrìr i balón ch monta ladrarìe e guère... Aténti che mi en vertà non son nasciùt giulàre, ma vilàn... No' son dessandùo de bòto dal ziélo, e hop!, sunt chi 'Bondì! Bonasìra!' No! Mi a son el fructo de un miràcul... un miràcul che o segnór in perzóna l'ha cumbinàt su de mi... No' me credìt? Stéme ad ascoltàr...

Ohi! Gente venite qui che c'è il giullare! Il giullare che quello sono io... per darvi piacere io vi faccio scompisciare dallo sghignazzo! Vado in incantamento e vi faccio scoprire i potenti che montano ladrerie e guerre... Attenti che io in verità non sono nato giullare, ma villano... io non sono sceso a picco dal cielo, e hop!, sono qui 'Buondì! Buonasera!' No! Io sono il frutto di un miracolo... un miracolo che il Signore in persona ha combinato su di me... Non mi credete? Statemi ad ascoltare...

Questo passo, che ho messo a fronte alla sua traduzione approssimativa, attribuibile allo stesso autore, non è certo un testo delle origini, ma è, come tutti hanno capito, un brano della odierna lingua teatrale interdialettale di Dario Fo, l'inizio de *La nascita del giullare* che fa parte del *Mistero buffo*. Però è facile sentirvi subito suggestioni lontane, soprattutto quella dei prologhi del Ruzzante, un Ruzzante disceso nella realtà sociale più rovente dei nostri giorni. È un testo scritto, quello che ho letto nell'ultima edizione Einaudi, ma difficilmente pronunciabile e anche intraducibile per altri che non siano lo stesso moderno giullare. Senza la formidabile mimica facciale e somatica e le intonazioni vocali di Fo, tutti i caratteri come si dice soprasegmentali ed extralinguistici, è solo una traccia mnemonica o un canovaccio verbale: questa è del resto la condizione primaria della lingua teatrale che ha

bisogno fondamentalmente dell'appoggio mimico gestuale. È un testo che sembra voler prendere in giro un dialettologo che volesse analizzarlo o localizzarlo nelle sue componenti, o uno storico della lingua che volesse datarne gli elementi: una fricassea di dialetti non solo continuatamente commutati nella successione sintagmatica, ma espressionisticamente deformati e compenetrati al livello morfematico, nella stessa parola. Mescidando dialetti vari, dal lombardo all'area friulana, che è sempre stata la sede privilegiata di esperimenti pluridialettali e maccheronici, Fo ha voluto ricreare, come lingua giullaresca itineraria e proletaria, e insieme come 'lingua di classe', una sorta di versipelle iperdialetto romanzo norditalico. Ha affibbiato perfino a questa paradossale lingua giullaresca la misteriosa etichetta di *grammelot*, l'informe borbottio semantizzato dal gesto teatrale.

Questa interlingua teatrale è in sostanza una lingua individuale extragrammaticale eppure di fortissima capacità comunicativa orale. Essa non richiede dal pubblico per essere intesa specifiche competenze dialettali perché la mimica, il lazzo, l'onomatopea compensano l'apparente arbitrarietà linguistica e la carenza semantica e perché Fo, grandissimo mimo, padroneggia da maestro le tecniche del discorso e della narrativa popolare.»

FRANCA: L'attenzione e la condivisione che questo grande studioso della lingua e del lessico antico ci dedicava, ci sorprese e arrivò a gratificarci di tutte le difficoltà che avevamo dovuto superare in quegli ultimi anni.

«Fo è la maschera più incisiva dei nostri giorni; se si vuole, anche nel suo *baragouin* lombardo-veneto, un Arlecchino affrancato dalla condizione servile, ricaricato e deformato grottescamente, e magari retrocesso al suo re-

moto etimo demoniaco. Forse anche per questo legame trascendentale con la commedia dell'arte, e nonostante la precaria traducibilità del *Mistero buffo*, l'espressionismo grottesco di Fo ha avuto così larga risonanza in tutta la cultura teatrale europea: ché se dovessimo citare, per quanto ci risulta, i massimi successi di teatro italiano fuori dall'Italia in anni recenti, dovremmo mettere ai primissimi posti il goldoniano *Arlecchino servitore di due padroni* realizzato da Strehler e il teatro o meglio la maschera di Fo. Ancor oggi la commedia dell'arte è il lascito più vitale del nostro teatro all'Europa e al mondo.»

Appare l'immagine danzante di Dario che grida.

DARIO: E a 'sto punto permettetemi di fare tre o quattro capriole e di volare un po' per l'aria nel tentativo di scaricare tutta la soddisfazione che mi sta letteralmente ubriacando.

DOPPIA DANZA PREGO

Parte il canto Ma che aspettate a batterci le mani *e le figure cominciano a muoversi capovolgendosi a ritmo del canto.*

LO SPARLAR ROVERSO
(da Angelo Beolco, detto Ruzzante)

Di certo questo è il più prezioso riconoscimento al nostro lavoro che abbiamo mai ricevuto. Ma credo che la nostra costante voglia di indagare nel mondo dei fabulatori e dei cosiddetti buffaldazzi ci abbia procurato a un certo punto il dono maggiore, un valore a cui accenna anche Gianfranco Folena: la scoperta del *grammelot*! Il *grammelot* è la forma di espressione più antica e complessa di ogni altro linguaggio dell'uomo. Studiando i comici dell'arte e seguendoli nella diaspora che alla fine del Cinquecento dall'Italia li costrinse a emigrare per tutti i paesi d'Europa, dalla Spagna alla Russia, dall'Inghilterra addirittura fino alla Turchia, abbiamo scoperto che, per riuscire a comunicare con pubblici di così diversa etnia e cultura nonché lessico, i comici dell'arte improvvisavano una specie di sproloquiare composto da suoni onomatopeici e cadenze che di volta in volta riproducevano grottescamente vari idiomi. Di questi assurdi monologhi non si indovinavano tanto le parole, ma piuttosto il senso del discorso nei significati più vivi ed elementari: la fame, la paura, l'amore, l'allusione alla violenza, a un'aggressione o alla tenerezza. Pian piano il *grammelot* diventò gergo fondamentale delle maschere italiane.

Appare una serie di immagini di Dario che esegue una serie di azioni mimiche.

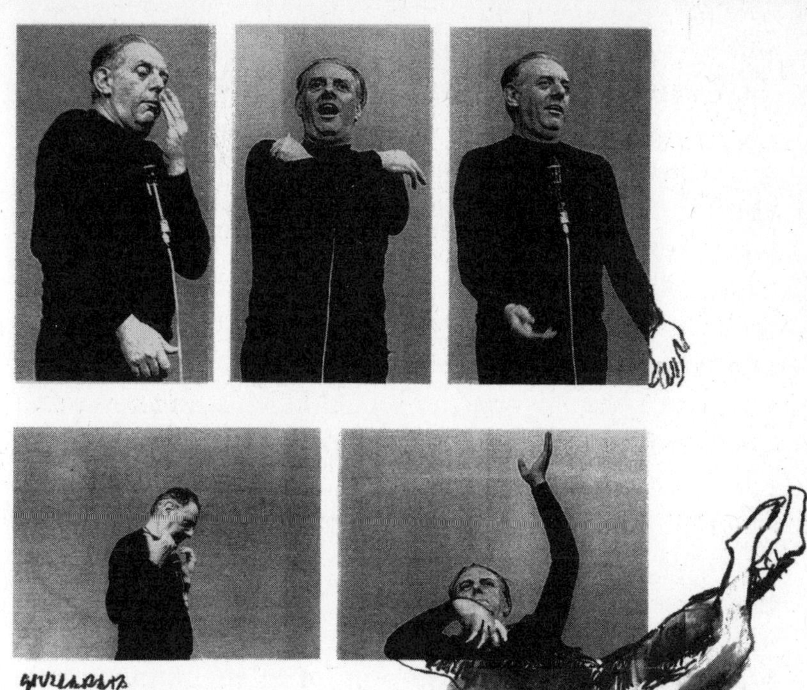

DARIO: Naturalmente l'espressività di quel folle idioma era fortemente sostenuto da gestualità appropriate (le pantomime) che contribuivano alla comprensione del discorso. A mia volta mi sono esercitato a ricostruire quel parlare onomatopeico: insistendo, cocciuto, sono riuscito a riprodurre le cadenze di tutte le lingue più conosciute... spagnolo, francese, inglese... nonché parodie lessicali che si rifanno ai vari dialetti del nostro paese.

Perché acquistassero valore, queste esibizioni da poliglotta avevano bisogno non solo di personaggi, ma anche di una traccia di «storia» semplificata, di cui si doveva dare assolutamente informazione al pubblico nell'introduzione che precedeva l'esibizione in *grammelot*; naturalmente, non doveva essere elargita come prologo informativo, ma occorreva farla arrivare in platea come discorso casuale provocato da considerazioni esterne al tema.

Per esempio: avete notato che ormai i telegiornali non aprono più con notizie sulla politica o su grandi eventi internazionali, ma piuttosto su incidenti nelle autostrade e in città, rapine e soprattutto violenze a donne? A parte le variazioni morbose inserite nella cronaca, bisogna ammettere che è un fatto di grande progresso civile il solo parlarne: soltanto qualche secolo fa, uno stupro veniva quasi censurato e la pena giudiziaria per chi faceva violenza alle femmine era addirittura aleatoria. In certi paesi, però, si era arrivati a un tale numero giornaliero di stupri da imporre alle autorità un intervento severo, fino alla pena di morte.

Ecco che a questo punto noi si arrivava a inserire il tema del processo a uno stupratore in Inghilterra, dove l'avvocato difensore interviene parlando in *grammelot*, britannico s'intende. Ovviamente, l'allusione al Cinquecento inglese era soprattutto strumentale, noi si conversava in una lingua astrusa sostenuta da gestualità appropriate, ma in verità si poneva l'attenzione sul nostro tempo. Che intento aveva quindi questo ribaltone lessico-gestuale? Si trattava di una specie di imboscata: con questo espediente noi si riusciva a cogliere nel profondo del cervello gli spettatori, costringendoli indifesi a trattare con la loro nuda coscienza.

FRANCA: Come diceva Molière, «produrre riso fa sì che lo spettatore spalanchi la bocca nello sghignazzo, ma questo lo costringe a dilatare il cranio e permettere che i dardi della ragione si infilino profondi nel cervello».

È DIFFICILE SENZA ALI VOLARE DA UNA FINESTRA

Eravamo arrivati al ’69, tutta l’Italia era in fermento: gli operai scioperavano e occupavano le fabbriche, gli studenti manifestavano e a loro volta occupavano gli atenei. Questi ultimi, sia gli studenti dei licei e degli istituti tecnici sia gli universitari, si erano resi conto di non far più parte di una classe privilegiata. Molti di loro dovevano lavorare per frequentare l’università e per pagarsi le tasse d’iscrizione e i corsi. Fu il momento in cui la classe di potere, per la prima volta dal dopoguerra, cbbc paura. Non bastavano più le cariche di polizia con le squadre antisommossa, confezionate dal ministro Scelba coi fascisti appena liberati dai campi di pri-

gionia anglo-americani. La celere del battaglione Padova si serviva delle camionette per caricare i manifestanti: lanciavano le macchine a capofitto in mezzo alla folla, mettendo in atto una specie di carosello forsennato. Volavano in aria, investiti, ragazzi e ragazze, operai vecchi e giovani; sul terreno rimanevano ogni volta feriti gravi e anche morti.

La strategia davvero criminale di quei motorizzati consisteva nel montare a tutto gas sui marciapiedi dove la gente si rifugiava convinta di trovarsi al sicuro. Così venivano travolti anche passanti o semplici curiosi, donne e ragazzini compresi.

Ben presto alcuni gruppi di manifestanti, quasi tutti giovani operai, stufi di essere travolti e scaraventati in aria come pupazzi, approfittando proprio del momento in cui le macchine del carosello erano costrette a fare dietro-front davanti a una barricata magari composta da macchine spostate di peso, saltavano sulle camionette e, con mosse adeguate, le spogliavano letteralmente dei loro conduttori... Provate anche voi a volare! Così avvenne a Genova, dove qualche migliaio di operai del porto, molti dei quali indossavano casualmente delle magliette da marinaio a righe bianche e rosse, costrinsero alla fuga i celerini, obbligandoli ad abbandonare le loro jeep, spesso capovolte in mezzo alla piazza. Questo episodio fu chiamato «la rivolta delle magliette a strisce».

Ma il potere costituito non poteva accettare umiliazioni del genere, quindi passò la mano a nuclei speciali che organizzavano veri e propri massacri in grande stile. In una sola giornata scoppiarono bombe in banche di Milano e Roma e nella capitale esplosero ordigni addirittura al monumento al Milite Ignoto.

IL TERRORISMO DEL POTERE

Alla Banca dell'Agricoltura di Milano la bomba causò una vera e propria strage. Ma come mai i criminali avevano scelto proprio quell'antico banco di credito? Per la semplice ragione che, specie in quel giorno, da sempre i clienti più numerosi erano agricoltori delle campagne lombarde. Questo dava subito l'indicazione di scelta: colpire il ceto medio-basso.

Ma chi aveva organizzato la strage, è ovvio, s'era preoccupato a monte di procurare anche i colpevoli indiscutibili del delitto, cioè gli anarchici. Tutti ormai sanno del fermo di Giuseppe Pinelli, piombato giù dalla finestra, e delle dichiarazioni del questore Marcello Guida alla televisione e che suonavano più o meno così: «Il Pinelli non era colpevole, ma quando gli comunicammo che il suo amico Valpreda aveva appena confessato dinnanzi a prove inconfutabili di essere l'autore della strage, l'anarchico Pinelli urlando: 'È la fine dell'anarchia!' si gettò dalla finestra, che casualmente era aperta, spalancata».

Un giornalista, che con altri era presente in Questura per intervistare i poliziotti, fece notare che eravamo in pieno inverno, la temperatura fuori era sotto lo zero e ai lati della finestra si trovavano alcuni agenti di PS. «Non tentaste di fermarlo?» chiese la nota giornalista Camilla Cederna, e le venne risposto da un appuntato: «Come no, io stesso lo afferrai appena in tempo per un piede, mentre si tuffava, tant'è che mi rimase in mano una sua scarpa...» La giornalista ribatté: «Il Pinelli era forse tripede?»

«Come tripede?»

«Eh sì, chiedo se avesse per caso tre piedi, giacché il cadavere trovato sfracellato al suolo nel cortile calzava tutte e due le scarpe, quindi a lei, appuntato, è rimasta la scarpa del terzo piede.»

Le contraddizioni della polizia si susseguivano a valanga, le dichiarazioni del questore Guida si dimostrarono completamente false, compresa l'ammissione di colpevolezza dichiarata da Valpreda. E falsi risultavano anche gli orari e il contenuto degli interrogatori, durati ben tre giorni, di cui non rimaneva traccia, tranne un verbale non firmato. Il clima di contestazione da parte della città era tale per cui il processo contro Valpreda fu trasferito da Milano a Catanzaro, piazza ritenuta più tranquilla, per non dire indifferente.

ECCOCI, SIAM FASCISTI!

Ma da subito, nelle inchieste, prima del trasferimento processuale, furono individuati come autori materiali della strage due militanti dell'area di Ordine Nuovo, Ventura e Freda, che si erano procurati i timer e altri sofisticati congegni, nonché la borsa che conteneva la bomba. Nello stesso tempo i servizi segreti cosiddetti deviati mettevano in atto operazioni di depistaggio e corruzione delle prove.

All'inizio il PCI non prese posizioni del tutto chiare, anzi, alcuni suoi alti dirigenti si limitavano a cavalcare le dichiarazioni della polizia ritenendo a loro volta gli anarchici colpevoli dell'atto criminale. I meno schierati scrivevano sul giornale di partito che bisognava lasciare libero spazio alla polizia perché giungesse alla verità e ribadiva come ordine del giorno: «Fate luce». Luce, luce… senza mai interferire nelle indagini… calma e luce. Tanto che in un nostro spettacolo sulla strage, *Pum pum, chi è? La polizia!*, noi si definiva il PCI del tempo «partito illuminista».

In quei giorni uscì un'importante inchiesta dal titolo *La Strage di Stato* (edito da Samonà e Savelli, apparso anonimo ma in verità a cura di Marco Ligini e altri compagni), un libro che, oltre che smascherare la ben orchestrata sequenza di menzogne ordita dalla polizia e da una parte degli inquirenti, si chiedeva come mai il Partito Comunista, pur avendone i mezzi, non partecipasse direttamente al movimento democratico che stava dimostrando la diretta responsabilità del potere politico dominante in merito a quella strage.

In autunno, «Lotta Continua» e il suo direttore Pio Baldelli, che da subito avevano indicato nella Questura di Milano gli autori del defenestramento di Pinelli, furono denunciati dal commissario Calabresi. È a questo punto che anche noi comprendiamo la necessità di muoverci al più presto mettendo in scena una tragedia satirica impostata sull'assassinio dell'anarchico. Come sempre, raccogliamo informazioni e testimonianze dirette: un gruppo di avvocati della difesa ci mette a disposizione le fotocopie di alcuni servizi condotti da giornali democratici; ci è dato perfino di leggere il decreto di archiviazione dell'affare Pinelli, dove il giudice dichiarava che l'anarchico era deceduto incidentalmente. Dal che intitolammo la commedia: *Morte accidentale di un anarchico*. Nel leggere gli atti delle istruttorie scopriamo che i fatti sono presentati in chiave del tutto assurda e paradossale. I poliziotti tirati in causa si trovano a contraddire le versioni date dai loro superiori, quindi per rimediare si inventano situazioni a dir poco farsesche. Ci rendemmo conto che bastava recitare quei dialoghi fra giudici, inquirenti, avvocati e testimoni, per scatenare nel pubblico

risate con singhiozzo, ma perché lo sghignazzo non diventasse soltanto un fatto liberatorio bisognava riuscire a ficcarlo nel cervello dello spettatore, e per riuscirci dovevamo introdurre un contrappunto scatenante. Il nostro contrappunto scenico era un pazzo patentato, maniaco dei travestimenti, cioè un personaggio affetto dalla sindrome detta «giocondìa del metamorfico». In poche parole il soggetto si esalta recitando ruoli diversi: medico, sacerdote, giudice… ed è proprio come falso giudice che viene introdotto nella storia. Costui si presenta al palazzo della Questura dove è accaduto l'incidente e si qualifica come magistrato superiore inviato da Roma a riesaminare gli atti delle istruttorie.

Il debutto, al capannone di via Colletta, coincideva con i giorni in cui si celebrava il processo a Pio Baldelli e «Lotta Continua». Qualche ora prima che si andasse in scena, avvocati provenienti direttamente dal dibattito giudiziario ci raggiungevano al teatro-capannone che si trovava vicino al tribunale. Ogni sera ci informavano sulle novità del processo e soprattutto in merito alle smaccate menzogne che, grazie alle martellanti contestazioni, venivano clamorosamente alla luce. Quindi il nostro diventava una specie di giornale recitato davvero all'improvviso, nel senso che si informava il nostro pubblico delle novità e dei colpi di scena ancor prima che uscissero sui giornali.

Il successo fu addirittura inenarrabile.

Ma che cosa focalizzava l'attenzione del pubblico in questa messa in scena?

Di certo non era solo lo sghignazzo provocato dalle ipocrisie e dalle menzogne degli organi costituiti, quanto piuttosto il discorso sulla socialdemocrazia e le sue lacrime di coccodrillo, l'indignazione che si placa attraverso il ruttino dello scandalo e lo scandalo come catarsi liberatoria del sistema. Il pubblico capiva che quel rutto osceno che esplode spandendosi nell'aria è determinato dalla scoperta che massacri, truffe e assassini sono organizzati e messi in atto dallo Stato stesso e dagli organi che ci dovrebbero proteggere.

Lo scandalo, noi si diceva, è come l'Alka-Seltzer che libera lo stomaco offeso dalla cattiva coscienza. Così la grande catarsi si realizza nel constatare che sono proprio le stesse istituzioni, gli organi che hanno progettato e realizzato crimini orrendi contro la popolazione inerme, a puntare il dito contro se stessi, al grido «Siamo una democrazia civile, la giustizia farà il suo corso!»

Come diceva Bertolt Brecht: «Nei tempi bui cantiamo dei tempi bui, poi verrà anche per noi il tempo delle rose». Ma purtroppo il tempo delle rose lo stiamo aspettando ancora oggi.

I FASCISTI NON ARRESTANO I SOVVERSIVI: LI MANDANO IN VACANZA NELLE ISOLE E NEI CAMPI DI CALCIO

Ogni tanto succede a me e Dario di sfogliare pubblicazioni illustrate da foto sul nostro lavoro e quasi all'unisono esclamiamo: «Abbiamo fatto cose da pazzi! Ma dove trovavamo il tempo per dormire?!»

In mezzo a tanta baraonda di spettacoli, partecipazione a dibattiti e manifestazioni, interventi nelle fabbriche occupate e nelle università, rappresentazioni all'estero, c'è da chiederci com'è che non si sia esplosi come i palloncini di Carnevale troppo pompati. A ogni modo, non c'era né festa né periodo di vacanza che ci facesse prender fiato: dagli anni Settanta agli anni Ottanta non eravamo dentro una vita, ma piuttosto in una specie di giostra con finale da montagne russe.

Oltre a mettere in scena questi spettacoli di satira politica, personalmente io recitavo testi sul tema delle donne in chiave quasi sempre spassosa e altre volte drammatica; Dario continuava a raccogliere e scrivere testi tratti dalla Bibbia, dagli scritti eretici, dai Vangeli apocrifi: il *Mistero buffo* ormai era recitato a puntate. A Roma, al Teatro Tenda di via Mancini, di duemila posti circa, Dario recitò per ben cinque giorni consecutivi testi diversi su temi della tradizione sacra e popolare. In quello stesso tempo a me toccò il compito di realizzare un lavoro teatrale con undici autentici *fedayn* scelti in Libano e Siria per le loro qualità canore, mimiche e d'attore: sulla scena toccava a me legare i vari episodi recitando, traducendo, commentando. Quindi, recitai con tutta la compagnia un testo dal titolo emblematico: *Tutti uniti! Tutti insieme! Ma scusa, quello non è il padrone?*

La polizia riprese imperterrita a provocarci pretendendo di presenziare ai nostri spettacoli, cosicché si ripeteva lo stesso copione dove lo spettacolo era trasformato in dibattito per l'intera serata. In Sicilia, proprio nei pressi di Avola, fui costretta a recitare davanti a un pubblico composto anche da poliziotti che erano entrati di forza nel teatro. Commentai: «Dal momento che quei ragazzi sono nostri ospiti, seppur forzati, tanto vale metterli a loro agio recitando a tutto loro vantaggio».

Così dicendo scesi in platea e mi sistemai nel bel centro della sala, dove interpretai per intero, nel monologo di *Michele Lu Lanzone*, il personaggio di una madre che raccontava l'epopea tragica del figlio sindacalista continuamente braccato dalle forze dell'ordine e quindi ucciso dalla mafia. Quei giovani poliziotti, ascoltando il racconto, erano letteralmente basiti: la maggior parte di loro era commossa e tratteneva a stento le lacrime.

Fu il tempo in cui la violenza dei fascisti cominciò a venire allo scoperto: ci incendiarono locali dove stavamo per debuttare, misero bombe nei teatri, una in particolare la fecero esplodere alla palazzina Liberty, provocando la totale distruzione di vetri e vetrate in tutti i palazzi che si affacciano sul parco Marinai d'Italia. Subimmo aggressioni, fortunatamente andate quasi sempre a vuoto per l'arrivo provvidenziale di compagni. Fummo denunciati e portati in giudizio una miriade di volte, tanto che la scelta delle piazze dove recarci a recitare era condizionata dalle città dove si tenevano i processi.

Intanto si ripetevano le stragi in stazioni ferroviarie e sui treni. Seguivano inchieste e processi con le solite piste deviate dall'intervento di generali e colonnelli dell'Arma e dei servizi segreti.

L'ORDINE STABILITO

Eravamo proprio in un clima da colpo di Stato. Nel Mediterraneo, la Spagna del Caudillo, Francisco Franco, continuava a gestire uno stato fascista cattolico apostolico sorretto dall'Opus Dei. In Grecia il Golpe dei Colonnelli portò al potere l'esercito e la destra reazionaria, con le galere straripanti di democratici e comunisti.

In America Latina ormai ogni anno un nuovo paese cadeva sotto il potere dell'esercito. I segnali di un prossimo colpo di Stato italico erano nell'aria, si parlava di campi già predisposti in Sardegna per ospitarvi tutti i pericolosi sovversivi e circolavano liste redatte dal SIFAR di personaggi da deportare.

Eravamo nel settembre del 1973 e l'11 di quel mese scoppiò il colpo di Stato in Cile, organizzato dall'esercito del generale Pinochet con il benestare degli Stati Uniti e con l'appoggio esplicito della CIA. Salvador Allende, il presidente del Cile democraticamente eletto, fu assassinato nel palazzo de La Moneda.

A Santiago, non essendoci più posto per i prigionieri nelle carceri, si utilizzavano gli stadi di calcio e cominciò la sequenza infinita della mattanza. Nella collezione mancava soltanto la nostra penisola.

RECITARE IL FALSO PER INSEGNARE IL VERO

Si organizzavano manifestazioni in solidarietà delle vittime del golpe in tutta Italia; decidemmo di partecipare a nostra volta mettendo in scena uno spettacolo-testimonianza sul golpe di Pinochet e la sua giunta militare. Con Dario e gli attori della compagnia iniziammo ad abbozzare il testo del nuovo spettacolo, *Guerra di popolo in Cile* (1973): lavorammo due giornate e una notte intera, ma verso la fine ci rendemmo conto che non potevamo presentare quei canti, monologhi e dialoghi appena abbozzati senza trovare prima una situazione scenica adeguata che facesse da intenso legame alle varie entrate. Alla fine delle due giornate mi viene in mente la soluzione: bisogna introdurre il collante dell'incidente tragicomico a tormentone. Di che si tratta? Lo scoprirete seguendo le varie scene dello spettacolo così come ve le proporremo.

Abbiamo debuttato «alla spera in dio» qualche giorno dopo nel grande teatro di Bolzano. Entra in scena Dario, che racconta del golpe mentre si ascolta una registrazione ripresa dal servizio di una radio francese dove si distinguono rombi di aerei e lancio di esplosivi. Dal fondo della sala viene avanti un gruppo di cantori con chitarre e altri strumenti che intonano un'antica canzone dell'America Latina:

Con il lazzo si catturano i cavalli che vanno correndo liberi nella prateria
con il lazzo si catturano uomini e donne da domare,
ma chi è messo al muro non chiuda gli occhi: spari a sua volta,
chi cade nella fossa tiri dentro il suo boia.
Nessuno ti aiuta se non la tua rabbia.
Ma essere in rivolta è un gesto che brucia in fretta, quasi per caso.
No, la rivoluzione non nasce mai per caso,
sale dal pensiero insanguinato di chi è vivo al mondo.

Mentre Dario commenta il canto e le sue origini, ecco che si manifesta il primo incidente casuale. La voce di Dario viene sovrastata da un suono gracchiante, proveniente dal microfono di una volante della polizia. Non è un fatto insolito: tutti noi della compagnia ci serviamo di

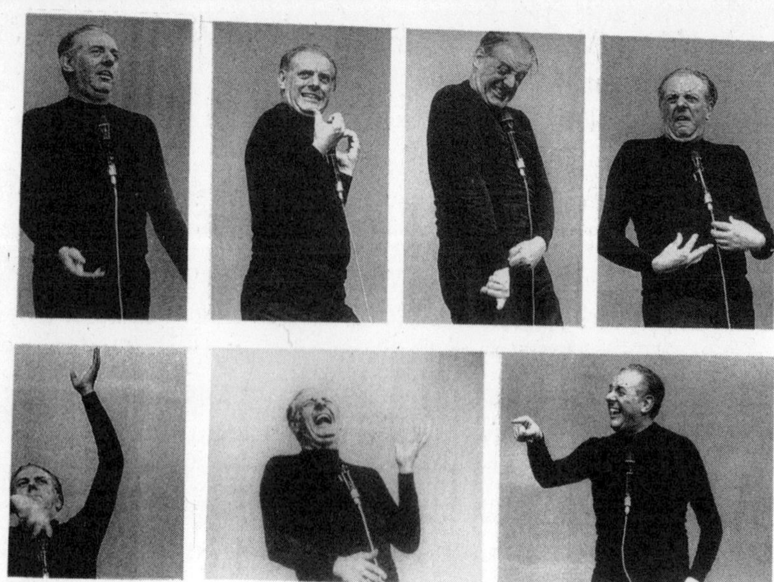

GLI INCIDENTI FORTUITI SONO IL PANE DELL'ATTORE

radiomicrofoni e nei nostri apparecchi spesso si inseriscono voci estranee; in questo caso il poliziotto sta dando informazioni alla sua centrale di comando: «Pronto, pronto, qui Drago: Drago ordina alla pattuglia di spostarsi a nord». Dario, come altre volte, approfitta della situazione per dialogare con l'intruso:

DARIO: Come va, maresciallo? Ancora in servizio a quest'ora?

MARESCIALLO: Chi sei? Chi si è inserito qui?

DARIO: No, non io mi sono inserito ma voi nel mio apparecchio!

MARESCIALLO: Di che radio sei?

DARIO: Non sono in una radio, ma in un teatro e stiamo recitando uno spettacolo.

MARESCIALLO: Be', tiratevi via di mezzo che qui siamo in un'emergenza.

DARIO: Ah sì? Emergenza furti? Spacciatori di droga o contestatori politici?

MARESCIALLO: Sono cazzi miei, ho detto di sganciarti!

DARIO: Forse è meglio che si sganci lei, maresciallo!

MARESCIALLO: Ma vaffanculo...!

E la sua voce sparisce.

Entro in scena io, tutta capelli riccioluti e adornati da un velo trasparente che mi casca fluttuante davanti al viso: anche il mantello è leggero e a sboffi, di un nero dorato che lascia trasparire l'intero petto rigoglioso e quasi nudo, e in mezzo alle mie poppe cade un gran crocifisso. È l'allegoria palese della DC cilena. Vengo avanti decisa, a passi cadenzati, sfilo lungo il proscenio guardando minacciosa il pubblico: «Cosa sono quegli sguardi di indignazione che mi lanciate? Non li accetto, non li permetto!»

Poi, all'istante mi porto sul viso le mani ornate di guanti a rete ed esplodo in singhiozzi e piccole grida: «Che disastro! Un massacro inaudito». Indico verso la platea. «Ecco il fiume che scorre veloce. Che galleggia là? Oh mio dio... Due cadaveri che scivolano sull'acqua... È orribile... Basta, basta uccidere... Pregate, pregate per la pace... Ascoltate il vostro cuore... un presidente sparato manco fosse un cane. Io li avevo avvertiti però... Noi democristiani ci stiamo con voi al governo, non neghiamo le nostre responsabilità... anche noi abbiamo votato e appoggiato certi espropri... all'inizio... ma travolti dalla situazione... Accidenti, quante volte vi abbiamo avvertiti: 'Andateci piano: le scuole per tutti, un sussidio ai senza lavoro, sostegno economico per la maternità, diritti sindacali, ferie pagate... Non esageriamo, attenti a non trascendere...' Soprattutto me la prendevo con lui, con Allende, quel socialista demagogo: 'Piano con le riforme, essere riformista non vuol dire farle, le riforme, basta prometterle! Altrimenti sei un rivoluzionario e allora paghi!' Lo ripeto: è la messa in opera, che diventa follia... No, noi cattolici non abbiamo tradito, né tanto meno tramato con l'esercito e la CIA... La politica, si sa, è fatta soprattutto di compromessi e sì, lo ammetto, compromettersi ha un suono ambiguo, vuol dire anche accettare un'alleanza con forze diverse, magari opposte... (*rivolta al pubblico*) No, non dite 'Anche con assassini'... Be' sì, forse la DC è colpevole a sua volta e mi pento...»

Così dicendo, mi lascio cadere a terra in ginocchio e mi muovo carponi sul palcoscenico: «Certo, ve lo giuro, io non me l'aspettavo una simile ferocia... Vi giuro, sono sconvolta: andrei anche a piedi e a nuoto a Roma dal nostro amato pontefice e mi inginocchierei ai suoi piedi, così, come sto ora. Mi strapperei le vesti davanti a lui (*eseguo stracciandomi il mantello e la gonna*) graffiandomi con le unghie il petto e il ventre, urlando, e fra le lacrime lo pregherei: 'Padre, Santo Padre, intervieni tu: porta la pace nella mia terra...', ma lui Paolo VI non può, spalanca le braccia, scendono lacrime sul viso e sussurra: 'Non possum... Questionem inter sommi et liberi stati est. Et CIA non volet» (*è volutamente latino maccheronico*)'».

Proprio in quell'istante dal pubblico si leva una voce di donna: «Scusate se interrompo, ma succedono cose strane fuori: ci sono carri armati che stanno transitando proprio qui davanti... Se fate silenzio si sente il rumore dei cingoli e dei motori». Tutti s'azzittiscono e davvero dall'esterno giunge uno strano fracasso di grossi diesel. Intervengo a mia volta cercando di minimizzare: «Niente di preoccupante: qui vicino c'è il deposito di un battaglione di carri pesanti. Stanno solo rientrando dopo l'esercitazione... Lo so perché il direttore del teatro mi aveva avvertito: succede tutte le sere».

Poi riprendo: «Dove ero arrivata? Ah sì, al papa che non può... Zitti, zitti! Sta parlando lui, il Santo Padre!»

Mi sollevo e mi pongo in capo un manto bianco con decorazioni d'oro facendolo scendere fino ai piedi: ora sembro proprio un pontefice! Quindi con voce un po' nasale dico: «Fratelli cileni, io sto pregando per voi... per tutti voi, per quelli che muoiono macellati e per quelli che macellano... gli ufficiali, soprattutto per loro che maggiormente abbisognano della carità di Cristo e della Sua luce: voi siete i nuovi martiri, non dimenticate che i cristiani che al tempo dei persecutori romani si salvarono dal flagello, perdonarono l'imperatore e divennero parte determinante del suo regno trasformando il Cristianesimo in religione di Stato. Abbiate fede, quel tempo può arrivare anche per voi».

Dalla platea sale un grido, è una donna che parla: «I telefoni non funzionano, non funziona neanche la radio né la televisione».

«Mah» tranquillizzo io, «forse sarà per via di un cortocircuito...»

«E come mai qui in sala c'è la luce? I riflettori funzionano, e anche i vostri microfoni!»

E io rispondo: «Sarà la luce di Dio!»

Una lieve risata accoglie la battuta. Anche un ragazzo dal fondo interviene: «È vero, anch'io ho provato a telefonare ed è tutto bloccato».

«Per favore» li scongiuro, «volete farmi terminare il mio pezzo? Intanto, Dario, ti spiace andare dal direttore a sentire cosa succede?»

Quindi riprendo: «È ancora la DC cilena che vi parla...

IL LAMENTO DELLA D.C. CILENA

Be', che c'è? Cos'hanno le mie mani? (*Me le guardo: sono macchiate di rosso.*) Oh mio Dio, pare sangue! No… devo aver toccato qualche transenna appena dipinta di fresco qui sul palcoscenico… E smettetela, d'accordo, è vero! Ho le mani zozze… E allora? Voi e la vostra ossessione maniacale per l'allegoria… Se ha le mani lorde vuol dire che è sangue… E va bene, mi sono insozzata: ho votato anch'io per il golpe e sapevo che si sarebbe prodotta questa strage… Meglio questo disastro che quell'altro, quello morale e spirituale sulle coscienze che avrebbe prodotto una vittoria socialcomunista».

All'istante vengo colpita in pieno petto da un aeroplanino di carta lanciato dalla platea: lo raccolgo, lo spalanco e ne leggo la missiva.

«E no eh!» esclamo sventagliando il foglio. «A 'sto punto non lo accetto! Chi ha messo in giro questa menzogna che la DC cilena avrebbe inviato il suo segretario Frei a Roma (*leggendo sul pezzo di carta*) da Rumor, Andreotti e Piccoli perché fermassero le esportazioni della Fiat, della Pirelli e di altre imprese? E che Agnelli e l'intera Confindustria avrebbero cancellato i contratti? Chi dice che noi democristi avremmo di fatto determinato una crisi economica insostenibile con conseguente paralisi del nostro mercato e dei trasporti su camion intrallazzando addirittura con la mafia? (*Straccio il pezzo di carta e lo getto a terra.*) Ebbene, a queste calunnie noi rispondiamo che sì! È vero! Ma cosa potevamo fare? Gli operai avevano preso la storia delle nazionalizzazioni e delle socializzazioni delle industrie troppo alla lettera. Ma perdio, ci sono industrie e industrie, quelle che si possono, anzi si debbono nazionalizzare perché tanto sono infruttuose e addirittura fallimentari e quindi vale la pena, anzi è un dovere ammollarle allo Stato e farci risarcire il triplo del valore effettivo; ma ci sono altre industrie che sono altamente produttive e guai a chi le tocca: è roba nostra, anzi cosa nostra! Quindi fuori dallo Stato!»

Ancora vengo interrotta: «Ma insomma, che c'è adesso?»

Un giovane sale addirittura in palcoscenico e fa il gesto verso la platea di indicare qualcuno: «Lì, in terza fila, l'ho riconosciuto, c'è un poliziotto: gli ho detto che se non è iscritto alla nostra associazione culturale non può starsene qui e lui non ne vuol sapere d'andarsene».

POLIZIOTTO (*dalla platea*): «È vero, sono agente di polizia, ma sono anche cittadino italiano e ho diritto di starmene qui perché è un luogo pubblico».

Un boato sale dalla platea e lo azzittisce. Esplode come di consueto la solita diatriba.

Vedo arrivare Dario dal fondo sala e grido: «Dario, mi fai il favore di intervenire e fermare questa discussione?»

Appare l'immagine di Dario.

DARIO: «Purtroppo c'è una grana più seria: qui fuori ci sta un commissario con due suoi uomini che ha chiesto di poter entrare in sala. Pare che un paio di mariuoli che hanno compiuto una rapina in un appartamento qui vicino si siano rifugiati in sala confondendosi fra il pubblico».

Si leva un gran brusio dalla sala.

A mia volta commento a gran voce: «Ma non poteva 'sto commissario scegliersi un pretesto meno banale? Che so, che sono qui per catturare un gatto sperduto, un cane con la rabbia o anche un leone senza museruola?»

Dario fa un cenno verso il fondo: «Commissario, entri pure, faccia la sua perlustrazione, ma mi raccomando cerchi di cavarsela in poco tempo... Stasera abbiamo dovuto già bloccare lo spettacolo cinque o sei volte... in questa maniera tutto il ritmo va a schifìo...»

Dal fondo sala s'affaccia anche il direttore del teatro: questa volta tocca a me scendere dal palcoscenico. Il direttore di laggiù grida: «Signora Franca, c'è il questore in persona che chiede di parlarle».

FRANCA: «Dov'è? Al telefono?»

DIRETTORE: «No, i telefoni continuano a rimanere muti. Il questore è qui nel mio ufficio».

FRANCA: «Come diceva Totò: 'Il questore è in questura a quest'ora'?»

Mi avvio a raggiungere il fondo sala, ormai tutto il pubblico s'è alzato in piedi. Ognuno si chiede: «Ma che sta succedendo?» La frase più ripetuta è: «Vuoi vedere che è scoppiato davvero un colpo di Stato?»

E Dario risponde loro: «Ma figurati, se arriva il colpo di Stato mica ti mandano il questore e il commissario ad avvertirti... sarebbero già arrivati qui in massa a caricarci sui camion».

Io rientro proprio in quel momento e parlando al microfono dico: «Ora farà il suo ingresso il questore del comando locale: dice che ha da comunicarvi qualcosa di molto serio, ma prega di rimanere calmi poiché si tratta di una prassi del tutto amministrativa. Entrerà da solo senza forze dell'ordine, quindi calma e ritornate tutti a sedere».

Dal fondo, attraverso il corridoio centrale, viene avanti il capo della Questura. Sale in palcoscenico, chiede un microfono, gli viene procurato e parla: «Scusate se interrompendo lo spettacolo vi ho disturbati, ma ho qui un elenco di nomi di persone che certamente stanno in sala con voi: io leggerò i loro nominativi e prego ogni interpellato di salire vicino a me in palcoscenico. Mi dovranno poi seguire in questura per accertamenti».

All'unisono un coro di persone gli chiede: «Solo accertamenti?!»

«Sì! Semplici informazioni burocratiche.»

Mi lascio sfuggire una battuta davvero provocatoria: «Be', anche Pinelli era stato invitato in questura per un accertamento ed è uscito per la finestra...»

Esplode un grande applauso carico di ironia.

Il questore fatica a riprendersi e poi inizia a leggere i nomi.

«Antonio Afeltra... Luigi Accardi... Mario Cingoli...?»

Man mano, tutti i nominati salgono in palcoscenico. Il pubblico è ammutolito; i ragazzi e gli uomini invitati a salire in scena sono persone ben conosciute in città per la loro militanza politica nella sinistra. Il questore continua a leggere nomi. Dal pubblico si leva un canto prima sommesso poi sempre più chiaro, al quale si aggiunge un coro di tutta la platea che si è di nuovo levata in piedi. Il canto è quello dell'*Internazionale*. Il questore e con lui il commissario si tolgono il cappotto, lo buttano su una panca e all'unisono col pubblico iniziano a cantare a perdifiato l'inno della rivoluzione.

Tutta la gente rimane attonita e pian piano ognuno intuisce che quei poliziotti in verità non sono altri che attori della compagnia così come tutti personaggi intervenuti, a cominciare dalla donna che si preoccupava per i telefoni e i televisori spenti, il primo poliziotto, il commissario con i suoi due assistenti, il questore e perfino il direttore del teatro: tutte quelle parti erano recitate da attori. Ed è ovvio che i compagni chiamati in palcoscenico dal falso questore fossero stati avvertiti anzitempo di quella chiamata e hanno recitato benissimo a soggetto.

A 'sto punto partono imprecazioni e anche qualche bestemmia per la rabbia d'esser caduti come tanti allocchi in quella trappola.

«Che coglioni!» esplodono. «Ma come si fa a cascarci come pere cotte in quel modo?»

«Spero abbiate capito: serviva da lezione» rispondiamo noi.

«Hai capito? Era tutto falso... un vero e proprio trucco con raggiro!»

«E questa si chiama appunto provocazione scenica tragicomica.»

«Ma a che scopo? A che serve?»

«A fare sì che ognuno si eserciti a non essere preso all'improvviso dentro qualsiasi trappola del potere costituito.»

PROCURADE E MODERARE, BARONES, SA TIRANNIA (Canto sardo del XVIII secolo)

Sullo schermo riappare l'immagine di Dario.

DARIO: Per la prima volta dopo molto tempo torniamo in Sardegna, più esattamente a Sassari. Il teatro è esaurito per due giorni. Naturalmente si debutta con *Guerra di popolo in Cile*. Stiamo montando la scena quando all'istante ci troviamo di fronte un commissario accompagnato da quattro suoi poliziotti. Mi vuole parlare. Io gli consiglio di uscire all'aperto, giacché in sala si stanno issando le due torri in metallo per la fonica e i riflettori ed è pericoloso. Appena fuori dal teatro il commissario mi avverte: «So che non vi fa piacere che noi si presenzi allo spettacolo, ma stasera dovrete concederci di restare».

Io estraggo dalla tasca della giacca un foglio dattiloscritto che riproduce lo statuto della nostra associazione e appresso l'articolo della Costituzione che ribadisce il diritto per ogni gruppo culturale di riunirsi in luogo pubblico senza dover richiedere permessi a chicchessia. Il commissario legge i fogli e me li restituisce ribadendo: «Noi stasera a ogni modo saremo qui», e se ne va seguito dai suoi uomini.

Quella sera, prima ancora che si faccia *porta* (che si spalanchino le porte per il pubblico), il commissario torna accompagnato da quaranta uomini. Noi siamo all'ingresso in cinque, posti di fronte a loro. I poliziotti caricano, noi ci opponiamo tenendoci l'un l'altro sottobraccio. Ci spintonano duramente, tanto che i bottoni del mio cappotto saltano tutti per aria. Un ragazzo appare sul cornicione del tetto e comincia a scattare foto per documentare l'aggressione. Alcuni poliziotti salgono rincorrendolo sul cornicione, lo acchiappano, lo bastonano e gettano di sotto la macchina fotografica che va a pezzi.

Il commissario con un gesto perentorio ordina ai suoi uomini di portarmi via; mi afferrano per le braccia e mi caricano con altri due miei compagni dentro due macchine diverse.

Dopo alcuni minuti entriamo nel palazzo della Questura, e mi fanno accomodare in un grande salone: è l'ufficio di Renato Vurria, il questore. Interrogato, ribadisco il nostro diritto di riunirci senza la presenza delle forze dell'ordine, il questore telefona al prefetto, dialoga per pochi minuti, abbassa il telefono e ordina ai poliziotti: «Mettetegli le manette». Sono rimasto completamente allocchito da quello che stava accadendo.

Mentre mi ammanettano penso: «Qui è scattato davvero il colpo di Stato, quello che noi recitiamo è accaduto sul serio». Mi portano alle carceri dove vengo sistemato in una cella per diciannove ore e mezzo senza mangiare e dormendo a tratti.

A questo punto è bene inserire il racconto di Franca.

FRANCA: Mentre succedeva tutto questo, io mi trovavo al supermercato, dove avevo riempito cinque borse di aglio, cipolle, pomodori, tonno ecc. Di lì vado direttamente al carcere dove stavano cinque detenuti, tutti per reati comuni, coi quali ero da tempo in contatto: la spesa l'avevo fatta per loro. Mi presento allo sportello che ritira i pacchi. Do i nomi dei cinque detenuti a cui sono destinati: «Tutti suoi parenti?» mi chiede stupito l'appuntato del carcere.

«No, nessun grado di parentela... per fortuna. Con i reati che hanno!»

«E perché allora porta loro da mangiare?»

Imbarazzata, non so che rispondere. Improvviso tagliando corto: «Sono una dama di San Vincenzo... di sinistra».

Mi guarda interdetto. Non immagino di certo che in quello stesso momento dalla porta secondaria stiano portando in carcere Dario.

Finita la consegna, salgo in macchina per ritornare al Teatro Rex. Posteggio l'auto e vedo nella piazzetta adiacente al teatro numerosi poliziotti. Ma proprio tanti! In assetto di guerra: caschi, manganelli e scudo di plastica. Anche gli spettatori si sono riuniti fuori del teatro. Che succede? Ci sarà qualche manifestazione, penso.

Entro nel palazzone. I miei compagni erano tutti raggruppati in palcoscenico, al mio sopraggiungere li sento un po' imbarazzati. Intervengo discorrendo un po' del più e del meno: carcere, consegna pacchi... A un certo punto, non vedendo Dario tra di loro, chiedo: «Dov'è Dario?»

Non mi rispondono, anzi cercano di cambiar discorso. Poi il direttore di scena biascica qualcosa, e io: «Non capisco. Come hai detto?»

«Dario è in questura...»

«Che cosa hai detto? Ho capito solo che Dario è in questura, a far che?»

«Veramente non ci è andato di sua propria volontà: ce l'hanno portato un po' di forza.»

Piero Sciotto, il responsabile della nostra organizzazione, finalmente si decide a parlar chiaro: «L'hanno portato via di peso insieme a due tecnici. Arrestato».

«Cosa? Dove?!»

«Ha fatto resistenza con altri compagni, li hanno caricati sulle camionette e via.» Mi precipito a telefonare a un avvocato amico, Guiso, che si fionda in questura: «Ci vediamo lì» dico.

Arrivo al palazzo del prefetto furente. Chiedo di Dario. «Lo stanno interrogando...» Mi siedo. Fingo indifferenza, ma ho il cuore che mi esce. Passa il tempo. Un'ora, due ore. Poi mi arriva la voce del nostro amico avvocato che scende le scale dal primo piano urlando:

«L'hanno arrestato! Arrestato! Gli hanno messo persino i ferri di campagna (manette coi bulloni)! Arrestato per resistenza verbale a pubblico ufficiale».

Il cuore mi si ferma per un attimo. E tutto per uno spettacolo teatrale! Ma va' a mori' ammazzato!

Parlo con Guiso e non sappiamo che fare. Andiamo a teatro. Nessuno degli spettatori si è mosso, anzi adesso sono una folla. Comunichiamo loro quanto è successo e decidiamo, sui due piedi, di organizzare immediatamente una manifestazione anche se non autorizzata. «Ci arresteranno tutti? Evviva!» Giriamo per Sassari deserta. Siamo in tanti... Arriva la notizia che il magistrato, vista la mobilitazione cittadina, vuole interrogare subito Dario. «L'avvocato... dov'è l'avvocato Guiso?» Sono le ventitré.

Guiso s'è nascosto nella mia macchina. «Ma che fai lì?»

«Sto boicottando l'interrogatorio, senza l'avvocato non possono interrogarlo! Ormai Dario è dentro... lasciamolo lì almeno fino a domani» mi dice. «Scoppi lo scandalo!»

Telefono a Jacopo per tranquillizzarlo. La radio ha già dato la notizia. Telefono a tutti i giornali, e anche ai nostri agenti all'estero. L'indomani mattina arriveranno tutti. Penso a Dario... «Mi dispiace tanto... che stai facendo? Hai freddo? Hai mangiato? Oddio...»

Vado a letto. Notte in bianco. E chi riesce a dormire?

L'indomani mattina, manifestazione.

Sassari. Zona bianca. Non siamo tanti, ma incrociamo un'altra manifestazione dei panettieri in sciopero. «Ci mettiamo insieme?» chiedo. «Ma certo!» Ora sì che facciamo bella figura.

Arriviamo davanti al carcere. Si canta, si gridano slogan. «Dario libero! Dario libero! Ridateci Dario e anche il pane!» si sente da ogni parte.

Dario è sotto interrogatorio. Ci sentirà? «Dario libero! Dario libero!» grido più forte di tutti. «Libero Dario e basta con le tasse sul macinato!»

«Franca» mi incitano i compagni, «recita qualcosa così la gente si ferma!» Manco il tempo di contare sino a tre e vengo issata sul tetto di una Cinquecento o Topolino, non ricordo. Guardo i manifestanti. Siamo veramente in tanti. Inizio a recitare un pezzo sulla Resistenza, *Mamma Togni*. «Voltati!» grida qualcuno. «Rivolgiti alla polizia, guarda in quanti sono!»

Sì. Tanti, ma tanti.

I ragazzi cantano. Suonano. Arrivano le quattordici. Finalmente Dario esce. Libero!

Be', un abbraccio così grande era da tempo che non glielo davo. Tutti lo acclamano, l'abbracciano. Lo sollevano di peso e issano anche lui sul tetto della povera macchinina.

«Bella esperienza, compagni! Sono stato benissimo anche se mi hanno messo i ferri di campagna. Appena entrato mi hanno identificato… consegnato una coperta e le lenzuòla. Mentre venivo accompagnato in cella, tutti i detenuti mi salutavano, mi stringevano la mano tra le sbarre. 'Sei dei nostri!' Diciamo che ho dormito… insomma… sonnellini… ma ero rilassato, tranquillo. Un'esperienza in più.»

Qualche giorno dopo, su «Panorama», che non era ancora di Berlusconi, uscì un articolo che commentava: «È la prima volta nella storia del teatro del nostro secolo che un attore viene trasportato direttamente dal palcoscenico alla prigione, prima ancora di aver cominciato a recitare, accompagnato da una scorta armata in genere riservata ai grandi criminali. Il fatto è che tanto Dario Fo che Franca Rame, ormai da anni, non sono più solo attori. Sono personaggi politici, impegnati in una battaglia durissima contro il potere. Ed è logico che il potere usi tutte le armi, anche le più insensate, le più apertamente illegali, per tappar loro la bocca».

UNA VIOLENZA INAUDITA

FRANCA: Non ne parlo volentieri. Sono passati tanti anni, ma mi basta un niente per ritrovarmici dentro di colpo. Nessuna donna che abbia subito violenza sessuale potrà mai staccarsi completamente da quel momento orribile. Ancora oggi, proprio per l'imbecille mentalità corrente, una donna convince veramente di aver subito violenza carnale se ha la «fortuna» di presentarsi alle autorità competenti pestata e sanguinante, se si presenta morta è meglio!

Un cadavere con segni di stupro e sevizie dà più garanzie.

L'aggressione è avvenuta a Milano, sicuramente un gesto organizzato. Sono stata caricata su un furgoncino da quattro individui e poi scaricata stravolta, dolorante e sanguinante vicino alla metropolitana di via Dante.

Franca si siede sull'unica sedia posta al centro del palcoscenico. Due soli riflettori di taglio la illuminano facendola emergere dal buio.

FRANCA: C'è una radio che suona... ma solo dopo un po' la sento.

Solo dopo un po' mi rendo conto che c'è qualcuno che canta.

Sì, è una radio. Musica leggera: cielo stelle cuore amore... amore...

TORNA IN CENTRO DEL PALCOSCENICO

Ho un ginocchio, uno solo, piantato nella schiena, come se chi mi sta dietro tenesse l'altro appoggiato per terra… con le mani tiene le mie, fortemente, girandomele all'incontrario.

La sinistra in particolare.

Non so perché mi ritrovo a pensare che forse è mancino.

Non sto capendo niente di quello che mi sta capitando.

Ho lo sgomento addosso di chi sta per perdere il cervello, la voce… la parola.

Prendo coscienza delle cose, con incredibile lentezza…

Dio che confusione!

Come sono salita su questo camioncino? Ho alzato le

gambe io, una dopo l'altra dietro la loro spinta o mi hanno caricata loro, sollevandomi di peso?

Non lo so.

È il cuore, che mi sbatte così forte contro le costole, a impedirmi di ragionare... è il male alla mano sinistra, che sta diventando davvero insopportabile.

Perché me la storcono tanto? Io non tento nessun movimento. Sono come congelata.

Ora, quello che mi sta dietro non tiene più il suo ginocchio contro la mia schiena... s'è seduto comodo... e mi tiene tra le sue gambe... fortemente... dal di dietro... come si faceva anni fa, quando si toglievano le tonsille ai bambini.

È l'unica immagine che mi viene in mente.

Perché mi stringono tanto? Io non mi muovo, non urlo, sono senza voce.

La radio canta, neanche tanto forte.

Perché la musica? Perché l'abbassano? Forse è perché non grido.

Oltre a quello che mi tiene, ce ne sono altri tre.

Li guardo: non c'è molta luce... né gran spazio... forse è per questo che mi tengono semidistesa.

Li sento calmi. Sicurissimi. Che fanno? Si accendono una sigaretta.

Fumano? Adesso? Perché mi tengono così e fumano?

Sta per succedere qualche cosa, lo sento...

Respiro a fondo... due, tre volte. No, non mi snebbio...

Ho solo paura...

Ora uno mi si avvicina, un altro si accuccia alla mia destra, l'altro a sinistra. Vedo il rosso delle sigarette.

Stanno aspirando profondamente.

Sono vicinissimi.

Sì, sta per succedere qualche cosa... lo sento.

Quello che mi tiene da dietro tende tutti i muscoli... li sento intorno al mio corpo. Non ha aumentato la stretta, ha solo teso i muscoli, come a essere pronto a tenermi più ferma.

Il primo che si era mosso, mi si mette tra le gambe... in ginocchio... divaricandomele.

È un movimento preciso che pare concordato con quello che mi tiene da dietro, perché subito i suoi piedi si mettono sopra i miei a bloccarmi.

Io ho su i pantaloni. Perché mi aprono le gambe con su i pantaloni? Mi sento peggio che se fossi nuda!

Da questa sensazione mi distrae un qualche cosa che subito non individuo... un calore, prima tenue e poi più forte, fino a diventare insopportabile, sul seno sinistro.

Una punta di bruciore.

Le sigarette... sopra il golf fino ad arrivare alla pelle.

Mi scopro a pensare cosa dovrebbe fare una persona in queste condizioni. Io non riesco a fare niente, né a parlare né a piangere... Mi sento come proiettata fuori, affacciata a una finestra, costretta a guardare qualche cosa di orribile.

Quello accucciato alla mia destra accende le sigarette, fa due tiri e poi le passa a quello che mi sta tra le gambe.

Si consumano presto.

Il puzzo della lana bruciata deve disturbare i quattro: con una lametta mi tagliano il golf, davanti, da cima a fondo... mi tagliano anche il reggiseno... mi tagliano anche la pelle in superficie. Nella perizia medica misureranno ventun centimetri.

Quello che mi sta tra le gambe, in ginocchio, mi prende i seni a piene mani, le sento gelide sopra le bruciature...

Ora... mi aprono la cerniera dei pantaloni e tutti si danno da fare per spogliarmi: una scarpa sola, una gamba sola.

Quello che mi tiene da dietro si sta eccitando, sento che si struscia contro la mia schiena. Ora quello che mi sta tra le gambe mi entra dentro.

Mi viene da vomitare.

Devo stare calma, calma.

«Muoviti, puttana. Fammi godere.»

Mi concentro sulle parole delle canzoni; il cuore mi si sta spaccando, non voglio uscire dalla confusione che ho. Non voglio capire. Non capisco neppure una parola... non conosco nessuna lingua. Altra sigaretta.

«Muoviti, puttana, fammi godere.»

Sono di pietra.

Ora è il turno del secondo... i suoi colpi sono ancora più decisi. Sento un gran male.

«Muoviti, puttana, fammi godere.»

La lametta che è servita per tagliarmi il golf mi passa più volte sulla faccia. Non sento se mi taglia o no.

«Muoviti, puttana, fammi godere.»

Il sangue mi cola dalle guance alle orecchie.

È il turno del terzo.

È orribile sentirti godere dentro, delle bestie schifose.

«Sto morendo...» riesco a dire. «Sono malata di cuore.»

Ci credono, non ci credono, si litigano. «Facciamola scendere. No... sì...» Vola un ceffone tra di loro. Mi spengono... lentamente... una sigaretta sul collo, qui...

Ecco, lì, credo di essere finalmente svenuta.

Poi sento che mi muovono. Quello che mi teneva da dietro mi riveste con movimenti precisi. Mi riveste lui, io servo a poco. Si lamenta come un bambino perché è l'unico che non abbia fatto l'amore... pardon... l'unico... che non si sia aperto i pantaloni, ma sento la sua fretta, la sua paura. Non sa come metterla col golf tagliato, mi infila i due lembi nei pantaloni. Il camioncino si ferma per il tempo di farmi scendere... e se ne va.

Tengo con la mano destra la giacca chiusa sui seni scoperti. È quasi scuro. Dove sono? Al parco.

Mi sento male... nel senso che mi sento svenire... non solo per il dolore fisico in tutto il corpo, ma per lo schifo... per l'umiliazione... per le mille sputate che ho ricevuto nel cervello... (con molto pudore) per lo sperma che mi sento uscire.

Appoggio la testa a un albero... mi fanno male anche i capelli... me li tiravano per tenermi ferma la testa.

Mi passo la mano sulla faccia... è sporca di sangue. Alzo il bavero della giacca e vado.

Cammino... cammino non so per quanto tempo. Non so dove sbattere... A casa no, a casa no...

Senza accorgermi, mi trovo davanti alla Questura... sto lì appoggiata al muro del palazzo di fronte per non so quanto tempo... a vedere i poliziotti che entrano ed escono... penso a quello che dovrei affrontare, subire... se entrassi ora... penso alle loro domande... ai mezzi sorrisi... vedo le loro facce.

Penso e ci ripenso.

Poi mi decido.

Torno a casa... torno a casa...

Li denuncerò domani.

Buio.

Dalla platea che mi aveva ascoltato in un silenzio senza respiro mi è arrivato l'applauso, credo, più grande della mia vita.

In quinta non sono riuscita a trattenere le lacrime. Piangevo tutto il mio dolore. Dario mi stringe forte e mi abbraccia con tutto il suo amore. L'applauso continua. Mi vergogno di uscire in quello stato di prostrazione.

Dario mi spinge in scena. A testa china, cercando di non mostrare il viso, me ne sto ferma, m'è parso per un'eternità. Il pubblico in piedi continua a battere le mani. Si chiude il sipario.

È finalmente finita.

Da quella sera ho replicato *Lo stupro* (questo è il titolo del brano) almeno duemila volte. E via via anche il secondo nodo si stava sciogliendo. Mio figlio dice: «Sei andata in analisi davanti a migliaia di persone, mamma».

Passano gli anni ma gli atti di violenza sessuale contro ragazze sono sempre all'ordine del giorno: stupri, violenze fisiche e morali contro le donne. Processi dove, guarda caso, le donne sono sempre le colpevoli.

Quella che ora vi voglio proporre è la trascrizione del verbale di un interrogatorio durante un processo per stupro: è tutto un lurido e sghignazzante rito di dileggio a nostre spese.

MEDICO: Dica, signorina, o signora, durante l'aggressione lei ha provato solo disgusto o anche un certo piacere… un'inconscia soddisfazione?

POLIZIOTTO: Non s'è sentita lusingata che tanti uomini, quattro mi pare, tutti insieme, la desiderassero tanto, con così dura passione?

GIUDICE: È rimasta sempre passiva o a un certo punto ha partecipato?

MEDICO: Si è sentita eccitata? Coinvolta?

AVVOCATO DIFENSORE DEGLI STUPRATORI: Si è sentita bagnata?

GIUDICE: Non ha pensato che i suoi gemiti, dovuti certo alla sofferenza, potessero essere fraintesi come espressioni di godimento?

POLIZIOTTO: Lei ha goduto?

MEDICO: Ha raggiunto l'orgasmo?

AVVOCATO: Se sì, quante volte?

Quello che mi sconvolgeva maggiormente erano le madri degli stupratori. Sintesi: «Mio figlio è un bravo ragazzo! Un figlio di mamma educato e gentile. Sono loro, le femmine, che provocano. E minigonna, seni e capelli al vento, sfacciate... puttanelle che poi fanno le santarelline e denunciano».

Che posso fare?, mi chiedo. Se avessi la possibilità di rappresentarlo in televisione, sarebbe una bella denuncia. Celentano in quel periodo aveva una trasmissione con dodici milioni di spettatori.

Mi faccio coraggio e propongo il brano a Claudia Mori. Adriano è entusiasta.

Ci sono resistenze da parte della prima rete, i dirigenti tentano di dissuaderci: «In prima serata... il pezzo è troppo forte... ci sono i bambini».

Ma Adriano ha un contratto di ferro: niente tagli, niente interferenze dall'alto.

Alle venti e cinquanta finalmente mi comunicano che prenderò parte al programma. La voce è circolata in sala stampa. Due giornaliste vengono in delegazione e mi chiedono una conferenza stampa dopo la trasmissione.

Okay.

Eseguo il brano, precisando come sempre che è una testimonianza trovata su un giornale.

Sono molto tesa.

I fotografi non stanno fermi un attimo.

Per riuscire ad arrivare alla fine mi devo concentrare completamente.

Ci sono dentro in pieno.

Soffro come allora.

Rabbia, umiliazione, terrore.

Un brutto momento.

Presento questo brano in appoggio alla campagna per l'approvazione della legge contro la violenza sessuale, attesa dalle donne per ben diciott'anni.

Molti anni dopo, il giudice Salvini conduce un'inchiesta sui movimenti eversivi di destra e su attentati compiuti nel periodo '73-'74 da fascisti e criminali comuni con l'appoggio e in certi casi sotto la direzione delle forze dell'ordine. Durante le indagini il giudice riceve la testimonianza di un generale dei carabinieri, Nicolò Bozzo, da poco in pensione, che al tempo della mia aggressione prestava servizio al comando della Divisione Pastrengo con il grado di capitano. Nelle sue dichiarazioni il generale diceva di ricordare bene quella giornata del marzo '73. Era di servizio all'ufficio operazioni del comando carabinieri della Divisione Pastrengo, la più importante del Nord Italia. Quella stessa mattina aveva ricevuto un fonogramma nel quale veniva data la notizia dell'aggressione della sera prima a Franca Rame. Il fatto era gravissimo e subito avvertì il suo superiore, il generale Giovan Battista Palumbo. Su «la Repubblica» dell'11 febbraio 1998 il giornalista Luca Fazzo ha riportato questo commento di Bozzo: «Per me fu un colpo, lo vissi come una sconfitta della giustizia. Ma tra i miei superiori ci fu chi reagì in modo esattamente opposto. Era tutto contento. 'Era ora' diceva». E si riferiva appunto al generale Palumbo.

Il giornalista Leo Sisti, sull'«Espresso» del 26 febbraio 1998 commentava: «È solo per un caso se oggi è stato appurato che Franca Rame è stata stuprata da cinque fascisti. Il 3 febbraio scorso, dopo dieci anni di indagini, il giudice istruttore di Milano Guido Salvini ha concluso la sua inchiesta sull'eversione nera: 92 volumi, 60.000 pagine di carte, più di 400 interrogatori. Ha messo così insieme il mosaico delle attività delle organizzazioni di destra Avanguardia nazionale, La Fenice, Ordine Nuovo, documentando responsabilità e connivenze di apparati dello Stato in contatto con la CIA e rinviando davanti alla Corte d'Assise quei pochi personaggi rimasti sulla scena e per i pochi reati non prescritti (ad esempio, banda armata e spionaggio politico-militare)... 'L'azione' scrive il giudice 'era stata suggerita da alcuni ufficiali dei carabinieri della Divisione Pastrengo, nel quadro del sostanziale atteggiamento di cobelligeranza esistente all'epoca fra alcuni settori di tale Divisione e gli estremisti di destra.'»

Grazie ad ammissioni degli stessi fascisti oggi si sanno i nomi di quelli che hanno partecipato all'atto criminale.

L'articolo sull'«Espresso» proseguiva: «Oggi Dario Fo chiede al presidente della Repubblica Oscar Luigi Scalfaro non vendetta, ma 'la conoscenza della verità sui crimini del passato'. Riaprire però quell'indagine non è più possibile: la prescrizione rende quel reato non più perseguibile. L'unica strada percorribile è un'inchiesta interna del comando generale dei carabinieri, che faccia luce su esecutori e mandanti dello stupro. Gli spunti sono tanti. Ad esempio, in un biglietto sequestrato nel 1980 al generale Gianadelio Maletti, ex capo di un reparto del SID, il servizio segreto, si fa cenno a un invito del capo del SIOS (il servizio segreto dell'Esercito) al generale Palumbo a 'tirarsi fuori' da attività fiancheggiatrici dell'eversione. 'Mi risulta' annota Maletti nei suoi appunti datati '73-'75 'che nella circostanza il generale Palumbo reagì violentemente rinfacciando al suo interlocutore di averlo spinto, in precedenza, a organizzare un'azione illegale nei confronti della compagnia teatrale Dario Fo e Franca Rame.'»

Intervistato dal giornalista dell'«Espresso», il generale Nicolò Bozzo dichiarava: «Il generale Palumbo, se veramente è stato lui l'ispiratore dell'aggressione a Franca Rame, non mi sembra il tipo che si potesse assumere una simile responsabilità, gliel'avrà chiesto qualcuno che gli stava sopra. L'iniziativa doveva per forza venire dall'alto».

In quella caserma circolavano parecchi personaggi di spicco, fra questi Licio Gelli, Gastone Nencioni, Giorgio Pisanò, Franco Maria Servello, Adamo Degli Occhi, quindi anche parlamentari. In seguito alle sue rivelazioni, Bozzo fu denunciato da Palumbo. «Fu l'inizio di una vera odissea» disse al giornalista dell'«Espresso»: «inchieste disciplinari, dieci anni di vertenze amministrative, tutte vinte tra ricorsi al TAR e al Consiglio di Stato, una sospensione dall'avanzamento in carriera e trasferimenti vari, tutti ingiustificati».

Ma mi rendo conto che di questo passo, se davvero volessi raccontare tutti i fatti, le commedie messe in scena, le avventure delle tournée all'estero, dalla Francia alla Russia, dall'Inghilterra ai Paesi Bassi, dalla Danimarca alla Norvegia, e poi in America, dall'Argentina al Brasile, per finire in Cina, fra me e Dario dovremmo riempire un numero di pagine esagerate, e poi molto ha già raccontato Dario nel suo libro *Il mondo secondo Fo*.

Aggiungo solo questo: Dario ha ricevuto dall'Accademia di Stoccolma il Premio Nobel per la letteratura, accompagnato da un assegno di £1.650.000.000 (un miliardo seicentocinquanta milioni). Mi ha detto: «Pensa tu, Franca, cosa farne...» Ci penso e di comune accordo decidiamo di dedicare questi denari ai disabili che a quel tempo erano circa 3 milioni nel nostro paese. Durante un'intervista radiofonica, Dario accenna al nostro progetto. Immediatamente circola la voce e veniamo subissati da centinaia di lettere con richieste le più disparate: denari, carrozzine, arti, medicinali e altro... C'erano associazioni che chiedevano pulmini: ne abbiamo acquistati 36 (altri due sono stati regalati dall'Autogerma di cui eravamo diventati testimoni). Sino al 2002 abbiamo assegnato contributi mensili alle famiglie in maggiore difficoltà. Purtroppo lavorava con noi un sedicente commercialista (non era nemmeno ragioniere) che ha rubato al Comitato oltre un milione di euro! E tutto è finito... in tribunale. Se volete saperne di più fatevi un giro su internet.

E ora con un salto davvero acrobatico arriviamo al momento della mia decisione di presentarmi in Senato. Prima però mi prendo una piccola pausa.

AL COMPUTER

Sono arrivata al finale... credo di aver raccontato quasi tutto...

Mi soffermo un attimo con gli occhi fissi sul computer a ripensare alla mia, alla nostra vita... scorro col cursore pagine e pagine... a volte rallento, leggo qualche riga... Fatalmente mi blocco a pensare, rivivere quel momento... brutto o magico che fosse.

Che fantastica invenzione il computer. Ti dà possibilità incredibili. Ad esempio ho evidenziato, per non rischiare di ripetermi, nomi, titoli di commedie, date: tutta la vita mi passa lenta davanti agli occhi. A volte rido… a volte mando giù il groppone.

Mi blocca un JACOPO, ingrandito a 48, maiuscolo, tutto rosso.

Immediatamente dopo il nome leggo: «… ed ecco la mia creatura, il mio bambino! Ben lavato e profumato di meraviglie, è qui tra le mie braccia. Mi sto sciogliendo di gioiosa emozione e felicità che non si possono raccontare!»

Che gran momento quando è nato!

Me lo vedo crescere… i bavaglini con su scritto «sono allergico alla cioccolata»… e quando per addormentarlo gli raccontavo le comiche finali della mia famiglia. È lì che Dario le aveva ascoltate… e scrisse poi *Comica finale*.

Me lo sento addosso che mi si stringe cercando di non piangere ogni volta che ci toccava di partire per la tournée o semplicemente a fare spettacoli rientrando tardi la sera.

Quante volte la mattina svegliandomi lo trovavo seduto a terra, accanto al mio letto nella penombra, che giocava con i suoi soldatini…

Oh Jacopino, quanto bene ti voglio!

Era un bimbo felice, ma troppo delicato e sensibile. Mio dio, che farà quando si troverà tra gli altri bimbi, così indifeso?

Decido che deve assolutamente essere in grado di farsi rispettare, e determinata gli dico:

«Jacopo tu sei troppo timido, devi prepararti alla vita. Il mondo è cattivo… va bene la dialettica ma…» Aveva sei anni… Insomma l'ho iscritto a judo.

'Sto povero bambino… proprio non ne aveva voglia… «Forza Jacopo, allenati bene… che se ti viene vicino uno con cattive intenzioni… tu: *tac*!, lo fai volare…»

Dopo dieci giorni ho dovuto tenerlo a casa. Andavo a prenderlo: «Dov'è Jacopo?» Era là che volava!

Me l'hanno picchiato tutti… anche le bambine!

Nuoto: non si applicava.

Sci: s'è rotto due gambe il primo giorno… Che nessuno si rompe due gambe insieme! Meno male che non ne aveva tre!

«Cresci rachitico, senza muscoli… non mi interessa! Peggio per te!» gli ho gridato un giorno.

E che regali mi faceva! Aveva la sua paghetta settimanale, che riponeva in un salvadanaio. Parsimonioso! Non spendeva un centesimo. Ma arrivava il giorno del mio compleanno e non badava a spese.

Vedevo padre e figlio che giravano per negozi, pensosi. «Un'idea, ci vuole una idea!»

Jacopo per anni m'ha regalato intiere famiglie di animaletti in vetro colorato (anche queste collezioni stanno riposte in un tavolino in camera mia e fanno bella mostra da sotto un vetro).

Dario invece comprava cose assolutamente assurde. Il regalo che maggiormente m'ha sorpreso? Un astuccio di finto coccodrillo nero, contenente il necessario per la manicure (orrendo, e l'aveva cercato per giorni!!! lo conservo ancora) accompagnato dall'immancabile disegno (molto gradito) con il mio ritratto eseguito a penna.

Jacopo al primo giorno di scuola in prima elementare era emozionatissimo... sentivo la sua manina gelata e bagnata fradicia aggrappata alla mia.

Spesso e volentieri, discorrendo con lui, inserivamo il discorso della correttezza e della soddisfazione che ognuno deve ritrovare nel guadagnarsi da sé il successo e la stima degli altri. Fummo piacevolmente sorpresi quando scoprimmo che i nostri discorsi non finivano fra le ortiche.

A quindici anni alle sette, andava per palazzi a infilare pubblicità nelle cassette delle lettere. Aveva più o meno diciassette anni quando nelle vacanze estive (agosto!) decise di andarsene in Sardegna con due amiche a dipingere in un centro turistico le staccionate che andavano al mare.

Al primo botto polemizzai fortemente con lui: «Ma scusami, hai proprio bisogno di farti questa esperienza da proletario sfruttato? Te la do io quella paga se vuoi e ti procuro anche i pali da dipingere, qui nel giardino!»

Dario invece era d'accordo con Jacopo: «È un'esperienza che non gli può far che bene!»

E io di rimando: «Ma che bene! Dormire chissà dove, mangiare roba in scatola... delicato com'è di stomaco! E poi lui non è abituato a certe fatiche...»

«Còre di mamma!» dice Dario con una risata.

«Mi abituerò!» ha tagliato corto Jacopo e ha fatto la sua esperienza che deve esser stata davvero dura e disastrosa, ma lui sotto sotto ne era orgoglioso.

Da ragazzino si innamorava perdutamente ogni quarto d'ora... quasi mai corrisposto.

Poi un giorno viene a casa e mi fa: «Mamma, mi sposerei!» – «Parliamone...» Aveva sedici anni.

Ho sempre cercato di avere confidenza con mio figlio... di parlare con lui anche di argomenti difficili, delicati, scabrosi... Mi sforzavo di non commettere l'errore di mia madre. «Parliamone...»

Lei si chiamava Cesira... che non sarebbe niente... è che era una vedova di 26 anni... che, per di più, non lo vedeva nemmeno !

Il povero ragazzino... un esaurimento nervoso!

Ha cominciato a perdere i capelli, alopecia si chiama, una malattia psicosomatica causata da frustrazioni, insicurezza e angoscia. Succede anche alle ragazze ma, con i capelli lunghi, i buchi non si notano.

Jacopo: i buchi in testa, l'acne giovanile moltiplicata per centoquarantasette... Magrooo! Una tragedia! Non lo voleva nessuno...

A un certo punto mi fa: «Mamma, vorrei prepararmi al grande incontro, troverò bene anch'io la mia anima gemella... secondo te, posso leggere *La rivoluzione sessuale* di Wilhelm Reich?» «Sì!» Se dici no è peggio perché l'avrebbe letto di nascosto. «Però guarda che è un libro molto serio… Comunque se non capisci qualche cosa – e mi usciva una voce di testa strozzata… lo chiedi alla mamma… che la mamma ti spiega!»

Un giorno, ero lì che preparavo il minestrone, arriva l'innocente col libro in mano e mi fa: «Mamma, come fanno le donne a masturbarsi?» Mi son tagliata un dito!

Che noi, Dario e io, abbiamo spiegato a nostro figlio, con delicatezza e attenzione, l'atto sessuale… come nascono i bambini… ma di parlare di masturbazione non ci era mai passato per la testa.

«Darioooo! Vieni qua… tuo figlio ti deve parlare!»

Arriva Dario… e sapete cosa ha detto al figlio? «Non sono domande che si fanno ai genitori!» L'avrei ucciso! Poi ha peggiorato la situazione: «Chiedilo alla tua fidanzata!» che tutto il quartiere sapeva che lui di fidanzate non ne trovava!

Avrete capito che Jacopo, durante l'adolescenza, era sessualmente infelice. Poi un giorno viene da me – al padre non ha chiesto più niente! – e mi fa: «Mamma, soffro di eiaculazione precoce!» Che, lo sapete, quasi tutti i ragazzi hanno questo problema. Anche alcuni adulti, io lo so per certo!

Non sapevo come consigliarlo. Poi, amor di mamma, nelle mie notti insonni, ho elaborato un sistema che mi sembrava potesse funzionare: la matematica.

«La matematica, mamma?»

«Sì, la matematica. È la tua salvezza! Tutto il segreto sta nel distrarsi. Tu inizi a far l'amore e subito ti allontani col cervello… fai dei conti complicati: 7 per 9 diviso 5 moltiplicato 22… Vedrai che ce la farai!»

«Va bene mamma, provo.»

Il giorno del grande incontro tutta la famiglia: «Coraggio Jacopo! Forza! Torna vincitore!»

Torna: «Com'è andata?»

«7 per 9… Ho finito, mamma!»

Capii che la vita sessuale di Jacopo migliorava sempre più… Un pomeriggio, stavo sempre preparando il mio bel minestrone, arriva da me festante: «Mamma, mamma, ho trovato la clitoride!»

Sapete che io non ho capito? Non ho capito! È un termine che non fa parte del linguaggio quotidiano… della mia cultura. Quanta gente nasce e muore senza aver mai pronunciato il termine «clitoride»? Non è che sei lì a un pranzo di Natale: «Signora, come va la clitoride della bambina?»

Io non ho capito!, e gli ho detto: «Ah sì? Quando l'avevi persa?»

Lui si è tanto inquietato. «Ma come mamma, mi dici di aver fiducia in te, di confidarmi e adesso mi sfotti?!» – «Ma no! Scusami caro… non ho capito!»

Quando però ho realizzato che per lui era un avvenimento importante… perché siate sincere, donne… per gli uomini è proprio difficile trovarla 'sta clitoride! Quando ho capito… gli ho battuto le mani: «Bravo-bravo-bravo!»

Alla sera a cena ho preparato una torta: festeggiamo.

Mia madre chiedeva: «Ma che festa è?»

«È la festa per Jacopo… che sta crescendo!»

Poi arrivarono il liceo Berchet e le lotte studentesche. Stavamo in costante apprensione. Ogni volta che Jacopo ritardava ci si fermava il cuore. Andavo alle manifestazioni, ma non stavo accanto a lui, mi mettevo una decina di metri dietro… ma attenta a quello che succedeva intorno. Dario mi prendeva in giro, scrisse addirittura un monologo: *La mamma fricchettona al confessionale*. Il mio ritratto.

«… Poi è cresciuto, è andato a scuola e si è messa di

mezzo 'sta maledetta politica... quando è arrivato al liceo, le occupazioni, gli scontri con la polizia... Una volta mi è arrivato a casa massacrato, tutto sporco di sangue... sono svenuta dallo spavento, padre, sono svenuta! E da quel giorno, tutte le volte che tardava un po' o sentivo la sirena dell'autoambulanza: 'È mio figlio, è mio figlio!' gridavo. Padre, padre, lei non sa cosa voglia dire essere madre, padre! Madre di un estremista di sinistra! E poi in casa 'sto ragazzino, ci contestava tutto a me e a mio marito... sa, noi siamo tutti e due militanti osservanti del PCI. Le parole più gentili che ci diceva erano: 'Revisionisti, socialdemocratici, opportunisti, sacrestani di sinistra!'»

Negli anni '70 abbiamo vissuto «bizzarramente»... Personalmente ho avuto qualche problema con i fascisti... ci hanno messo bombe di qua e di là, così che nessuno a Milano voleva più affittarci una casa. Eravamo tre sbandati che stavano un po' in albergo, un po' da mia sorella Pia e un po' da mia madre a Cernobbio. Con una simile vita allo sbando, da «angoscia perenne», Jacopo incominciò a non sentirsi a suo agio nel mondo. Ma questo non gli impediva di innamorarsi continuamente. Ma, si sa, l'appestato psichico non ha una vita sessuale molto intensa...

Jacopo cresce, cresce... un longilineo lungo. E le ragazze che gli giravano intorno erano tante. I tempi erano cambiati. Se ne scelse una bellissima, Aurelia, e l'amò per molto tempo. Mai tradita. Monogamo.

Finché arrivò l'ora della chiamata di leva... Mio dio, quando ho visto la cartolina rosa, sono svenuta. «Nera, devono farla» gridavo, «nera!»

Mancava un mese alla visita e gli ho chiesto: «Quanto pesi?... Bene, per un mese tu non mangi!»

«Ma mamma, sono già sottopeso per mio conto... non sto in piedi!»

«Siediti! Qui non si mangia! Vitamine e acqua.»

L'ho accompagnato io, al distretto militare di Como, sorreggendolo per le spalle... che se lo lasciavo andare sarebbe caduto a terra...

L'ho passato nelle mani dei medici e me ne sono uscita dalla caserma piangendo come una fontana.

Dio mio, avesse fatto il militare sarebbe sicuramente morto.

La visita ha dato risultati fantastici: 1,87... 49 chili. Denutrizione organica.

Riformato. Evviva!

Abbiamo fatto una festa, un gran pranzo, che lui mangiava e vomitava tutto. Non era più abituato.

Cresceva Jacopo e lavorava come un matto.

Si dice che il DNA non è acqua e devo ammettere che è un'espressione azzeccata, giacché nostro figlio ama la pittura con la stessa passione di suo padre, ma, almeno da ragazzo, quando gli offrivamo di entrare in compagnia con noi per recitare ruoli che Dario avrebbe scritto appositamente per lui, scantonava come un furetto: «Per carità! Vi ringrazio, ma non voglio godermi lo stress che prende a voi ogni volta che debuttate e stare tesi come corde di violino per tutta una stagione, leggervi belle critiche ma anche infamità rognose, per non parlare poi del vivere tutto il tempo con la censura attaccata alle spalle e sui glutei come le zecche ai cavalli...»

Alla fine come professione scelse i fumetti e le vignette satiriche e pubblicò i suoi disegni su numerose riviste underground.

Poi cominciò con alcuni suoi amici, tra i quali Andrea Pazienza, Aurelia Sansone, Angese, Vincino, Cinzia Leone e altri, a disegnare su riviste piuttosto famose e partecipò alla nascita dei fogli di satira abbinati all'«Unità».

Un giorno, sfogliando la rivista «Il Male», leggo un articolo molto spiritoso e trovo in fondo pagina la firma dell'autore: Giovanni Karen. Mai sentito nominare. Dario, che ha letto a sua volta l'articolo commenta: «Bisogna tenerlo d'occhio quel ragazzo: mi pare che abbia del temperamento...»

Qualche giorno dopo scoprimmo che Giovanni Karen era nostro figlio: si era inventato quello pseudonimo per evitare di godere vantaggi usando il nostro nome. Ne parlammo con lui e nel discorso commentai: «Mi pare un po' esagerato rifiutare addirittura il tuo vero nome!»

«Sì, può darsi... ma voi non avete mai provato cosa significhi andare intorno con un nome che subito fa esclamare ai ragazzi della tua età: 'Ah sei il figlio di Dario Fo e Franca Rame... che culo!' con commenti tipo: 'Facile spalancare le porte con quel nome!'... Mi dispiace, ma fin quando posso voglio evitare d'essere considerato come il solito figlio di papà e mammà... del resto me l'avete insegnato proprio voi!»

I suoi lavori sono stati pubblicati da molte riviste e giornali tra cui «Linus», «L'Espresso», «Tango», «Re Nudo», «Corriere della Sera».

Noi facevamo andare la coda.

Nel 1981 ha fondato la «Libera Università di Alcatraz», centro di «New Age comicoterapeutica» sulle colline umbre, dove passiamo l'estate, e ha iniziato a insegnare «Yoga demenziale».

Con Demetra e altri editori ha pubblicato vari libri. Il primo: *Lo Zen e l'arte di scopare.*

Non vi dico come mi sono sentita quando a Padova, in una libreria che vendeva tutto ciò che riguardava sant'Antonio, con voce sommessa ho chiesto il suo libro appena uscito.

Il commesso, che dio gli mandi cento lire, mi fa: «Come ha detto?» Gli risoffio il titolo e lui, ad alta voce: «Sì signora Rame, eccole *Lo Zen e l'arte di scopare*».

I prossimi di Jacopo saranno 54. Vive con la dolcissima Eleonora, la donna più creativa che conosca. È nonno. Mattea, la prima figlia, è mamma di Matilde, una bimba straordinaria che certamente farà l'attrice. La splendida Jaele, la seconda, è zia... e noi siamo bisnonni!

IL DEBUTTO

XV Legislatura: 28 aprile 2006 – 28 aprile 2008.

Primo giorno in Senato. Mi sono svegliata alle cinque.

Agitata.

Gironzolo per l'appartamento preparandomi gli abiti da indossare.

Alle cinque e trenta decido di fare una camminata. Il sole sta per spuntare. Il portiere assonnato del residence di via Ripetta, dove per anni Dario e io si alloggiava durante le tournée nei teatri romani, mi guarda strano: «Che succede, senatrice? Non si sente bene?»

È questo che sta dicendo? Senatrice? Oddio, adesso mi chiameranno tutti così?

«No, no, grazie... sto bene, vado a far quattro passi...» lo tranquillizzo con un sorriso. Dà un'occhiata all'orologio, ma non fa commenti.

Esco e giro a destra. Dove vado?, mi domando. Cammino veloce verso l'Ara Pacis.

Quando sto per superarla, non posso fare a meno di buttarci un occhio. La sento un po' ingolfata in quella scatolona di vetro con cui Veltroni l'ha rivestita. Le grandi lastre di cristallo riflettono gli alberi e il Tevere che scorre lì sotto. Passa gente indaffarata, che non la degna nemmeno di uno sguardo. È l'altare della pace. Si sente un po' trascurata... fuori moda... che senso può avere? Ho letto che sulla trabeazione un tempo stava scritto: «Una volta usciti da questo luogo cosa portate nel mondo, di me? La pace dovrebbe ingiungervi a purezza, rifiuto di sangue innocente, sparso ignobilmente nel fango...»

Meno male che oggi viviamo in un paese che aborrisce per Costituzione la guerra e, se ci partecipa, è solo per portare aiuto e conforto agli afflitti e disporre alla democrazia. Purtroppo siamo costretti ad andarci coi carri armati e i cacciabombardieri... perché, non si capisce come, i liberati ci scambiano sempre per aggressori!

Ma per favore, non facciamo sarcasmo. Un po' di rispetto per il governo di cui ormai faccio parte.

Svolto in via del Corso. In un attimo sono in piazza di Montecitorio.

La tensione e la preoccupazione che ho addosso non se ne vanno, né si attenuano. Senza averlo scelto mi ritrovo in piazza del Pantheon. Mi siedo sui gradini della fontana. Anche non lo volessi, il Pantheon si fa proprio notare. Ogni volta che mi ritrovo davanti a opere «impossibili» come questa, mi viene da pensare alle migliaia di schiavi che le hanno costruite e agli architetti che hanno diretto i lavori, rimasti tutti anonimi. Immediatamente dopo mi vedo Michelangelo esclamare: «Ognuno di noi non vale un respiro della loro sapienza!»

Da questi pensieri mi distraggono i fatti miei.

Tiro un gran sospiro. Poi lentamente, passo dopo passo, mi mangio i pochi metri che mi separano dal Senato. Arrivo davanti all'imponente Palazzo Madama, con il portone ancora chiuso.

IL SENATO È PRESSO AL PANTEON

L'osservo appoggiata al muro di fronte con un vuoto allo stomaco. Forse ho anche appetito. Non ho trovato un bar aperto. Dio mio, dovrò proprio entrarci. Che mi aspetterà?

Sono veramente agitata.

Rientro al residence che manca poco alle sette. Devo far passare ancora tre ore. Sto bloccata su una sedia nell'atrio sotto una gran pianta esotica.

Trascorro quasi un'ora a pensare... «Son proprio giù, maledizione!»

Accidenti, ma perché? «Dovrei essere contenta!» mi dico. «SENATRICE! Ma ti rendi conto che onore t'è capitato?»

«Sì, sì... senatrice!!!» e mi rifaccio il verso. Non ho mai pensato di arrivare a una carica tanto prestigiosa, non era proprio nei miei programmi! «Onorata, onorata» per carità... Mi sono trovata eletta senza aver mosso un dito. Non mi sento all'altezza... sono spaventata, anche se non lo dico a nessuno. «Non ti senti all'altezza? E allora, quelli che hanno votato per te, t'hanno scelta così, a caso? Proviamo con un'attrice... piazziamoci un bel personaggio decorativo, in quel mausoleo di tromboni! Piantala con 'sta solfa! Ricordati di tutto il lavoro che hai tirato in piedi nelle carceri, l'organizzare le difese dei ragazzi arrestati per reati politici... sbattuti in galera, torturati... carceri speciali modello tedesco... le centinaia di spettacoli in sostegno delle fabbriche in lotta che hai fatto con Dario...»

«Sì, ecco, ecco... adesso gonfiamoci di orgoglio...»

«È solo per rinfrescarti la memoria, darti un po' di sicurezza! Insomma! Ti sei sbattuta per anni solo per darti un tono...?! Come a fare un po' di footing? Dovresti essere orgogliosa: pensa in quanti ti hanno votata! In quanti hanno avuto fiducia in te. È tutta gente che ti ha scelta con cognizione di causa. Non per caso. Forza!»

«Ma vai al diavolo, tu e le tue leccate di gratifica!»

Così, in conflitto con me stessa, salgo nell'appartamento.

Mi guardo allo specchio: più tirata di così non potrei essere.

«Che bello sfottermi con quel sorrisino... mi sento fuori posto... non all'altezza... non adeguata... in più sono vecchia per affrontare una vita nuova.»

Be', non esageriamo... Adesso, a guardarmi bene a tutto campo nello specchio, non mi vedo proprio da buttare!

«Oh, per la miseria, alla tua età dovresti sbatter la coda per la gioia, cara senatrice! E anche voltolare su te stessa come in una danza?!» Facciamo conto di dover entrare in scena... sono figlia d'arte e noi della professione montando sul palcoscenico non si trema mai. Via con la metamorfosi: doccia. Biancheria. Che abito metto? Come si veste una senatrice? Mi piacerebbe vestirmi di rosso… che capiscano subito da che parte sto. Poi opto per il nero, più consono al momento e al mio umore.

Mi pettino, mi trucco… faccio tutto col ralenti, ma sono pronta in un momento.

Mi risiedo e aspetto.

Quante volte ho guardato l'orologio?

Mi chiamano dalla portineria: «È arrivata Rai3…»

Salgono nel mio appartamento. Antonio Caggiano vuole filmare i preparativi.

Quando arrivano, m'infilo la giacca. «Ma come?! Già pronta?» M'è venuto da ridere. «Sì… mi mancano solo gli orecchini…»

«Come mai porta da anni sempre questi orecchini?»

«Me li ha regalati Dario in un momento particolare della nostra vita… non li tolgo mai! Andiamo?»

La telecamera è in azione… saliamo in macchina… chiacchiere di circostanza… telefona Dario: «Auguri… ti voglio bene…»

«Anch'io!» Maledizione, Dario, perché non sei qui…

Mando giù il magone e fingo di avere la tosse. Arriviamo… Sono calma, calmissima e… sconvolta.

Un mare di gente.

Giornalisti, fotografi, televisioni.

Scendo augurandomi di non essere notata.

«Senatrice…» «Franca!» «Senatrice…» «Franca!» «Franca…» «Senatrice, come si sente? È felice?»

Ci penso un attimo… potrei dire, sono emozionata… sono onorata… sprizzo gioia da tutti i pori! Invece mi esce una frase che pare tratta da una vecchia canzone popolare lombarda che fa così: «Sono felice come una giovane di diciott'anni che va sposa a un vecchio catarroso che non ama...» Ma cosa sto a dire? Infatti, i più mi guardano perplessi per un attimo, poi mi sparano: «Ora incontrerà Cossiga... Andreotti... che farà? Stringerà le loro mani?» Maledizione, ma che domande ti fanno di prima mattina?

«Be'... Andreotti... mi fa venire subito in mente Moro, e le sue lettere dalla prigione BR a lui indirizzate (ricordo male o lo aveva definito 'grigio più grigio del grigio'?). E Cossiga non posso fare a meno di vederlo sulla tolda di una nave da guerra, come lui s'immaginava di stare durante il conflitto del Kuwait, col vento che gli scompigliava i capelli... è lì che gli son diventati quasi crespi!» Scoppia una gran risata fra gli operatori TV. Al contrario, molti dei cronisti restano freddi come mammozzi di gesso. Tiro un sospiro. «E che ci dice del fondatore di Forza Italia?» mi provoca uno di loro. «Chi? Dell'Utri?» Parlo lenta, pesando le parole... non vorrei finire in tribunale già il primo giorno!

«Be'... questo amico di Berlusconi... ci ha chiesto un milione di euro di penale per aver accennato vagamente alla sua simpatia per gente di Cosa Nostra...» incalza un cronista. «Si lascerà baciare la mano da lui?»

«Perché? Pensate che lo incontrerò in Senato?»

«Di certo! Dal momento che è stato eletto senatore...!»

«Ma com'è possibile? Se è stato condannato per concorso esterno in associazione mafiosa... come può stare qui nel tempio degli eletti onesti e puri?!», e continuando a recitare la parte dell'allocca commento: «Siamo proprio un paese anomalo!»

Gli intervistatori mi guardano, interdetti, senza commenti. Approfitto del silenzio per tirar via con Antonio Caggiano e la troupe.

È la seconda volta che entro in Senato. C'ero venuta anni e anni fa, con Rossella Simoni, per tentare di risolvere il problema di suo marito, Giuliano Naria, detenuto nel carcere speciale di Trani e poi assolto, con formula piena, dopo nove anni di detenzione preventiva; dovevamo incontrare il senatore Viviani, persona straordinaria, un socialista fuori dagli schemi, presidente della commissione Grazia e Giustizia.

Mi guardo intorno. Sono le stesse immagini che mi sono apparse mille volte in TV... ma ora, ritrovarmi di persona dentro quell'architettura solenne, mi emoziona. Saluto i miei amici della RAI... mi dispiace vederli andar via.

Entro nell'emiciclo semivuoto. Sentirmelo tutto intorno, abbracciata dai gradoni a cerchio... mi sembra di essere sospesa dentro proiezioni virtuali... mi gira un po' la testa... e mi lascio cadere su una poltrona.

Una voce alle spalle esclama: «Troppo onore, signora! Ma stia comoda...» Volto appena lo sguardo e mi rendo conto d'essermi seduta sulle ginocchia del senatore Formisano che mi sorride divertito. Come una molla, scatto in piedi. Chiedo scusa, arrossendo. «Cara senatrice, non ti preoccupare.» Scopro in quel momento che tra senatori, sinistra e destra, tutti si danno del tu. «Hai scelto proprio il sedile perfetto, io sono il tuo capogruppo, qui in Senato.»

Balbetto qualcosa d'incomprensibile. Dove mi siedo?, penso. Mi guardo intorno e mi sento su un piede solo... Riconosco personaggi notissimi del governo Berlusconi... Calderoli, Dell'Utri, Mantovano e appresso, ricurvo su se stesso, vedo spuntare anche Andreotti, che stranamente mi sorride come avesse apprezzato la mia battuta sul grigio più grigio del grigio, detta qualche minuto prima. Alcuni senatori si sono accomodati occupando l'emiciclo di sinistra, dove risiede l'opposizione, altri passeggiano a gruppetti... si formano capannelli... chi telefona... si chiamano da un lato all'altro, facendo gesti a braccia tese e segnali con entrambe le mani, alla maniera dei broker durante le contrattazioni in Borsa. A mia volta vorrei imitarli. Sollevo le braccia, ci provo, ma poi rinuncio. Mi prenderebbero per pazza. Ci vorrebbe Dario, qui! Lui con lo smanacciamento pantomimico si guadagnerebbe perfino un applauso! Abbracci, un gran vociare, qualche risata, qualche sorriso, manate e sghignazzi... quasi come allo stadio in attesa del fischio d'inizio per la partita. E il via lo dà l'onorevole Scalfaro, che scorgo proprio là, in centro al tavolo della presidenza, contornato da gente che non conosco.

Non mi sento per nulla rassicurata.

Mi guardo intorno alla ricerca di qualche faccia amica. In tanti stanno seduti qua e là... vedo volti noti... rincontro Nello Formisano dell'Italia dei Valori, che, vedendomi impacciata, mi rassicura: «Siediti dove vuoi, al Senato non c'è posto fisso».

Una panoramica con lo sguardo per valutare dove posso sistemarmi. Cerco protezione. C'è l'avvocato Calvi, ci conosciamo dai tempi del processo Valpreda e di Soccorso Rosso... mi sorride festoso e mi abbraccia; più avanti scorgo Gavino Angius e altri che conosco solo attraverso la televisione... Oh! Furio Colombo... Tiro un gran sospiro di sollievo. Siamo amici da prima che diventasse direttore dell'«Unità», è la persona più gentile, generosa e educata che abbia mai incontrato. Mi accomodo vicino a lui. Mi sento come in famiglia.

Le senatrici... cerco le senatrici... Che piacere vedermi da vicino la Finocchiaro, ex giudice, sprigiona forza, simpatia e intelligenza. Un mito per me! Chissà se riuscirò a scambiare due parole con lei. Rina Gagliardi. La conosco dagli anni ruggenti del «manifesto», giornalista fantastica. Quando leggevo i suoi articoli ero colpita da quel suo lessico così intenso e chiaro. Avrei voglia di andare ad abbracciarla, ma mi dispiace fare alzare Furio, che mi sta accanto. Le faccio un gran cenno e le mando un bacio. Mi risponde allegra.

In una pausa incontro anche Lidia Menapace. «Sono onorata!» le dico timidamente. Tra di me penso: «Accidenti, che fortunaccia ho. Potrò parlare con loro... farmi consigliare... discutere... pranzeremo certamente insieme al ristorante del Senato. Bene, bene!»

Il mio umore va migliorando.

Oscar Luigi Scalfaro scuote una campanella ripetutamente per ottenere silenzio e dare inizio alla seduta. È a lui che tocca il ruolo della presidenza momentanea. Il brusio assordante non tende a diminuire.

Inizia a parlare... Nessuno ascolta. Scuote di nuovo con forza la campana per chiedere un minuto di silenzio per i soldati morti a Nassiriya. Nessuno ascolta. Sulla gradinata di fronte a me scorgo due senatori che si parlano all'orecchio e ridono, come nel dipinto di Bruegel, quello dei due giudici al processo di Cristo.

Sono interdetta. Stupita. Sconcertata.

«Che si fa ora?» chiedo a Furio.

«Vedrai che fra poco i capigruppo interverranno e ci sarà più attenzione.»

«Ma poi? Qual è il programma?»

«Dobbiamo eleggere il presidente del Senato.»

«Per chi dovremmo votare noi?»

«Tutta la sinistra ha scelto Franco Marini.»

«Bene. Sono della sinistra, vero?» E ridiamo insieme.

Si arriva alla votazione. Viene estratta una lettera, non

mi ricordo quale. Tipo la C. Io sono nella R... hai voglia quanto dovrò aspettare. Osservo attentamente quel che succede: a uno a uno vengono chiamati i senatori, che transitano sotto il tavolo della presidenza, lì c'è una specie di trabiccolo nel quale entri, voti, poi inserisci la scheda nell'apposita urna. Faccio molta attenzione: osservo come si comportano quelli che mi precedono.

È la prima volta per me e sono preoccupata... spero di non fare brutte figure.

Arriva il mio turno, tutto va bene. Viene fatto lo spoglio delle schede. Ci sono errori: 2. Francesco invece di Franco. Si rivota: idem. Si rivota: idem, tra urla, insulti e strepiti. Roba da stadio. Ma siamo veramente al Senato?, mi chiedo.

«Ma che significa quel Francesco?» chiedo a Furio. «È davvero uno svarione casuale?» E lui mi risponde: «No, sono piuttosto segnali di fumo...»

«Oddio! Siamo sulle Montagne Rocciose con gli indiani? Cosa si stanno comunicando?»

«Credo sia per Prodi... qualcuno avverte il presidente del governo che, se non ottiene ciò che ha chiesto, voterà contro l'elezione di Marini.» Stop.

Le votazioni riprenderanno domattina.

Sono arrivata al residence che erano quasi le tre di notte. Cerco di prender sonno ripensando alla giornata trascorsa.

Chiamala giornata! È durata almeno cento ore.

Dove sono capitata? È una situazione che mi ricorda una commedia grottesca di Ben Johnson, *La fiera di San Bartolomeo*, dove non esiste alcuna differenza fra la normalità e la follia.

E oggi m'è sembrato di ritrovarmi proprio in quell'identico caos, erano tutti pazzi! O, meglio, fingevano: era una pazzia organizzata.

UNA GIORNATA PARTICOLARE

Infatti l'indomani bastò una sola votazione per eleggere Marini. Un senatore dei DS sussurrava in napoletano: «Quarcherùn(o) ha avut(o) chell(e) ch'ha demannat(o)! E chi è 'u mariuolo ch'ha condott(o) 'stu ricatt?» L'ho saputo il giorno appresso leggendo i quotidiani: il mariuolo era Clemente Mastella, il Padreterno dell'Irpinia, che aveva preteso il ministero della Giustizia. E Prodi ha dovuto ammollarglielo. Ecco... questo era il Senato. Per me si trattava della prima lezione di politica attiva: dammi sull'unghia o sbotto... ti do l'avvisata e il giorno appresso mi fai l'incoronata, ministro sono! E di Giustizia! Sì, la dea cieca... cieca, ma solo per gli elettori... Sono sempre più frastornata. Questo ravanare da mercato delle vacche mi piace sempre meno. Per fortuna alla fine ce l'abbiamo fatta e Franco Marini è presidente del Senato. Evviva! Lo osservo... un uomo minuto... nulla di particolare, per ora. Proviene dal sindacato. Anche questa mattina, «senatoriale», sono arrivata presto al mio posto di lavoro. Tutto chiuso, ma illuminato all'interno con mille luci. Ammazzalo, che spreconi! Mi faccio una passeggiatina sino al Teatro Argentina, guardo i manifesti, le fotografie dello spettacolo in cartellone... gli attori che conosco... mi prende una disperazione struggente così, all'improvviso. Mando giù, mando giù per cacciare il groppo che mi soffoca... niente da fare. Scoppio in singhiozzi e meno male che non ho intorno nessuno. Ma dove mi sono cacciata? Ma che ci faccio qui? Forse sono caduta nel buco profondo come Alice? Tra poco incontrerò il Bianconiglio, mi farò piccola e poi enorme come una mongolfiera!? Cerco di ricompormi guardando i libri esposti alla Feltrinelli: «Com'è che ho smesso di leggere?» Leggo solo giornali… Cerco disperatamente di scantonare dalla situazione in cui mi trovo; mi son buttata a preparare l'edizione di cinque commedie di Dario che usciranno per Einaudi. La mia testa è tutta lì, fra quei fogli, come un segnalibro. Che ore sono? Anche il tempo va a rilento… perde colpi come un cuore in fibrillazione… Oddio, sta piovigginando… c'era il sole! Per fortuna che ho sempre con me uno scialle. Mi avvolgo, coprendomi il capo. È ora… arrivo al portone del Senato finalmente spalancato, con due soldatini che montano la guardia. Entro, ma subito faccio un salto. I due militari sono scattati al mio passare sull'attenti battendo i tacchi, mentre uno di loro grida: «AAAttentiii!» Mi sfugge un «grazie… state comodi!» M'aspetto quasi che intonino *Fratelli d'Italia*! Procedo segnando il passo… Mi sento ridicola e anche un po' scema. Manca solo che scatti con la mano tesa sul cuore, come nei film americani. Quasi quasi… e mi metto a ridere. Qualche giorno appresso, le due guardie diranno alla mia assistente: «La tua senatrice ci saluta sempre, ci dispiace molto non poterle rispondere. Diglielo».

In aula si inizia a parlare di leggi, emendamenti. Prendo appunti. L'opposizione interviene su tutto. Spesso vociando, quasi seguendo un programma… Ho imparato da tempo a inquadrare il pubblico in teatro; mio padre, capocomico, diceva: «Se non sai individuare chi hai davanti, in platea, è meglio che cambi mestiere». Li osservo, a gruppi e uno alla volta. C'è chi sta seduto come una comparsa, completamente disinteressato, chi si agita di continuo, chi telefona su due cellulari... chi passa da un gradone all'altro senza una ragione logica... poi ecco che all'istante tutti scattano in un gesticolare improvviso e trascinano in quella pantomima anche gli altri. «Ecco» penso, «ecco il branco.» Poi all'istante si vanno a sedere... come esausti... E dalla mia parte...? Sì, anche noi facciamo più o meno così. Che strana fauna, i senatori!

In una pausa decido di recarmi alla buvette. Attraverso il salone Garibaldi, pieno di gente... con un certo impaccio, ma mi muovo con aria spavalda, come se fossi di casa. Sicuramente si stenta a pensarmi timida e sballonata, ma è così. Penso a Dario, a Jacopo... vorrei averli qui con me. Folla: senatori e giornalisti. Attira la mia attenzione una specie di possente Erma, una scultura in legno policromo di un certo Giuliano Vangi. Allude a un grande dito che indica il cielo o è piuttosto un fallo con inserita in cima una testa di donna? Sì... è proprio così. Che strano! Si sente spesso ripetere che il maschio ha sempre in capo, come un chiodo fisso, quella cosa lì... ma non sapevo che infilzasse anche teste! E pensa che questa statua dovrebbe rappresentare l'Italia!!! Mi informo e vengo a sapere che quell'opera è stata acquistata dal precedente presidente del Senato Marcello Pera... Tra qualche mese verrà sostituita con un busto di Garibaldi... o qualche eroe più recente... forse Mangano...! Storicamente il busto di Garibaldi è sempre stato in quella stanza, ma il presidente Pera ha pensato bene di traslocarlo in qualche cantina o magazzino per fare spazio al *menhir* rosa. Grazie al cielo Marini ha ripristinato in gran fretta il vecchio Garibaldi al suo posto d'onore. Della stele di Vangi non ci sono notizie. Il magnate Pera non si è limitato a quell'opera bizzarra: un delfino assai discutibile al posto di un altro padre della patria, uno scimpanzé di marmo in una nicchia in cima a uno scalone, qualche altro quadro qui e là. Particolare da non sottovalutare, gli artisti erano tutti amici suoi, e i soldi per comperarli tutti del Senato! Ho cercato di fare chiarezza su questi acquisti, andando a parlare addirittura con il ragioniere generale della Tesoreria... Ma lui muto! Professione Omertà! Mi rivolgo a un commesso: «Scusi, dov'è la cassa?»

«Be', senatrice, basta guardarsi intorno... qui è tutta casta!»

«Ma cos'ha capito? La cassa, non la 'casta'! Dove pago, insomma?»

«Ah, scusi.» Trattiene a fatica una risatina. «La cassa è subito qui a destra.» Questa volta chiedo una spremuta. «Quanto devo?»

«Un euro.» Pago. «Che poco!» commento. «Lo scontrino, per favore...»

«No, senatrice, qui non diamo lo scontrino...» mi risponde meccanicamente il gestore. Che stravaganze! A Montecitorio lo danno, non al Senato. Perché? «Non è elegante.» Siamo nei matti. Col tempo ho capito la comodità di questa usanza. Si consuma e poi pagano i senatori corretti. A qualcuno, invece, capita di consumare e se ne esce, scordandosi di versare il dovuto: uno si può dimenticare, andiamo... con quella ressa...! Come diceva Sartre: «È dall'insignificante scorrettezza che s'indovinano i furbi di rango!» Mi accosto al banco e chiedo la mia consumazione con un «buongiorno» gentile ai camerieri indaffarati. Mi guardano perplessi. «Oddio, ho sbagliato?» No. È che non li saluta mai nessuno. «Buongiorno» sussurrano a loro volta e ci sorridiamo. Lo stesso discorso vale per quei signori abbigliati con eleganti abiti neri da milleottocento euro: sono i commessi. Per tutta la popolazione degli onorevoli, sono esseri trasparenti… e sono trecento, maschi e femmine. Non ho mai notato qualcuno che li salutasse. Sono a completa disposizione dei senatori.

È ora di rientrare in aula. Mi siedo accanto a Furio Colombo. Parliamo del più e del meno, quando Furio mi sussurra: «Guarda, sta entrando Dell'Utri…» Lo sbircio appena e poi soffio a Furio: «Lo sai che quello ci ha querelato per il fatto che nello spettacolo *L'anomalo bicefalo* facevamo un apprezzamento su di lui, ricordando che è un grande collezionista di libri antichi e aggiungevamo: 'Ne ha una caterva e di preziosissimi! Quando sono sporchi li ricicla…'» Scoppia a ridere e poi subito: «Zitta, zitta, che sta venendo verso di te…»

«Chi?»

«Dell'Utri…»

«Oh… parli del diavolo e spuntano le corna…» faccio io.

Infatti me lo trovo davanti. Con calma mi prende la mano e me la bacia, sussurrandomi: «Sa chi sono io?»

«Ma certo… Lei è sempre nei miei pensieri… caro onorevole…» Calco appena il tono su «onorevole». Poi lui, chinandosi verso il mio orecchio: «Non si preoccupi per quel milione di euro di danni che ho chiesto per diffamazione…»

«Grazie, onorevole… ma non siamo affatto preoccupati… la sua querela non andrà mai in porto… il processo non si farà mai. Lei è stato condannato a nove anni in primo grado per concorso in associazione mafiosa… A meno che… col tempo non cada in prescrizione…»

Sorridendo m'informa: «Senatrice, ho molti avvocati…»

«Giusto! Ne ha proprio bisogno… tanti auguri!»

Mi lascia con un sorriso.

Inizia la seduta. Ascolto, prendo appunti. Ho le antenne tutte tese. Mi sento al ginnasio… ci metterò un bel po' ad arrivare al liceo. Passerò gli esami? Pausa pranzo. Scendo al ristorante, cerco tra i tanti ospiti un viso amico. Qualcuno che conosco c'è, ma il mio imbarazzo congenito m'impedisce di avvicinarmi e dire: «Posso sedermi e pranzare con te?» Mi sento molto distante da tutti… sconosciuta tra sconosciuti. Mi viene in mente la descrizione dell'Inferno di Bescapè, dove le anime dannate stanno tutte per proprio conto ed evitano di dialogare tra di loro per timore di dover raccontare dei propri peccati, e soprattutto per non dover ascoltare quelli degli altri. I camerieri sono gentili e premurosi… Ho l'impressione che la maggior parte mi mostri una particolare attenzione. Da sempre mi capita di intuire quello che la gente «prova», i loro sentimenti nei miei riguardi… e, senza presunzione, raramente mi sono sbagliata. Mangio di malavoglia.

«Senatrice, desidera ancora qualcosa?»

«Quand'è che mi chiamerà Franca?» butto lì al cameriere con un sorriso.

Mi guarda spiazzato, imbarazzato… e con rincrescimento risponde: «Qui?… Mai». E termina di sparecchiare, regalandomi un bel sorriso.

C'è un commesso anziano, sta a un ingresso laterale, che ama ricordare di quella domenica in cui ha portato la moglie a far colazione al bar e ha incontrato me e Dario: la cosa che più l'ha colpito è che io l'abbia salutato, di domenica! Fuori dal lavoro e senza divisa!

Penso a casa mia: «Cosa staranno mangiando?» Se ha fatto il risotto Dario, ci vorranno due ore per rimettere in ordine la cucina. Però… che risotto…! Ci mette tutto, perfino la frutta! E anche qualche fiore!

La giornata passa senza tremiti. Mi sono scordata di parlarvi del nostro primo incontro di gruppo IDV, avvenuto qualche giorno prima dell'elezione del presidente del Senato. Rimedio subito.

Ci eravamo riuniti con Antonio Di Pietro nella sede del partito, una sede un po' periferica, oltre stazione Termini: quattro senatori, ventuno deputati. C'era anche il senatore Sergio De Gregorio, quello che più tardi avrebbe cambiato panni... S'indovinava che non era del tutto a proprio agio. I vari intervenuti sembravano evitare ogni contatto con lui. Personalmente, lo sentivo sfuggente e anche un po' untuoso, sul tipo Bondi... un po' più tondo e più lustro. Il senatore De Gregorio, nel momento in cui scrivo, è sotto indagine per riciclaggio, poiché in un blitz a casa di un camorrista, Rocco Cafiero, sarebbero stati sequestrati assegni firmati e girati dal senatore. Due suoi fedelissimi sono tra gli indagati per i fondi in Liechtenstein, risulta poi iscritto nel registro degli indagati per concorso esterno in associazione a delinquere di stampo mafioso ('ndranghetista). Dopo tre mesi... l'uovo era fatto... il De Gregorio Sergio passa con il peso di tutto il suo corpo, che non è poco, armi e bagagli con Berlusconi... da cui del resto proveniva. «FORZA ITALIA!» Durante quella riunione, ci viene chiesto di quale commissione vogliamo essere membri. Avevo già anticipato l'idea di compiere un'inchiesta sugli sprechi di Stato, ma alla riunione Antonio mi propone la Commissione Cultura. «No, scusami, per la mia inchiesta andrebbe meglio la Commissione Bilancio. Solo lì ho la possibilità di raccogliere i dati per il mio progetto sugli sperperi.» Il cambio mi viene accordato. Consegno a Di Pietro, tutta contenta, un breve dossier dove sono elencate alcune primizie.

ATTENDERE E DEGLUTIRE

Qualche giorno dopo l'inizio della XV legislatura, il 3 maggio 2006, siamo stati convocati per eleggere il presidente del gruppo mistico, pardon misto, al Senato. Mi ha confuso la presenza di alcuni democristiani: presiede Giulio Andreotti. Oh! Ecco, appunto, il capo mistico! Sono entrata in una delle grandi aule di Palazzo Carpegna, non ricordo a quale piano, con un certo imbarazzo all'idea di incontrarmi con il più enigmatico fra tutti i senatori a vita. Sicuramente Andreotti aveva letto i giornali di qualche giorno prima quando, interpellata dai cronisti: «Che farà quando incontrerà Andreotti?», rispondevo: «Andreotti?... Grigio più grigio del grigio...»

In più, incontrare l'enigmatico, dopo tutto quello che Dario aveva detto di lui in scena, mi faceva sentire proprio a disagio. Senza parlare della satira in cui lui, il Torquemada sghembo, giovane ma già braccio secolare del clero, era rappresentato come forsennato gestore della censura che arrivava a bloccare capolavori come la *Mandragola* di Machiavelli e l'*Arialda* di Testori, per non parlare del massacro dei nostri testi satirici al Piccolo Teatro! Be', l'incontro è stato meno difficile di quanto pensassi. Entro, il senatore a vita stava appena oltrepassata la soglia. Mi accoglie con un gran sorriso, mi abbraccia e bacia sulle guance. «Cara piccina (testuale!)» mi dice, lasciandomi a bocca aperta, «ti devo ringraziare... tu e Dario siete stati meravigliosi... avete fatto l'impossibile per aiutarci a conoscere dove i brigatisti tenessero nascosto Aldo Moro... grazie!»

«Presidente... lei è troppo gentile.... Ma io, quei terroristi, sono andata a incontrarli alle carceri Nuove di Torino solo perché il capo gabinetto del ministro Bonifacio, dottor Selvaggi, me l'aveva chiesto. Ero certa che quei detenuti non sapessero nulla... e avevo ragione.» E continuo: «Ora che sono passati tanti anni, presidente, mi potrebbe svelare per quale ragione non avete accettato, pur di salvare Moro, di liberare in cambio un gruppo di carcerati delle BR? Al posto vostro li avrei lasciati andare. Liberato Moro, avreste tranquillamente potuto riarrestarli.»

«No, non potevamo accettare quella soluzione, poiché le BR volevano trattare per lo scambio come fossero lo Stato, da pari a pari.»

«Sì, ma così è stato ucciso un uomo: Moro.» Mi ha guardato sconsolato, aprendo le braccia, come a dire: «Non si poteva fare diversamente...»

La solita ragion di Stato, ovvero l'irragionevole rifiuto della ragione. E come un flash, m'è venuto avanti agli occhi Cirillo, pezzo grosso della DC napoletana, catturato sempre dai brigatisti tre anni dopo. In quel caso il governo non frappose nessuna questione di Stato. Ci si serve perfino di mafiosi, si contratta, si versa tutto ciò che è richiesto ed ecco Cirillo libero e arzillo come un grillo... che fa pure rima! Ma come mai? Qual è l'inghippo?

Qualche malalingua insinua che il Cirillo, a differenza di Moro, non aveva certo in capo di traghettare il Partito comunista di Berlinguer al governo, perciò con lui non si interposero questioni di dignità morale e difesa dell'autorità di Stato. Evviva! La straordinaria metamorfosi della ragione!

Quel giorno, senza intoppi, abbiamo eletto il presidente del gruppo misto: sen. Nello Formisano, IDV. Vi avevo già accennato qualcosa a proposito di una mia assistente. Si chiama Giuliana, una giovane già collaboratrice di un senatore della precedente legislatura. Conosce bene il suo lavoro. Graziosa, capace. Per assumerla, bisogna stendere un contratto. In che forma? Mi viene consigliato... o in nero o co.co.pro. Parlo con il mio commercialista, Giancarlo Merlino, e decidiamo per un più corretto contratto a tempo indeterminato. Qualcuno mi dice: « Hai sbagliato, non sei nella norma».

Scopro che la norma qui, ma più a Montecitorio, è quella di far passare i collaboratori per volontari... altri «onorevoli», in gran numero, se la cavano con cifre miserabili, cinquecento, settecento euro, in nero. Pochi sono quelli che assumono i collaboratori con contratti a tempo indeterminato. Per la verità, ho fatto un'inchiesta... sono risultata l'unica... fuori norma. E dire che, ognuno di noi, senatore o deputato, percepisce dallo Stato per il «portaborse» cinquemila euro al mese! Al proposito c'è stato un grande scandalo.

La trasmissione televisiva *Le iene* ha condotto un'inchiesta dove venivano intervistati parlamentari all'uscita da Montecitorio e veniva chiesto loro: «Onorevole, lei ha il portaborse?» Un nervosissimo: «Sì», e tiravano via infastiditi. Ma quelli insistevano: «È a contratto o è precario? Quanto lo paga?» Gli intervistati si mostrano molto a disagio, balbettano, abbozzano risposte davvero paradossali... tipo: «Mi sfugge... lo chieda a lei, alla mia collaboratrice...» E un altro: «Ho accettato una studentessa che fa pratica. Mi dovrebbe pagare lei!» E un altro ancora: «Anche la mia fa pratica, viene gratis: io non la pago, però l'aiuto a fare i compiti. E ogni tanto la invito perfino a cena!»

Il migliore è stato l'onorevole avvocato Taormina che, intervistato dal grandioso Bernardo Novene, rispondeva più o meno così: «Io? Non ho collaboratori, non me ne faccio nulla, ho già uno studio grandioso... I soldi che prendo per il collaboratore li do a mia moglie che li usa per fare beneficenza a un canile». I contribuenti ringraziano la signora Taormina che fa beneficenza con il denaro pubblico...

Fatto sì è che il presidente della Camera, Fausto Bertinotti, è stato costretto a togliere la possibilità d'ingresso agli assistenti, se non muniti di tesserino. Ne sono rimasti fuori un sacco, disoccupati. Ne parlo con alcuni veterani, commentando: «Mi sembra un po' meschino far la cresta sullo stipendio di chi ci assiste!» Ognuno scantona. A 'sto punto mi sfugge un commento, poco benevolo: «Ho capito! Dimenticavo che noi siamo la testa del pesce...!»

«Che vuoi dire?» mi chiedono.

«È dalla nostra testa che l'insieme comincia a puzzare! E il tanfo poi si sparge per tutto l'emiciclo: dalla Camera al Senato! E si sente! Forse bisognerà chiamare una ditta di disinfestazione... di quelle pesanti, con lo spruzzo!»

Nessuno ride... temo che questa sia la ragione per cui qua dentro non godo di tante amicizie...! Al proposito, in contatto con l'Associazione «precari parlamento», ho inviato all'ANSA un comunicato stampa:

«FRANCA RAME: MI UNISCO ALL'APPELLO ASSOCIAZIONE PORTABORSE: BASTA COLLABORATORI IN NERO».

«Cogliendo spunto dalla lettera che l'associazione portaborse ha inviato ai due candidati premier Veltroni e Berlusconi per chiedere che tra i principi di candidabilità nelle liste elettorali vi sia anche l'obbligo di non avere collaboratori in nero, la senatrice Franca Rame ha voluto formulare la sua richiesta ai due leader: 'Nella mia breve esperienza da Senatrice m'è capitato di trovarmi testimone di un sopruso tra i più vergognosi: parlamentari, di entrambi gli schieramenti, che in Aula difendono i diritti dei lavoratori e condannano il lavoro sommerso, hanno loro stessi negli uffici assistenti che intascano una miseria e non hanno alcun tipo di contratto, né garanzia. È abominevole che questo accada, mi aggiungo quindi all'appello dei collaboratori parlamentari, affinché questo malcostume abbia termine. Ho presentato qualche tempo fa un disegno di legge per mettere fine a questa pratica. Ma non è di per sé sconvolgente? Serve una legge per mettere in riga i parlamentari? Non dovrebbe essere il buonsenso a spingere i rappresentanti dei cittadini a non avere collaboratori in nero?»

Ma non siamo rimasti tutti inerti e indifferenti: in undici senatori, tutti naturalmente della sinistra, abbiamo presentato un disegno di legge. Con me a firmare la proposta c'erano Formisano, Caforio, Giambrone, Barbato, Cusumano, Fuda, Levi Montalcini, Pallaro, Rossi Fernando e Turigliatto. Ci siamo battuti, ma fino a oggi non siamo riusciti a venire a capo di nulla.

CHE CI FACCIO IN SENATO?

Primi di maggio. Sto cercando casa… la trovo. Pensa un po' te! Proprio in piazza del Pantheon! È un piccolo appartamento al primo piano, con poca luce e privo di riscaldamento. Ci dovrò pensare da me… Per di più è un po' caro… ma quando apro la finestra e mi ritrovo davanti la grande ellisse del Pantheon con la sua enorme cupola, la più antica del mondo, esclamo: «Questa immagine mi libera da ogni remora e magoni vari!»

Dario non vuole che stia a Roma da sola, il 9 maggio mi ha raggiunto Marina Belloni, amica-compagna. Mi è di grande aiuto. Mi dà una serenità sapere che Marina è con me… abita con me… che bellezza, non mi sento più sola. Si occupa con Giuliana dell'ufficio. Mi dà consigli… è davvero preziosa, in più ridiamo, ci facciamo delle spaghettate mitiche, ci guardiamo la televisione. Giuliana, Marina… siamo tutte e tre molto attive.

La mattina mi sveglio sempre presto… arrivo a Palazzo Madama che l'aula è ancora chiusa. Vado nella sala lettura-computer e mi metto a lavorare. Faccio come di regola una visitina al mio blog, rispondo alle tante lettere davvero stimolanti che in molti mi mandano… Oh, tu guarda… c'è un tipo che ce l'ha con me. Vorrebbe ammazzarmi a bastonate. Mi fermo un attimo, o forse più, a meditare… Il solo pensiero che atti «aberranti» possano colpirmi ancora, mi paralizza. Calma, mi dico. Calma. Sarà il solito mitomane che si vuol mettere in vista. E non ci penso più.

10 maggio. Mi sono svegliata alle cinque e venticinque… dalla fame. Mi capita di saltare la cena per pigrizia… Mi faccio una bella tazza di latte con l'orzo, la inzuppo di biscotti. Poi mi riaddormento, mi dico. No, niente. Sveglia come un grillo. Decido per una camminata. E via che esco. Mi piace girare per Roma con poca gente intorno. Mi guardo Palazzo Chigi.

Penso a Prodi: potrebbe anche invitarmi una volta a pranzo. Ho incontrato qualche giorno fa la signora Flavia, sua moglie, che se ne andava tutta sola nei pressi della gelateria Giolitti. Ci siamo salutate con simpatia. M'ha dato anche del tu… Vado in via del Corso a guardarmi le vetrine. In fin dei conti sono ancora una donna, e ogni tanto mi piace vedere cosa ti offrono i negozi di abbigliamento. C'è qualcosa che mi piacerebbe comprare (mi sembrano abiti adatti a una carica istituzionale così prestigiosa). Ma sono chiusi. Tornerò. Dico sempre così, poi non torno. Non c'è il tempo. Non avrei mai creduto si lavorasse tanto in Senato. Si corre anche molto. Anzi: sempre. Impegni uno appresso all'altro. Non che si combini molto...

Entro a Palazzo Madama. Oggi all'ingresso ci sono due marinaretti. Il solito scatto di tacchi e: «AAAttentiii!» Ma si deve spaventare la gente così, di prima mattina?! Ciao ciao soldatini. Sono le nove e quarantacinque. Ho tutto il tempo che voglio per prendere un bel cappuccino con cornetto. La buvette è affollatissima. Saluto qua e là. Qualcuno risponde. C'è anche la Finocchiaro. Le sorrido. Mi guarda senza un cenno di risposta. L'unica volta che mi sono sentita chiamare con affetto «Francuzza» dalla senatrice Finocchiaro è stato quando ho votato sì, dopo mille perplessità, alla finanziaria. Ma di questo racconterò più avanti... È la mia trasparenza che mi colpisce. Chissà perché ha difficoltà a salutare. Trovo il suo atteggiamento ridicolo. Poi penso. Forse non mi ha visto. Forse è miope... cieca. Oh poverina, dovrebbe venire accompagnata da un cane. Chissà che in futuro riesca a scendere dal piedistallo su cui si è sistemata. Sarebbe piacevole. Speriamo in un futuro di dialogo, e non solo con lei. Un'altra dal saluto difficile è la ministra della Sanità: la Turco (nei due anni di Senato non mi ha mai salutato. Peggio per lei!). Chissà cosa si trovano nelle teste 'ste signore... a che livello dell'atmosfera vivono? Non posso trattenermi dal muovere la testa da sinistra a destra e da destra a sinistra... Mi chiedo: «Ma su che razza di sgabello si sono poste? Forse in cima alla colonna degli stiliti che si isolavano lassù per sentirsi più vicini a Dio... Penso a sua maestà, il re e la regina di Svezia, che hanno dialogato a lungo con Dario e la sottoscritta in occasione del premio Nobel, senza il problema di avere a che fare con esseri non al loro livello. Attenti che a lasciarsi portare dal vento può succedere uno scorcolone improvviso, e cadere di lassù poi è una botta disastrosa!» Mi viene spontaneo mandare un bacio a Dario, che l'altro ieri da un sondaggio del «Daily Telegraph» è risultato «settimo genio vivente del mondo», eppure posso testimoniare essere la persona più umile che conosca. Sì, ho proprio atteggiato la bocca come si fa quando si butta un bacio volante.

È ora di entrare in aula. La spensieratezza mi abbandona.

17 maggio 2006. Gran giorno oggi! A camere unificate abbiamo votato la fiducia al Presidente del Consiglio Romano Prodi: «Noi non ci riempiamo la bocca parlando 'della gente'» dice. «Noi abbiamo la serietà e la consapevolezza di essere gente tra la gente.» Ecco, quel giorno a Montecitorio, con tutto il Parlamento riunito, mi sono sentita davvero coinvolta. Ben conscia di dove fossi e di quel che stessi facendo. Quando esco, è una delle prime volte che sento di aver combinato qualcosa di buono.

19 maggio 2006. Prodi, scortato come fossimo in Iraq, arriva in Senato. C'era talmente tanta polizia a bloccare gli ingressi e le strade, che ho dovuto presentare la mia tessera per poter entrare a Palazzo. Il nostro primo ministro chiede la fiducia al governo, e l'ottiene: 165 sì, 155 no, nessun astenuto. Hanno votato a favore anche tutti i senatori a vita: quanti fischi si sono presi! Ho davanti agli occhi il presidente Ciampi che, mentre si reca a inserire nell'urna il voto, si volta allibito, qualcuno gli ha gridato a squarciagola: «Pannolone». C'è da non crederci. E quella sarebbe la scuola di democrazia per i nostri figli? Ho sentito gridare improperi ancor più indegni tipo:

«Vecchio babbeo!» e insulti anche a Rita Levi Montalcini. M'è venuto subito in mente quel dipinto dedicato al Senato romano stampato a tutta pagina sul mio libro di scuola in cui appare in primo piano un vecchio senatore insultato e sbeffeggiato dai barbari che hanno invaso Roma: il vecchio sta ritto senza reagire mentre quegli energumeni gli strattonano la barba sghignazzando. No, non mi va di far parte di un simile contesto.

Esco che è notte e trovo ad aspettarmi un acquazzone tremendo! Sono organizzata come uno scout... estraggo dalla mia borsona un ombrellino pieghevole giallo. Mi ripara abbastanza... e via che mi dirigo verso casa. Passando davanti al gelataio non resisto, mi gratifico con un cono da due euro. Cammino adagio per la stanchezza. Penso alla mia casa e sorrido. Tra sei minuti sono a letto.

23 maggio 2006. Viene presentato da molti senatori, me compresa, un DDL sulla pericolosità dell'amianto. Ecco il sunto del documento:

SENATO DELLA REPUBBLICA N. 23 DISEGNO DI LEGGE d'iniziativa dei 52 senatori.*

COMUNICATO ALLA PRESIDENZA IL 28 APRILE 2006 Disposizioni a favore dei lavoratori e dei citta-

* Albonetti, Alfonzi, Amati, Baio Dossi, Barbolini, Bassoli, Battaglia, Benvenuto, Bosone, Brutti, Bubbico, Bulgarelli, Calvi, Capelli, Caprili, Casson, Colombo, Confalonieri, D'Ambrosio, De Petris, Di Lello Finuoli, Donati, Emprin Gilardini, Ferrante, Filippi, Garraffa, Giannini, Grassi, Malabarba, Maritati, Martone, Mazzarello, Mercatali, Nardini, Palermo, Pegorer, Pisa, Rame, Ripamonti, Ronchi, Russo Spena, Scalera, Scarpetti, Sodano, Tibaldi, Tecce, Tonini, Turigliatto, Valpiana, Vano, Villecco Calipari, Vitali.

dini esposti ed ex esposti all'amianto e dei loro familiari, nonché delega al Governo per l'adozione del testo unico in materia di esposizione all'amianto. «Onorevoli Senatori. Al fine di tenere sempre alta l'attenzione sui problemi causati dalla presenza dell'amianto nel nostro paese e di offrire finalmente soluzioni alle drammatiche e a tutt'oggi irrisolte conseguenze derivanti dall'esposizione all'amianto, si ritiene opportuno presentare, in occasione della seconda 'Giornata mondiale delle vittime dell'amianto', questo disegno di legge, già presentato nella scorsa legislatura (A.S. 3696) e non approvato. L'amianto (chiamato anche asbesto) è un minerale naturale a struttura fibrosa, presente anche in Italia, appartenente alla classe chimica dei silicati. Esso è potenzialmente indistruttibile in quanto resiste sia al fuoco che al calore, nonché agli agenti chimici e biologici, all'abrasione e all'usura. Per le sue caratteristiche di resistenza e di forte flessibilità è stato ampiamente usato nell'industria e nell'edilizia, benché – già negli anni '40 del secolo scorso – fosse stato scientificamente dimostrato che si trattava di una sostanza altamente nociva per la salute, risultata poi avere anche effetti cancerogeni».

Speriamo che questo disegno di legge venga votato all'unanimità! Ma quanto ci sarà ancora da lottare, farsi il sangue cattivo? E tutto per riuscire a rendere attiva una legge sacrosanta che protegga la gente che lavora e le loro famiglie… ma si sa cosa creano i rimandi e le bocciature, gli interessi economici, il profitto vale sempre di più della vita dei cittadini. Ormai questi servono solo per quando si va a votare e appresso poter gridare: «Ho il loro consenso! Posso anche permettermi di fregarli! Che tanto loro mi stimano e si fidano di me…»

È una battuta qualunquista, facile... ma a me pare disperata.

E adesso, dopo che ho parlato del figlio, cos'è, non parlo del padre? Sto pensando a Dario da giorni. Non è facile. Diciamo che «mi sento un po' di parte». Qual è il più bel momento delle mie giornate con lui? Quale il meno piacevole?

Il più bello, quando mi sveglio la mattina.

Senza aprire gli occhi, assaporo il prendere coscienza lentamente.

Sono nel mio lettone. Tranquilla. Serena. La prima cosa che faccio è allungare un piede... per sentire se Dario si sia già alzato. Arrivo dalla sua parte con la gamba, adagio adagio, per non svegliarlo. C'è, c'è. Lo sfioro appena con l'alluce.

Sarò ridicola, ma quando non me lo trovo accanto provo un qualche cosa che mi fa dire con un sospiro: «Peccato»... Sì, pensate pure che sono un po' ridicola e anche infantile...

«Che ore sono?» chiede. Mento sempre: «Dormi... saranno le cinque».

In realtà sono le otto, ma non voglio che attacchi subito a lavorare.

Che poi anche se si è levato dal letto non è che sia montato sulla nave per le Indie. Si è solo spostato due camere più in là...

Dario... Me lo penso chino su un foglio da disegno, intento a dipingere. Disegna sempre. Poi va al computer per descrivere il suo pensiero. Ora sta terminando un lavoro immane: illustrare l'opera che ha scritto sulla vita di Ambrogio, nostro santo patrono lombardo. Starà già lavorando come suo solito. Peccato che non sia qui! Mi piace tanto parlare con lui. Posso averlo tutto per me solo quando ci svegliamo.

Di che si parla? «Sei sveglia?» «Sì.» «Che novità ci sono?» Si riferisce a *Prima pagina*, la stupenda trasmissione di Rai3, ore sette e quindici, che ascolto con l'auricolare della mia radiolina per non disturbarlo. Gli passo le ultime notizie che commentiamo insieme. Poi immancabilmente uno dei due chiede: «Che sogno hai fatto?» Se chiedo io, lui mi risponde con una voce che solo io conosco. Assonnata. Piccola. Tenera, come fosse, non l'omone di ottantatré anni che è... ma un bimbo. Questa voce «mia» mi scioglie di tenerezza. Devo dire che Dario fa dei sogni incredibili. Più volte ho avuto il dubbio che... sì, che ci fosse una base reale, ma che lui, da abile sceneggiatore qual è, li arricchisse un po'. Nei suoi sogni ci sono spesso io... siamo giovani... non riesce a telefonarmi, non si ricorda il numero del mio cellulare, di casa... non mi trova... non trova la nostra abitazione. Vaga disperato chiamandomi. Poi gli si avvicina un uomo a metà fra il reale e il meccanico che vola... lui si aggrappa e l'uomo volante si libra nel cielo e via che lo porta da me... che sono seduta sopra un rinoceronte... Ecco, a 'sto punto del racconto inizio a ridere... «Basta, basta... smettila... è troppo lungo e ora stai inventando.»

Non ricordo più chi diceva che i sogni sono la trasposizione fantastica dei nostri desideri, delle nostre paure e gioie.

Ecco, sento la sua voce che insiste: «No, ti giuro! Ho sognato proprio così!»

«Smettila, bugiardone...» e sono già in bagno. Penso a quest'angoscia che gli prende quando dorme. NON MI TROVA! E dove me ne andrei mai?

È pazzo! Ma da dove gli arrivano 'sti sogni?

Sono attaccata a lui e alla nostra casa come fossi una lumaca. Da bambinetta avevo instaurato un bel rapporto con le lumache: «Lumaca lumachina fammi vedere la tua casina» dicevo gentile, titillandola con uno stuzzicadenti. E lei, via... tirava fuori tutto quello che aveva sotto il guscio. Chissà... forse mi tirava pure qualche accidente.

Anni fa, ero la prima ad alzarmi in famiglia. Capace fossero anche le cinque. Che meraviglia! Fuori è ancora buio. Silenzio attorno a me. Niente voci, niente telefoni. Che bella invenzione il silenzio. Ho sempre un mare di cose da fare, meno male che hanno inventato il computer. Ogni sera invio un ringraziamento a chi l'ha inventato... e anche a chi ha inventato il letto. Sono le due cose materiali, fantastiche del mio vivere. Tra qualche mese avrò ottant'anni, tendo a impigrirmi fra le lenzuola. Ascolto la radio, parlo con Dario... quando resto sola elenco tutti i lavori e gli impegni che ho preso, i problemi da risolvere. Farò questo e poi quello e poi... Forza. Alzarsi! Doccia. Vestiti. Caffelatte. E lavoro.

I momenti meno piacevoli? Quando arrivo nel suo studio e lo vedo con Carlotta, Giselda, o Michela, le sante assistenti, talmente immerso in quello che sta facendo che mi dispiace persino interromperlo con un «ciao». Sto in piedi, ferma. Il mio «volume» lo costringe ad alzare la testa. Un bacio stretto, veloce.

Ogni tanto gli dico: «Se un giorno venisse qualcuno a comunicarti, mentre stai lavorando: 'Le esequie di sua moglie sono oggi alle quindici e trenta', sono certa che risponderesti: 'Per favore, spostatele alle diciannove... devo finire questo capitolo'».

Poi diventa serio: «Guai a te se mi parli ancora di morte!» e aggiunge: «Sei terribile! Pur di far gioco d'ironia arriveresti a sfottere su una catastrofe».

«Be', non è neanche un paradosso» dico io, «nella catastrofe ci siamo dentro fino ai piedi, testa compresa! Mi pare d'esser come nel gioco che si faceva da bambini: 'Gira gira il mondo, gira il sole, le stelle e anche la terra, tutti giù per terra!' Chi s'aspettava solo qualche mese fa il disastro dell'economia, le banche che falliscono, le fabbriche che chiudono, gli operai a milioni in mezzo a una strada, la truffa dei mutui, le azioni avvelenate, i derivati fasulli, i barili di petrolio di carta, carta che vola fra la monnezza e in tanto disastro pure la beffa di quelli che sono al coperto che ti dicono: 'Ci vuole fiducia, la fiducia è l'unica salvezza: spendete i vostri quattrini, comprate! Ridate fiducia al mercato! Fate girate l'economia!'»

Ma che girare... qui c'è una sola cosa che ci gira! È lo sfottò di chiederci giocondità mentre precipitiamo nel baratro... spendi, spendi! E che spendo? Ho solo bestemmie da spendere! Per carità, che non ci senta il pontefice santo, che del resto ha già detto che il denaro non è la salvezza, non è tutto, anzi è niente e che l'unica cosa che abbia valore è lo spirito, lo spirito e la grazia. Ma si può spendere la grazia? Quanto te la valutano? Un chilo di pane? E poi il papa piange perché i fedeli sono sempre più distratti e in minor numero. È diminuito pure l'otto per mille... che sia caduto in disgrazia anche Dio? Tanto per finire in gloria poco fa è crollato anche il partito massimo della sinistra: come ha titolato «l'Unità»: «Siamo arrivati al fondo». Walter Veltroni ha dato le dimissioni e al suo discorso davvero struggente vedevo intorno facce stupite e qualcuno che non riusciva a nascondere la propria soddisfazione. Soddisfazione di sinistra, s'intende... Ma il crollo anticipato è arrivato anche per me nel 2006: ve ne do notizia con un documento che forse avrete letto: sono le mie dimissioni dal Senato della Repubblica Italiana.

Gentile Presidente Marini,

con questa lettera Le presento le mie dimissioni irrevocabili dal Senato della Repubblica, che Lei autorevolmente rappresenta e presiede.

Una scelta sofferta, ma convinta, che mi ha provocato molta ansia e anche malessere fisico, rispetto la quale mi pare doveroso da parte mia riepilogare qui le ragioni.

In verità basterebbero poche parole, prendendole a prestito da Leonardo Sciascia: «Non ho, lo riconosco, il dono dell'opportunità e della prudenza, ma si è come si è».

Il grande scrittore siciliano è, in effetti, persona che sento molto vicina (eravamo cari amici) sia per il suo impegno culturale e sociale di tutta la vita, sia perché a sua volta, nel 1983, a fine legislatura decise di lasciare la Camera dei Deputati perché in questo ruolo non si sentiva né utile né tanto meno libero.

Le mie motivazioni, forse, non sono dissimili dalle sue. Del resto, io mi sono sentita «prestata» temporaneamente alla politica istituzionale, mentre l'intera mia vita ho inteso spenderla nella battaglia culturale e in quella sociale, nella politica fatta dai movimenti, da cittadina e da donna impegnata. E questo era ed è il mandato di cui mi sono sentita investita dagli elettori: portare un contributo, una voce, un'esperienza, che provenendo dalla società venisse ascoltata e magari a tratti recepita dalle istituzioni parlamentari.

Dopo 19 mesi debbo constatare, con rispetto, ma anche con qualche amarezza, che quelle istituzioni mi sono sembrate impermeabili e refrattarie a ogni sguardo, proposta e sollecitazione esterna, cioè non proveniente da chi è espressione organica di un partito o di un gruppo di interesse organizzato.

Ma andiamo per ordine.

Nel marzo del 2006, l'Italia dei Valori mi propose di candidarmi come senatrice alle elezioni. Ho riflettuto per un mese prima di sciogliere la mia riserva, mossa da opposti sentimenti, ma alla fine ho maturato la convinzione che per contribuire a ridurre i danni prodotti al paese dal governo retto da Silvio Berlusconi e dall'accentramento di poteri da lui rappresentato, ogni democratico dovesse impegnarsi in prima persona nell'attività politica.

Ho infine accettato, ringraziando l'On. Di Pietro per l'opportunità che mi aveva offerto, pensando, senza presunzione, che forse avrei potuto ricondurre alle urne, qualcuna o qualcuno dei molti sfiduciati dalla politica.

Ecco così che, dopo le elezioni dell'aprile 2006, mi sono ritrovata a far parte, alla mia giovane età (!), del Senato della Repubblica carica d'entusiasmo, decisa a impegnarmi in un programma di rinnovamento e progresso civile, seguendo le proposte portate avanti durante la campagna elettorale dell'Unione, soprattutto quella di riuscire a porre fine all'enorme e assurdo spreco di denaro pubblico.

Ho così impegnato la mia indennità parlamentare per lavorare in questa direzione, anche organizzando (giugno 2006) un convegno con un gruppo di professionisti tra i più valenti, al fine di tracciare le linee di un progetto in grado di tagliare miliardi di euro di spese dello Stato nel settore dei consumi energetici, delle disfunzioni della macchina giudiziaria e dell'organizzazione dei servizi.

A questo convegno ho invitato Senatori della commissione ambiente e altri che ritenevo sensibili ai temi in discussione.

Non ne è venuto uno.

Ho inoltre presentato un disegno di legge (4 luglio 2006) con cui chiedevo che i funzionari pubblici, condannati penalmente, venissero immediatamente licenziati, trovando su questo terreno l'adesione di parlamentari impegnati nella stessa direzione, quali i Senatori Formisano, Giambrone, Caforio, D'Ambrosio, Casson, Bulgarelli, Villecco Calipari, Russo Spena e molti altri, compresi numerosi deputati.

È nato così il progetto delle «10 leggi per cambiare l'Italia».

Ho anche acquistato spazi su alcuni quotidiani e sul web, per comunicare i punti essenziali di questo progetto. Ma anche questa iniziativa non ha suscitato interesse nei dirigenti dei partiti del centro sinistra.

Nei quasi due anni trascorsi in Senato, ho presentato diverse interrogazioni.

Tutte rimaste senza risposta.

Ho presentato numerosi emendamenti, ma non sono stati quasi mai accolti.

Questa, per la verità, è la sorte che capita a quasi tutti i Senatori.

In seguito a una inchiesta da me condotta sul precariato in Parlamento, sei mesi fa mi sono impegnata nella stesura di un disegno di legge (presentato il 18 luglio) in difesa dei diritti dei collaboratori dei parlamentari: illegalità, evasione contributiva e sfruttamento proprio all'interno della istituzione parlamentare!

Mi sono contemporaneamente impegnata su questioni drammatiche e impellenti, quali la necessità che il ministero della Difesa riconoscesse lo status di «vittime di guerra» ai reduci dei conflitti nei Balcani, Iraq e Afghanistan, avvelenati dai residui dell'esplosione dei proiettili all'uranio impoverito.

Quanti sono i militari deceduti? Mistero.

Quanti gli ammalati ignorati senza assistenza medica né sostegno economico? Mistero. Le cifre che si conoscono sono molto contraddittorie.

Quello che si sa con certezza è che ci sono famiglie che per curare il figlio si sono dissanguate e alla morte del congiunto non avevano nemmeno i mezzi per pagare la tomba.

Anche per questa tragica campagna d'informazione ho acquistato spazi su quotidiani e web. Grazie ad alcuni media e a *Striscia la notizia* di Antonio Ricci, il problema è stato portato per quattro volte al grande pubblico: giovani reduci dei Balcani gravemente colpiti raccontavano la tragedia che stavano vivendo. Dopo tanto insistere, finalmente il ministro Parisi se ne sta occupando: speriamo con qualche risultato concreto.

Posso dire serenamente di essermi, dall'inizio del mio mandato a oggi, impegnata con serietà e certamente senza risparmiarmi. Ma non posso fare a meno di dichiarare che questi diciannove mesi passati in Senato sono stati i più duri e faticosi della mia vita.

A volte mi capita di pensare che una vena di follia serpeggi in quest'ambiente ovattato e impregnato di potere, di scontri e trame di dominio.

L'agenda dei leader politici è dettata dalla sete spasmodica di visibilità, conquistata gareggiando in polemiche esasperate e strumentali, risse furibonde, sia in Parlamento che in televisione e sui media. E spesso lo spettacolo a cui si assiste non «onora» gli «Onorevoli».

Al Senato non si usa ascoltare chi interviene, anche se l'argomento trattato è più che importante, spesso tragico. No, la maggior parte dei presenti chiacchiera, telefona su due, tre cellulari, legge il giornale, sbriga la corrispondenza...

In Senato, che ho soprannominato «il frigorifero dei sentimenti», non ho trovato senso d'amicizia. Si parla... sì, è vero... ma in superficie, si scherza e si ride su questo e quello. Se non sei all'interno di un partito è assai difficile guadagnarsi l'attenzione e la «confidenza». A volte ho la sensazione che nessuno sappia niente di nessuno... O meglio, diciamo che io so pochissimo di tutti.

In Aula, quotidianamente, in entrambi gli schieramenti (meno a sinistra per via dei numeri risicati), vedi seggi vuoti con il duplicato della tessera da Senatore inserita nell'apposita fessura, con l'intestatario non presente: così risulti sul posto, anche se non voti e non ti vengono trattenuti 258 euro e 35 centesimi per la tua assenza, dando inoltre la possibilità ai «pianisti» di votare anche per te, falsando i risultati.

Questo comportamento in un paese civile, dove le leggi vengono applicate e rispettate, si chiama «truffa».

La vita del Senatore non è per niente comoda e facile per chi voglia partecipare seriamente e attivamente ai lavori d'Aula. Oltre l'Aula ci sono le commissioni. Ne ho seguite quattro: Infanzia, Uranio impoverito, Lavori pubblici e comunicazione, Vigilanza Rai.

A volte te ne capitano tre contemporaneamente e devi essere presente a ognuna o perché è necessario il numero legale o perché si deve votare.

È la pazzia organizzata!

Se queste riunioni si facessero via web si ridurrebbero i tempi e si potrebbe arrivare velocemente alle conclusioni, ma l'era del computer non ha ancora toccato i vertici dello Stato!

E tutto questo attivismo produce un effetto paradossale: la lentezza.

Si va lenti... «lenti» in tutti i sensi.

Nel nostro Parlamento l'idea del tempo è quella che probabilmente hanno gli immortali: si ragiona in termini di ere geologiche, non certo sulla base della durata della vita umana e degli impellenti bisogni della gente.

Oltretutto mi sento complice di una indegnità democratica. Stiamo aspettando da diciannove mesi che vengano mantenute le promesse fatte in campagna elettorale. Non è stata ancora varata, ad esempio, la legge sul conflitto d'interessi, e ritengo questo ritardo gravissimo. Non è stata liberata la Rai dai partiti, non è stato fissato un antitrust sulle televisioni, mentre in compenso tutte le leggi del governo Berlusconi, assai criticate anche all'estero, sono in vigore, il falso in bilancio continua a essere depenalizzato, la ex Cirielli continua a falcidiare migliaia di processi.

Contemporaneamente il governo ha bloccato il processo sul sequestro di Abu Omar sollevando due conflitti d'attribuzione davanti alla Corte costituzionale. E ha creato i presupposti perché al pubblico ministero Luigi De Magistris vengano tolte le indagini su politici di destra e di sinistra e il giudice Clementina Forleo venga fatta passare per esaltata e bizzarra.

Nonostante gli impegni programmatici sulla legge Bossi-Fini e sui Centri di permanenza temporanea, che sarebbe più appropriato definire centri di detenzione, dove sono negati i diritti più elementari, non ci sono novità.

Ora stiamo aspettando anche in Senato il disegno di legge che vieta ai giornali di pubblicare le intercettazioni e gli atti d'indagini giudiziarie, già votato alla Camera da 447 deputati, con soli 7 astenuti e nessun contrario.

Come andrà in Senato? In tante occasioni ho fatto prevalere, sui miei orientamenti personali, la lealtà al governo e allo schieramento in cui sono stata eletta, ma questa volta non potrei che votare contro.

Il paese si trova in gran difficoltà economica: disoccupazione, precarietà, caro vita, caro affitti, caro tutto... pane compreso.

Che dire della lontananza sconvolgente che c'è tra il governo e i reali problemi della popolazione?

E che dire dei milletrecento morti sul lavoro nel solo 2007 (cifra peraltro destinata a crescere con la stabilizzazione dei dati INAIL). Ben venga il disegno di legge del ministro Damiano e il nuovo Testo Unico sulla sicurezza sul lavoro.

Non è mai troppo tardi.

Solo un po'...

Che dire dell'indulto di «tre anni» approvato con una maggioranza di 2/3 del Senato, con l'appoggio di UDC, Forza Italia e AN?

Era certamente indispensabile alleggerire il disumano e incivile affollamento delle carceri, ma con un criterio che rispondesse davvero al problema nella sua essenza, con un progetto di riforma strutturale del sistema penitenziario, con il coinvolgimento delle innumerevoli associazioni del volontariato privato-sociale, che storicamente operano sul territorio nazionale e locale.

A migliaia si sono trovati per strada e molti senza un soldo né una casa, né tanto meno un lavoro. Dodici donne italiane e straniere furono dimesse dal carcere di Vigevano a notte fonda in piena e desolata campagna!

La notte stessa e nei mesi a seguire, circa il 20% degli

scarcerati è ritornato in cella. Sono anni che le carceri scoppiano... nessuno ha mai mosso un dito. Di colpo arriva l'indulto!

È difficile non sospettare che il vero obiettivo di questa legge proposta dal governo fosse soprattutto quello di salvare, in fretta e furia, dalla galera importanti e noti personaggi incriminati, industriali e grandi finanzieri, e soprattutto politici di destra e qualcuno anche di sinistra...

Che dire dei deputati e senatori condannati e inquisiti che ogni giorno legiferano e votano come niente fosse?

Che dire di una Finanziaria insoddisfacente alla quale siamo stati obbligati a dare la fiducia, altrimenti non avrebbe avuto i voti per passare?

Che dire del consenso dato dal governo Prodi nel 2006 e riconfermato, «di persona» dal presidente Napolitano a Bush nel 2007, per la costruzione della più grande base americana d'Europa a Vicenza?

Gli impegni presi da Berlusconi sono stati mantenuti.

I vicentini hanno diritto di manifestare in centinaia di migliaia, con la solidarietà di molti italiani, ma non di ottenere attenzione e rispetto delle proprie ragioni.

Che dire del costante ricatto, realizzato da questo o quell'onorevole, di far cadere il governo per cercare di ottenere privilegi o cariche?

Quante volte, per non farlo cadere, 'sto benedetto governo, ho dovuto subire il ricatto e votare contro la mia coscienza? Troppe. Tanto da chiedermi spesso: «Cosa sono diventata? La vota rosso-vota verde?»

Avrei voluto da questo governo un atteggiamento più deciso nel ritiro delle truppe dall'estero, in particolare dai teatri di conflitti ancora aperti e sanguinosi come in Afghanistan, dove il nostro ruolo è sempre più belligerante.

E invece le spese militari aumentano di anno in anno.

La prima volta che ho sentito forte la necessità di allontanarmi da questa politica svuotata di socialità è stato proprio con il rifinanziamento delle missioni italiane «di pace» all'estero. Ero decisa a votare contro, ma per senso di responsabilità, e non mi è stato facile, mi sono dovuta ancora una volta piegare.

E non mi è piaciuto proprio. Credo che il mio malessere verso queste scelte sia ampiamente condiviso dai molti cittadini che hanno voluto questo governo, e giorno dopo giorno hanno sentito la delusione crescere, a seguito di decisioni sempre più distanti da loro, decisioni che li hanno, alla fine, allontanati dalla politica.

In queste condizioni non mi sento di continuare a restare in Senato dando con la mia presenza un sostegno a un governo che non ha soddisfatto le speranze mie e soprattutto quelle di tutti coloro che mi hanno voluta in Parlamento e votata. La prego quindi signor Presidente di mettere all'ordine del giorno dell'Assemblea le mie irrevocabili dimissioni.

Non intendo abbandonare la politica, voglio tornare a farla per dire ciò che penso, senza ingessature e vincoli, senza dovermi preoccupare di maggioranze, governo e alchimie di potere in cui non mi riconosco.

Non ho mai pensato al mio contributo come fondamentale, pure ritengo che stare in Parlamento debba corrispondere non solo a un onore e a un privilegio ma soprattutto a un dovere di servizio, in base al quale ha senso esserci, se si contribuisce davvero a legiferare, a incidere e trasformare in meglio la realtà. Ciò, nel mio caso, non è successo, e non per mia volontà, né credo per mia insufficienza.

È stato un grande onore, per il rispetto che porto alle

Istituzioni fondanti della nostra Repubblica, l'elezione a Senatrice, fatto per il quale ringrazio prima di tutto le donne e gli uomini che mi hanno votata, ma, proprio per non deludere le loro aspettative e tradire il mandato ricevuto, vorrei tornare a dire ciò che penso, essere irriverente col potere come lo sono sempre stata, senza dovermi mordere in continuazione la lingua, come mi è capitato troppo spesso in Senato.

Mi scuso per la lunga lettera, signor Presidente, ma sono stata «in silenzio» per ben diciannove mesi!

Roba da ammalarmi!

Prima di accomiatarmi non posso non ricordare quelle colleghe e colleghi di gran valore intellettuale e politico che ho avuto l'onore di conoscere. Tra questi una particolare gratitudine va ad Antonio Boccia, che fin dall'inizio mi ha tenuta sotto la sua ala protettrice con amichevole affetto, consigliandomi e rincuorandomi nei momenti difficili.

Un pensiero particolare al ministro Di Pietro e ai Senatori di Italia dei Valori e a chi ha dimostrato simpatia nei miei riguardi.

Rimane il rammarico di non aver potuto frequentare, se non rarissime volte, i colleghi oltre le mura del Senato.

Infine un ringraziamento sentito alla Senatrice Binetti e al Senatore Tomassini che con grande umanità hanno superato le ideologie che ci dividono, per soccorrere uniti un bimbo di sei anni in grande difficoltà.

Augurandomi che Lei possa comprendere le mie motivazioni, desidero ringraziarLa per la gentilezza e disponibile accoglienza che mi ha accordato.

La saluto con stima sincera

Franca Rame

RINGRAZIAMENTI

Oltre alle persone già citate nel testo, ringrazio anche tutti quelli che non ho nominato, ma sono tanti, davvero tanti, e per ricordarli tutti questo libro avrebbe dovuto avere almeno un milione di pagine...

INDICE

Andiamo a incominciare, 9 – Il mondo dei commedianti teneva un re, 13 – La matrona con le chiavi appese alla cintola, 14 – Un pesce fuori branco chiamato contrasto, 16 – L'arte antica di andar *all'improvvisa*, 18 – L'arca di Noè, 20 – Passaggio dal ponte, 29 – Marionette che passione!, 34 – Oplà: attori dal vivo!, 39 – Un piccolo angelo con le ali e l'aureola elettrica, 46 – Tutti i figli di Dio vanno in cielo e tutti con le proprie scarpe (da un antico blues), 50 – Il libero arbitrio non è una bufala, 51 – La sguercina, 54 – La fruttivendola tonda come una botte, 60 – I corvi volano sui mobili di casa, 65 – Siamo al completo di femmine!, 66 – Sono triste: non mi muore nessuno…, 68 – Il livido e la festa per la fioritura, 70 – Come sta Bubi?, 73 – Se non ci ammazza i crucchi, se non ci ammazza i bricchi, quando saremo vecchi ne avrem da raccontar (canto partigiano), 75 – Il ritorno del figlio disperso, 77 – Una crescita disarmonica, 78 – Eppur si muove…, 80 – C'è chi ha ruote da ferrovia…, 82 – Il più misero fra gli uomini è quello che manca di conoscenza, 83 – La porta girevole del destino, 85 – L'incontro sul palcoscenico, 86 – Il disordine della memoria, 90 – Ma bella se ti vol mi te daria st'anell, 94 – Arriva Jacopo, 96 – La gravidanza, 98 – Ecco Jacopino, 100 – Siamo in tre, 103 – Torniamo in clinica, 105 – Comperiamo casa, 106 – L'attore è un pessimo partito, 107 – Avanguardia, fabulae, miti, commedianti e ipocriti, 108 – La vida es sueño (Calderón de la Barca), 111 – Guarda chi si vede: la censura!, 114 – Euclide e l'equilibrio instabile, 115 – Rieccoli!, 117 – Camminare sul filo dell'assurdo, 119 – La forza dell'anima e il peso della carne, 122 – Si fa presto a dire «mafia», 124 – Gli operai non sanno volare, 126 – Chi precipita è un provocatore (l'uscita di scena), 129 – Si spalanca il cielo, 132 – Se non sai da dove vieni è difficile sapere dove vuoi arrivare, 138 – Il teatro che viaggia, 143 – Uomini e pupazzi, 147 – Un teatro per discutere, 158 – No, non si può fare, 163 – Non so, chissà, però, vedrò!, 169 – Il diritto di parola, 177 – Spettacoli dal vero e teatro cronaca, 188 – I grandi conflitti della Liguria, 202 – Cantate, uomini, la vostra storia (Alberto Savinio), 206 – Vestire un povero facendo cadere mezzo mantello dall'alto, 210 – Gesù baciò un muto sulla bocca e nacque il giullare, 213 – Lo sparlar roverso (da Angelo Beolco, detto Ruzzante), 224 – È difficile senza ali volare da una finestra, 227 – Il terrorismo del potere, 229 – Eccoci, siam fascisti!, 230 – I fascisti non arrestano i sovversivi: li mandano in vacanza nelle isole e nei campi di calcio, 234 – Recitare il falso per insegnare il ver, 238 – Procurade e moderare, barones, sa tirannia (canto sardo del XVIII secolo), 249 – Una violenza inaudita, 255 – Al computer, 266 – Il debutto, 277 – Una giornata particolare, 287 – Attendere e deglutire, 294 – Che ci faccio in Senato?, 298.

Finito di stampare
nel mese di ottobre 2010
per conto della Ugo Guanda S.p.A.
da Reggiani S.p.A.
Brezzo di Bedero (VA)
Printed in Italy

LE FENICI TASCABILI
Periodico bimensile del 14.10.2010
Direttore responsabile: Luigi Brioschi
Registrazione del Tribunale di Milano n. 572 del 06.09.2004

DO 0065010833
UNA VITA ALL
IMPROVVISA
1 ED. TASC
FO DARIO
RAME FRANCA
UGO GUANDA